Alf Rolla

Die Eintagsfliege.

Rom@n

Von Alf Rolla ist im Internet (www.krimi-umsonst.de)
bereits erschienen:

Abgebrüht

Copyright by ALF ROLLA, Köln

Redaktion: edition michael luckow

Engelbertstraße 44, 50674 Köln

Telefon und Fax: 0221-243421

Herstellung: Libri Books on Demand

1. Auflage, Juni 1999

ISBN 3-89811-000-1

"Erde an Oliver: Stimmt was nicht?" sagte ich süffisant zwischen ausgiebigem Gähnen und schob ein Lächeln nach.

"Was?" fuhr er zusammen, während Eric Burdon im Lautsprecher seine von Whiskey verrottete Stimme zu einem Lied zwang, das sonst keiner von ihm hören will: "River Deep, Mountain High".

Draußen ging die Sonne unter, als hätte sie es endgültig satt, Köln mit Wärme zu versorgen. Drinnen kroch die Zeit dahin wie eine Schnecke. Hin und wieder lächelte ich und wollte so ausschauen, als sei ich die Ruhe selbst.

Doch genau das Gegenteil war der Fall. Und ich wußte nicht den Grund.

Aber Gefühle sind zu kostbar, um sie jedem zu zeigen. Meine Devise war, möglichst nie preiszugeben, was in mir ablief. Wenn du nur eine kleine Schwäche zugibst, wird man dich treten.

Ich saß auf der etwas unbequemen flaschengrünen Sofaliege, und meine Gedanken beschäftigten sich plötzlich mit dem leisen Grollen eines dahinkriechenden Gewitters. Doch davon wurde ich noch unruhiger, obwohl ich schon paffte, was die Lunge aushielt. Schließlich tastete ich mit den Augen meine Kleidung ab: Ich trug eine khakifarbene Leinenbundfaltenhose, eine schwarze Lederweste ohne Hemd darunter, so daß mein schwarzes Brusthaar hervorlugte. Meine Springerstiefel waren bis zur halben Wade hochgeschnürt.

Oliver dagegen war nicht der Bringer. Er klang müde - nicht eben erschöpft, aber wie jemand, der ständig gegen den Wind anrennt. Und so gelang es mir heute nicht, mich in seiner Gegenwart wohlzufühlen. Ob es an seinem Auftreten lag? Ich checkte ihn mit einem Laserstrahl: Seine Haare waren länger geworden und ich fand, daß ihm die neue Frisur nicht stand.

Wie auch seine Kleidung. Es waren Plürren eines Nachtwächters. Oliver steckte allen Ernstes in einem sackartigen blau-weiß-rot-gestreiften Sweater und einer ausgebeulten blauen Cordhose. Seine braunen Ledermokassins hatten auch schon bessere Tage erlebt. Ich tat so, als würde ich nichts merken. Statt dessen hielt ich Ausschau nach einem Drink - obwohl keine Frau in der Nähe war.

Ich, Ronny Berghagen, Aktivposten aus Köln, war sonst überzeugt davon, daß es meine Anziehungskraft auf Frauen noch verstärkt, wenn ich etwas getrunken hatte - und in mancher Nacht war ich so anziehend, daß ich stundenlang durch das "Quartier Latäng" zog. Ich, der Kellner und ausgemusterte Journalist, liebte das Kölner Kneipenviertel wie eine Rakete ihre Startrampe. Manche Mülltonnen am Straßenrand kippte ich um, und manchen vorbeifahrenden Wagen brüllte ich etwas hinterher. Keiner der Fahrer hat übrigens angehalten, vielleicht wollten sie sich nicht bei einem Kieferchirurgen einen Termin geben lassen ... Vielleicht sahen sie in mir auch den großen, übermütigen Jungen - vermute ich heute. Mein Lebensziel war, ein dickes Vermögen zu machen, und ich hatte eine Schwäche für langbeinige Fotomodelle mit blonden Haaren und großen Busen. Es sollte eben immer das Beste sein, denn wenn man das Beste hat, weiß man auch, daß man gut ist.

So einfach war das.

Mein eigentlicher Vorname Roland hatte schon im zarten Kindergartenalter von drei Jahren der volkstümlicheren Version weichen müssen. Mit meinen 38 Jahren war ich heute bereits das, was man mit einem nachsichtigen Lächeln einen "eingefleischten Junggesellen" bezeichnete, auch wenn mir wohlmeinende Leute gerne von einem "begehrten Junggesellen" sprachen. Anmutig oder sogar zierlich konnten nicht einmal sie mich nennen.

Mit 1,66 Meter war ich leider knapp am Gardemaß vorbeigeschrammt, ich wog gut und gerne hundertfünfzig Pfund und wegen meiner etwas tapsigen Art gaben mir die Leute den

Spitznamen "Bär", der für Nicht-Riesen einigermaßen selten ist. Manche Leute starrten mich regelrecht an, leicht verwirrt, als bemühten sie sich, meinen Namen zu finden. Vielleicht starrten sie auch mein Äußeres an. Es war mir zur Gewohnheit geworden, meine braunen Haare ganz kurz schneiden und dann auswachsen zu lassen. So brauchte ich mich monatelang nicht um Friseure zu kümmern.

In meiner Vergangenheit gab es kein einziges Wesen, das mich hätte lehren können, offen meine Gefühle zu zeigen. Mein Vater begrüßte mich noch heute mit einer handfesten Geste, einem Handschlag. Nie stellte ich mir die Frage, warum wir das taten. Als meine Schwester bei einem Verkehrsunfall starb, nahm meine Mutter die bittere Nachricht wortlos entgegen. Sie preßte nur die Lippen aufeinander und lief in die Küche, damit niemand den Ausdruck ihrer Augen sehen konnte. Ab sofort erwähnte sie nie wieder den Namen ihrer Tochter, wie auch mein Vater nicht mehr von ihr sprach.

Oliver Roberts war mein einziger, wirklicher Freund, soweit man bei mir überhaupt in solchen Dimensionen sprechen konnte. Sicher, schon von Berufs wegen gehörte er einer anderen Generation an - wie mein Vater, der in seinem Stammlokal, dem "Kroatien Grill", noch heute die Rechnung genau checkte, bevor er sie beglich. Aber gleichzeitig war Oliver auch so, wie ich gerne hätte sein wollen: Er strahlte Macht aus und niemals wäre jemand auf die Idee gekommen, ihn für eine Lusche zu halten. Außerdem war er im Zeitalter der absoluten Angepaßtheit regelrecht ein Antityp. Er raucht (im Büro) Kette, machte sich über den Fitneßfimmel seiner Kollegen gerne lustig und konnte mit vegetarischen Speisen überhaupt nichts anfangen. Oliver wirkte wie eine 200 Jahre alte Eiche, die man knapp unter der 190-cm-Marke abgesägt hatte. Er hatte ein starkes Kreuz und starke Arme und Beine. An seinem ganzen Körper war keine Fettschicht, und seine Muskeln kündeten von der Kraft, die in ihnen steckten. Dazu ein ziemlich schmales Gesicht mit sehr stark hervortretenden Backenknochen, ein fast zierlicher Mund, für einen Mann etwas zu volle Lippen, ziemlich weit auseinanderstehenden blauen Augen und eine winzige Narbe auf der Stirn. Oliver wurde von Nimbus des Chefs eines Fitneßstudios umflort. Er war 30 an seinen guten, bestimmt 50 an seinen schlechten Tagen. In Wirklichkeit genau 36 und als Bulle eine Klasse für sich. Aber es schien Oliver nicht darauf anzukommen, aus seinen Erfolgen Kapital zu schlagen. Manchmal saß er an sieben Tagen in der Woche an seinem Schreibtisch. Er war ein Einzelkämpfer. Dementsprechend war es ihm schwer beizubringen gewesen, daß die Kölner Polizei außer ihm noch ein paar andere Leute beschäftigte. Eine richtige Karriere hatte er nie gemacht. Oliver ging in seinem Job sehr eigenwillig vor, was immer wieder zu Spannungen führte. Der Haken war stets, daß er Befehle grundsätzlich als Bitten betrachtete, denen er nicht unbedingt nachkommen mußte. Außerdem zog er es vor, zu oft auf eigene Faust zu handeln, und weder das eine noch das andere war eine Empfehlung für ständige Beförderungen im öffentlichen Dienst. Da half es auch nicht, daß er sich in seiner Freizeit um die "IPA" kümmerte, einem Verein von Bullen aus allen Herren Länder. Das war auch seine einzige Freizeitbeschäftigung. Er hatte es mir mal so erklärt, daß ein Job und ein Hobby sich leicht ins Gehege kommen können. Diesen Streß bräuchte er nicht, da litt er schon lieber an Arbeitswut, der Junggeselle mit monatlich 3800 Mark auf der Waage. Oliver war von einer Freundin namens Birke geschlagen, sie war die einzige Schwäche, die er sich leistete. Ich mochte Birke nicht besonders, kriegte bei ihrem Anblick noch nicht einmal ein Jucken in der Hose. Aber was ich für sie oder gegen sie empfand, verbarg ich natürlich. Wie dem auch sei, Birke spielte keinesfalls in meiner Liga. Vielmehr war sie das, was man so eine Emanze nennt. Sie hatte einfach Glück gehabt, hatte die Fünfundzwanzig erreicht, ohne schwanger geworden zu sein. Dabei konnte ich mir gut vorstellen, daß ihre Treue nicht von der Sorte war, die Dichter gerne in Reimform beschreiben - eher in billigen Schlagertexten. Sie erschien mir immer fremd auf dieser Welt und war ein Härtetest für jeden Mann. Bestimmt lag das an ihrem Studium: Psychologie. Ich hielt schon grundsätzlich nichts von Psychologie. Das Wie und Warum spielte bei mir eine untergeordnete Rolle. Wenn überhaupt. Tatsachen interessierten mich, nichts als Tatsachen. Und so vertrugen Birke und ich uns auch wie saure Gurken mit Milch. Im Klartext: Meine Bewunderung für sie hätte auf der Rückseite einer Briefmarke ohne weiteres Platz gefunden. Sie nannte mich ein "typisches Einzelkind" und versuchte sich durch endlose Reden den Platz in der Gesellschaft zu erobern, der ihr angeblich auch zustand. Meinte sie jedenfalls. Birke war stolz darauf, "Schuld und Sühne" von Fedor Dostojewski zu Ende gelesen zu haben. Überhaupt liebte sie vor allem Bücher, die mit dem wirklichen Leben nichts zu tun hatten. Birkes Leben verlief nicht zwischen Universität und Küche, sie war grün bis hinter beide Ohren und tat alles, um Mutter Erde zu retten. Birke war ein echte Problem - sie meinte, was sie sagte. Sie klebte Plakate, verteilte Fuchsien und haute mächtig auf die Pauke an klapprigen Informationsständen der Latzhosenbrigade: "In der Atmosphäre gab es ursprünglich keinen Sauerstoff, und darum gab es keine Lebensformen. Es konnte erst entstehen, als Pflanzen es geschaffen hatten. Und jetzt ist die Menschheit dabei, mit Spraydosen Löcher in diesen Himmel zu machen." Und was hatte das alles mit den Kölnern zu tun? Zwei Tage später nach so einem Auftritt tat die Boulevardzeitung "Punkt!" ihr Bestes und druckte ein Foto ab, das den Ökoschreihals beim Kauf von Deospray im "Kaufhof" zeigte. Die ehrgeizige Birke war an dem Morgen gelb vor Zorn - bei der Kommunalwahl wurde sie im Stadtbezirk 3 von den Wählern verprügelt, und die Sekte fuhr schlappe 3,1 Prozent in die Scheuer. Die Marktschreier des Untergangs nutzten wenigstens einmal die Gunst der Stunde und entsorgten die Minus-Frau. Fortan setzte sich für uneheliche Kinder von katholischen Priestern, Dieselabgase verursachen das Waldsterben, rettet die Fischotter ein. Sie schien das zu brauchen.

"Finde ich gut, wenn einer angetreten ist, in großem Stil zu feiern." Jetzt lachte und lachte ich, bis ich mir den Bauch halten mußte.

Oliver war diesmal auf der Karriereleiter eine Stufe weiter nach oben geklettert, man hatte ihn zum Hauptkommissar befördert. Wegen seiner Dienstjahre, wie ich später erfuhr. Gleichzeitig hatte er eine neue Wohnung in der Leyendeckerstraße in Köln-Ehrenfeld bezogen - in einer Gegend, die mit ihren Baulücken wie das Gebiß einer alten Frau wirkte, der es an dem nötigen Kleingeld für Brücken fehlte. Über diese Beschreibung, die mal irgendwann in der "Kölnischen Rundschau" gestanden hatte, hat manch einer nachts um 3 Uhr kräftig gelacht. Im Café "Pomp" an der Lindenstraße, wenn ich eine Thekenrunde auf meinen Deckel schreiben ließ. Der Zeitung glaubte ich, wie ich überhaupt ein gläubiger Mensch war - ich glaubte, besser zu sein als gewöhnliche Menschen. Nur in einer Beziehung fiel ich nicht aus dem Rahmen. Ich war ein Gewohnheitsmensch, der wegen seiner Leidenschaft für knackige Bräute zwar zu ganz unterschiedlichen Zeiten, aber zuverlässig jeden Tag ins "Pomp" ging und sich meistens vollaufen ließ.

"Das Buch habe ich auch gelesen, Ronny", war seine einzige Erwiderung. Dann kämpfte der Hüne gegen einen Hustenanfall, nach einigen Sekunden brummte er etwas Unverständliches.Ich summte das von dem CD-Player aufgetischte Stück "Ring Of Fire" mit und täuschte ein Gähnen vor: Nun ja, dachte ich. Ich habe heute wirklich eine Hand für Gewinner. Das "Was?" sagte ich ziemlich gleichmütig, was mir zunehmend schwerer fiel. Die Hauruck-CD von Eric Burdon war endlich zuende und Olivers Verhalten brachte mich immer mehr auf die Palme. Dann lächelte ich gequält, legte die Beine an den Knöcheln übereinander und seufzte. "Erzähl bloß nicht zuviel", sagte ich mit fester Stimme, obwohl mir im Magen ganz schön flau zumute war. "Damit Du später nicht sagst, ich hätte Dir keinen Vorschlag gemacht: Wir sollten nachher eine Runde um den Block drehen. Das holt auch Dich aus den kleinen Tiefen des Lebens heraus", verteilte ich schlaue Ratschläge. Ich nickte, während ich das sagte und zerrte an einer Haarsträhne, wie ich es oft tat, wenn ich mich unwohl fühlte.

Oliver war mir einen vernichtenden Blick zu. "Ich kenne nur größere, Bär ... Verschone mich mit Deinen Kalendersprüchen", sagte er so monoton, daß es mir beinahe die Sprache verschlug.

Na großartig, dachte ich und seufzte theatralisch. Meine Augen schweiften wie Suchscheinwerfer über den hellen Parkettboden, auf dem haufenweise bestickte Kissen herumlagen. Die Wohnung war die gegenüberliegende Seite vom Mond in bezug auf meine Hütte. Olivers Wohnzimmer mit den vielen Dachschrägen war gut und gerne 45 Quadratmeter groß. Von einem Podest aus führte eine Stahltreppe auf die Empore, in der Schlaf- und Arbeitszimmer untergebracht waren. Außerdem war ein Kinderzimmer oben, das leer stand. Der Gedanke an plärrende Blagen reichte bei mir aus, um nach dem nächsten Pariser zu greifen. Die Form der Treppe nach oben wiederholte sich in einem taubengrauen, deckenhohen Regalschrank, auf dem allerlei Schnickschnack, eine Stereoanlage, viele Platten und noch mehr Bücher zu sehen waren. Die Wälzer hatten keine erkennbare Ordnung, Isabel Allende, Waltraud Schiffels und Noah Gordon stapelten sich. Davor ruhten ein Sofa mit der Armlehne nur auf einer Seite und drei Sessel in rotem Velourleder, in der Mitte stand ein rechteckiger Tisch mit verchromten Gestell und Milchglasplatte. Darüber drehten die Aluflügel des Ventilators ihre Runden. In einer Glasvitrine glänzte ein Service aus edlem Porzellan mit einem Goldrand. Auf dem ebenfalls weißen Sideboard träumten Fernseher und Videorekorder so vor sich hin. Auf dem ebenfalls weißen Schreibtisch stand eines von diesen amerikanischen Notebooks, das als Bedienungsanleitung ein dickes Handbuch brauchte. Wahrscheinlich versuchte Birke mit ihm in den nächsten Monaten die Unterschiede zwischen Software und Hardware herauszufinden, vermutete ich. Abgesehen davon war die Erfindung der Farbfernseher die letzte technische Entwicklung der Menschheit, die sie sonst akzeptierte. Oliver dagegen konnte jedes Computerprogramm so dressieren, daß es auf Zuruf den Mond anbellte.

An den Wänden der Wohnung hingen Fotoarbeiten von Hans-Günter Linden und ein Spruch: "Wenn Du willst, daß sich in Deinem Leben was ändert, mußt Du selbst dafür sorgen." Das ist alles nicht mein Ding, stellte ich fest und sah mich weiter um. Das Licht kam von einer aus fünf Strahlern bestehenden Lampe an der Decke. Direkt unter den gebogenen Fensterscheiben ruhte ein bürgerlicher Eßtisch aus Walnußholz für die Zubereitung des Kaninchenfutters. Auf dem Tisch stand hellblaues Geschirr mit weißem Blumenmuster, genau in der Mitte ruhte ein polierter Holzteller mit Obst. An den Wänden schmiegte sich eine offenbar handgearbeitete Bank aus Kirschholz. Mein Blick ging weiter. Streifentapete und ein fröhlicher Vorhangstoff in Blau-Weiß betonten die Gaube. Unglücklicherweise konnte man nicht auf den Dom hinausblicken, sondern mußte Vorlieb nehmen mit dem Fernsehturm "Colonius" in all seiner Durchschnittlichkeit. Irgendwie paßte er aber zu der sparsam möblierte Wohnung, in der nach meiner Meinung viel zuviel Grünzeug herumstand. Pflanzen hingen von der Decke, standen wie Soldaten aufgereiht auf den Fensterbrettern oder wucherten in Kübeln an allen Ecken und Enden. Nein, ich hatte für Dschungelatmosphäre einfach nichts übrig. Im Gegensatz zu anderen Das-erste-Mal-Besuchern, die diese Sorte Wohnung wahrscheinlich als "Schmuckstück" bezeichnen würden.

Ich beschloß, mich meinem Schicksal zu ergeben, und nahm wieder meinen Freund ins Visier. Oliver führte seine Finger zum Mund. Man konnte meinen, er würde seine Fingerspitzen küssen. Aus irgendeinem Grund schwante mir nichts Gutes. Aber ich versuchte weiterhin, ganz ruhig zu wirken. Was aber nicht einfach war, denn Oliver starrte mich plötzlich unverwandt an. Etwas in seinem Tonfall brachte mich dazu, noch nervöser zu werden. "Nun?" erkundigte ich mich mit gehobenen Brauen. "Seit einer Stunde spielst Du Mister Trübsinn", hob ich wieder an,. "Rück´ endlich mit der Sprache raus. Aber schön eins nach dem anderen, damit ich es auch verstehe", witzelte ich, obwohl mir überhaupt nicht nach Scherzen zumute war.

Statt einer Antwort folgte eine lange Pause, vielleicht die bisher längste zwischen uns.

Und dann als meine Reaktion auf sein Schweigen: "Du machst ein Gesicht, als hätte ich die Sonne mit Scheiße beschmiert ... Okay, okay."

Oliver schaute aus wie ein Mann, bei dem sich die Rädchen im Kopf drehen, doch die Antwort bestand zunächst nur aus einem Wort: "Bär."

Keine Ahnung, ob das gut oder schlecht war

Dann wendete er sich an die Zeitung neben ihm.

Ich blickte leicht genervt zur Decke, wütend, mich mit der Rückseite der "Frankfurter Rundschau" unterhalten zu müssen."

Plötzlich legte Oliver das Blatt auf den Boden und verzog seinen Mund zu einem schiefen Lächeln: "Was macht Deine Arbeit?"

Bei ihm hörte sich "Deine ... äh ... Arbeit" so an, als würde ich mich an sieben Tagen in der Woche mit dem Bau von Sandburgen beschäftigen. "Alles okay", antwortete ich frostig.Ein Anflug von Skepsis huschte über Olivers Gesicht, und er warf mir einen seiner typischen Du-kannst-mir-viel-erzählen-Blicke zu.

Das anschließende Schweigen steigerte sich bald zur größtmöglichen Lautstärke.

Ich wartete, bis die Stille unerträglich wurde, fragte "Wie geht es eigentlich Birke?" und versuchte erst gar nicht, mein gähnendes Desinteresse zu verbergen.

Oliver musterte mich einen langen Augenblick, die Unterlippe zwischen den Zähnen. Sein Gesicht war zur Fratze verzerrt, und seine Augen wurden feucht.

Peinlich berührt schaute ich sofort weg. "Vorbei", hörte ich ihn sagen, als wäre damit alles gesagt.

Bingo!

Aber ich schaffte es, diese Nachricht entgegenzunehmen und dabei jeden Anflug eines Lächelns zu unterdrücken, was gar nicht so einfach war. Statt dessen fragte ich erstaunt: "Was ist vorbei?"

Er blickte zur Decke, als ob die Antwort dort geschrieben stünde, und murmelte: "Seit heute morgen gibt's nur noch Horrorvideos in meinem Kopf."

Aber klar doch, dachte ich und reckte mich und lächelte vielsagend. Mir kam der Gedanke, daß die Pißnelke ihn vielleicht um einen Teil seines Verstandes gebracht haben könnte. Sofort überlegte ich, ob es besser wäre, ihn kurz unter die kalte Dusche zu stellen oder gleich einen Krankenwagen zu rufen. "Wie meinst Du das?" warf ich aber ein und verbrachte einige Sekunden damit, einfach nur dazusitzen und absolute Selbstsicherheit vorzuspielen.

Oliver schaute noch immer hoch und kauerte dabei auf der Kante seiner Sitzfläche, fast so, als müsse er in jeder Minute mit seiner Ausweisung aus Deutschland rechnen. Nach einigen Sekunden blickte er mich an - sein Mund wurde von einem hilflosen Lächeln umspielt. Seine Gedanken schienen zu rasen. "Wenn Du es wirklich wissen willst, es ist vorbei ... " Oliver hielt inne und machte ein Gesicht, als stünde sein Keller unter Wasser.

Ich setzte meinen Sieh-mal-einer-an-Blick auf und fuhr mit der Zungenspitze einmal rund um die Lippen, um sie anzufeuchten. "Ja?" machte ich ihm dann Mut. Meine Augen gingen weiter und blieben an einem Punkt irgendwo hinter seinem Kopf kleben - an einem neuen Bild. Es hatte einen plastikknallroten Rahmen und zeigte einen Atompilz als Sonnenuntergang hinter einer Reihe von kahlen Bäumen. Mir lief ein kalter Schauer über den Rücken.

Zum Glück lenkte mich Oliver ab, indem er seine Lider auf Halbmast setzte. "Birke", begann er schließlich und ließ einen nichthörbaren Strom von Luft aus. Oft, häufiger als früher, schaute er auf die Uhr.

Langsam wurde ich ungeduldig. "Was ist mit Birke?" Hat sie Dich letzte Nacht nicht rangelassen? Mußtest Du auf Handbetrieb umschalten? ergänzte ich in Gedanken. Mein Blick blieb auf ihn gerichtet.

Olivers Augen verengten sich, ein deutliches Alarmzeichen! Unglaublich, dieser Gegensatz: ein Bulle mit Killeraugen.

Er machte eine langsame Bewegung mit seinem rechten Zeigefinger, so als ob er seine Antwort einkreise: "Sie ... sie hat ... heute Schluß gemacht." Es klang so, als wollte er es bei dieser Mitteilung bewenden lassen.

Nicht mit mir! "Und das macht Dich fertig? Die ist doch genauso daneben wie ihre künftigen Patienten." Ich hatte also recht behalten, verspürte einen stillen Triumph und grinste still in mich hinein. Als nichts mehr kam, sagte ich noch: "Etwas mehr wird man doch noch erwarten dürfen."

"Was?" Dann stolperte Oliver über seine eigenen Worte, und ein paar Tränen schienen sich in seinen Augen zu jagen. "Sie ist ... gegangen. Gegangen! Gegangen!"

Nur eine vage Vorstellung von Anstand hielt mich davon ab, in Jubelgeschrei auszubrechen. Mühsam bemühte ich mich, Anteilnahme und Überraschung zu zeigen. "Ach?" erwiderte ich und hoffte, daß es einigermaßen verblüfft klang. Wer kriegt jetzt das Sorgerecht für den "BMW Z3 roadster 2,8", wollte ich sagen, aber ich sagte es nicht, denn zweifelsohne war er in einer kritischen Laune. "Tut mir leid, Oliver ", reagierte ich, nichtsdestotrotz es lag keinerlei Bedauern in meiner Stimme. Vielmehr hatte sie einen Unterton von Erleichterung. In meinem Kopf sprudelten die Worte: Endlich! Endlich! Endlich! Gehe in den Dom, zünde eine Kerze an, und weihe sie dem Schutzpatron der Überlebenden. Er hat sie sich verdient. So richtig konnte ich über meinen eigenen Witz nicht lachen. Etwas verlegen strich ich über meine Oberschenkel und warf mir eine "Gitanes" zwischen die Lippen.

"Okay, ich weiß ja, was Du von ihr hältst. Du brauchst es nicht ständig zu wiederholen." Oliver hob das Glas und musterte mich abschätzend. Einen Moment dachte ich, daß er mir jetzt den Inhalt des Glases ins Gesicht schütten würde, aber ich hatte mich getäuscht.

Ich sagte lieber nichts.

Die Sekunden gingen vorüber, und wir verbrachten die Zeit damit, einander zu ignorieren.

Oliver betrachtete mich wie ein Nachrichtensprecher, der den Ausbruch der Pest in unserem Sektor verkünden muß: "Vielleicht solltest Du jetzt gehen."

Es war das Telefon, das unter einem Berg von Blättern fiepte und mich vor den Gefahren eines Wutausbruchs bewahrte.

Sofort fühlte ich eine tiefe Dankbarkeit in mir aufsteigen. Oliver dagegen fuhr zusammen und an seinem Hals stieg eine flammende Röte nach oben. "Seit wann geht Dein Telefon wieder?" fragte ich. Er saß einfach da, die Augen weit aufgerissen und starr: "Seit heute mittag ... Geh Du bitte dran." Ich ging also mit federnden Schritten zu seinem Schreibtisch, neben dem ein Gummibaum kauerte, der jetzt schon zu groß für den Raum war. Ich wühlte mich durch den Papierkram, nahm den Hörer ab, und mein Blick folgte dem Grünzeug, das damit drohte, sich durch die Decke zu bohren. "Hallo?" ... Es war Paul Kratzenstein, sein Sektenführer.

Kratzenstein war Anfang sechzig, sah aber wegen seine Halbglatze etwas älter aus. Daß er in seinen überreifen C&A-Anzügen eher wie eine Kreuzung zwischen einem asketischen Wanderprediger aus Hagen und einem vertrockneten Trinkhallenpächter aus Castrop-Rauxel als wie ein Polizist wirkte, hatte für ihn keine Bedeutung. Sein Selbstbewußtsein war nicht gerade knapp bemessen. Kratzenstein, der sich viel darauf zugute hielt, seine Mitarbeiter mit väterlicher Hand zu führen, war sich auch darüber im klaren, daß er einer der fähigsten Ermittler weit und breit war. Früher für Betrugsfälle, jetzt für Morde zuständig. Es war falsch, auf das Image des liebenswürdigen und etwas trotteligen Polizisten hereinzufallen, das er bewußt kultivierte. Hinter vorgehaltener Hand hieß es von ihm, wer ihm im Verhör widerspreche, der könne sich gleich vor eine Dampfwalze legen. Doch außerhalb des Bullenklosters am Waidmarkt war der Ausbund an Spießigkeit so aufregend wie ein benutzter Zahnstocher vom letzten Neujahrsempfang des Erzbistums. Ein Typ eben, der nie vergießt, beim Verlassen eines Zimmers stets das Licht auszumachen. Obwohl sich seine Kriegskasse monatlich mit gut 7000 Mark füllte, stand er weiter in der Kantine Schlange. Und so was nannte sich Leitender Kriminaldirektor. Vor ein paar Tagen hatte ich seine Frau kennengelernt. Stundenlang saß sie einfach nur da und lächelte über die Witze ihres Mannes - mithin hatte sie nicht viel zu tun gehabt.

Ich zupfte jetzt an meinem Ohrläppchen und fuhr mir mit dem Handrücken über das Kinn. Endorphine durchfluteten mein Nervenkostüm. Ich ließ mein Gesicht, das sich im Fenster spiegelte, zu einer nichtssagenden Miene erstarren. Blitzschnell reichte ich den Hörer an Oliver weiter, ohne daß meine Hände dazu den Befehl erhalten hatten: "Dein Chef", sagte ich so gleichgültig, als würde er mich im Grunde nicht interessieren. Er zögerte, schien schwer zu schlucken und schüttelte den Kopf, vermutlich um wieder klar zu werden. Dabei zuckte das Glas in seiner Hand. Erst wollte er es abstellen, dann überlegte er es sich anders und leerte es hastig wie Medizin und machte ein angewidertes Gesicht. Höflicherweise schaute ich weg. "Ja", murmelte er und stand taumelig auf. Mit dem glasigen, leeren Blick eines Menschen in Trance, bewegte er sich vorwärts. Meine Augen verhakten sich mit seinem Regal. Dort stand eine Pulle. Und in der Pulle schlummerte der Wodka. Mein Blick bekam einen Anflug von Wut. Zu gerne hätte ich den Wodka beim Wickel gepackt. Ich kaute auf den Zigarettenfilter und schaute zu den immergrünen Topfpflanzen in allen Ecken ... Sie sollten sich auch schon mal Gedanken über die Chancen von Reinkarnation machen, ging mir durch den Kopf. Ich nickte sachte und sperrte meine Alles-unter-Kontrolle-Ohren weit auf.

"Hallo? Roberts hier", sagte er im Tonfall eines Mannes, der auf das Schlimmste gefaßt ist.

Ich rieb mir den Nacken, als sei er steif geworden. Während er telefonierte, wurde ich von Unruhe getrieben und begann das lange, rechteckige Zimmer mit großen Schritten zu durchmessen, wie ein Tiger im Käfig. Schließlich blieb ich stehen, ergriff die Flasche, stellte sie nach einigem Zögern wieder hin und begnügte mich mit einem etwas linkischen Blick auf Oliver . Der Alkohol hatte auf seinen Wangen eine leichte Rötung bewirkt. Das sollte mir nicht auch noch passieren!

"Kein Problem", sagte Oliver nach einigen Minuten des Zuhörens. Er wippte aufgeregt von der Ferse auf die Zehen hin und her. Langsam und genau, wie es seine Art ist, fragte er schließlich nach einer Adresse, ließ sich den Weg beschreiben und legte den Hörer mit Schmackes auf die Gabel. Er wirkte, als traue er sich zum erstenmal, tief durchzuatmen. Dabei lächelte er sogar, und das Lächeln irritierte mich aus Gründen, die zu erklären mir schwerfielen.

Ich verbarg meine Unsicherheit und Freude und mußte mein Gesicht zu einem Grinsen verdrücken. "Was ist gebacken?" wollte ich mit gespielter Gleichgültigkeit wissen. Mein Lächeln war jetzt nur noch ein schmaler Strich. Ich gab mir alle Mühe, so auszusehen, als hätte ich ein Recht darauf, zu fragen. Meinte ich auch zu haben. Schließlich hielt ich mich in der Hauptsache für einen Erfolgsmenschen und nicht für einen Seelentröster!

"Eine Attentatsdrohung." Oliver war wieder seiner Selbst: absolut sicher. Nur sein Versuch, Entschlossenheit zu zeigen, wurde ein wenig dadurch entschärft, daß er seine Worte nicht mehr scharf artikulieren konnte.

"Ja, das kommt immer wieder vor." Ich tat so, als ginge es schlimmstenfalls um falsches Parken am Rheinufer in Rodenkirchen. Dabei hatten die Drinks in meiner Nähe merklich an Reiz verloren. "Wo?" erkundigte ich mich schließlich, als er nicht reagierte. Im gleichen Moment landete der lange weiße Aschefinger meiner Zigarette auf meinem Schoß: "Scheiße."

Oliver trat von einem Fuß auf den anderen und stieß einige Knurrlaute aus. Schließlich gab er sich einen Ruck: "In Marienburg." Wenigstens bewegte er die Lippen wieder in normalem Tempo. Ich pustete die Asche weg und hörte ihn seufzen: "Ich muß gleich hin", sagte er und schob mir ein Glas und die Flasche Sekt hin.

Ich nickte Zustimmung, aber sattelte in Gedanken die Rösser. Freude, schöner Götterfunken. "Jetzt gleich", sagte ich langsam, "ist genau das richtige für Dich, Oliver."

Noch ahnte ich nicht, daß der Spaziergang durchs Leben schon bald für mich zu einem mühseligen Marsch werden würde.

Oliver sah mich kurz an: "Das wird aber stinklangweilig werden."

Ich wagte eine kühne Voraussage: "Bestimmt nicht", sagte ich, "bestimmt nicht."

Und damit sollte wir so was von daneben liegen.

Aber genaugenommen hatte Oliver recht.

02

Vor dem Haus Nummer 11, wo Oliver wohnte, stiegen wir in meinen alternden "Polo". Er war fast zehn Jahre alt, an allen Ecken und Enden durchgerostet und laut Tacho konnten wir bald das 200000.-Kilometer-Jubelfest feiern.

Der Motor sprang sofort an, und die Kiste ruckte an. Viel zu schnell ließ ich die Kupplung kommen, und prompt würgte ich den Motor ab. Ich drehte den Schlüssel im Zündschloß. Nichts passierte. Ich versuchte es noch einmal, ohne Erfolg. Dann trat ich auf das Gaspedal und drehte gleichzeitig am Zündschlüssel.

"So säuft er garantiert wieder ab", sagte Oliver, als ob er den totalen Durchblick hätte. Dabei legte er den Sicherheitsgurt an und knetete nervös seine Finger.

Besserwisser! Ich lachte, ohne zu lächeln.

Ohne ihm eine Antwort zu schenken, riß ich die Tür und sprang auf die Leyendecker Straße. Eine Frau mit pechschwarzen Haaren wollte ihr Gewissen beruhigen - und karrte Zeitungen zu einem Papiercontainer. Na ja. Gegenüber sah ich einen roten "Camaro" stehen, ein Schlitten, der Birke am Verstand der Menschen zweifeln ließ, nur weil er pro Steinwurf einen Liter Sprit schluckte. Ich schmunzelte - und schoß mir in Gedanken mit dem Zeigefinger durch die Schläfe: Ciao Birke.

"Und nun?" rief mir Oliver hinterher. Ich sah, wie er die Beine übereinander und dann wieder auseinander schlug, er konnte sich offenbar nicht entscheiden, welches er über das andere legen sollte.

Wortlos trat ich gegen die Stoßstange, stieg wieder ein und startete den Motor. Aus dem kaputten Auspuff drangen sofort gleichmäßige Baritontöne.

"Diese Sprache versteht er", sagte ich aufatmend und fuhr an seinem BMW vorbei. Einmal, zweimal, dreimal ließ ich den röhrenden Motor aufheulen.

Oliver schwieg verbissen.

Ehrenfeld wirkte noch provinzieller als am Tage. Kein Mensch war weit und breit zu sehen. Als ich mein Stiefkind der Brummbranche nach links in die Oskar-Jäger-Straße lenkte und unter der Eisenbahnbrücke herfuhr, konnte ich für einige Sekunden das Gaspedal bis zum Boden durchtreten und Oliver zeigen, was aus dem "Polo" noch herauszuholen war. Aber dann beendete eine Baustelle mein Bemühen.

Aber meine Stimmung schlug nicht um. Ich fühlte mich weiterhin toll und fand, daß ich jetzt auf den Kopf stehen, mit Wem-auch-immer singen oder mit Marika Rökk in der Pusta tanzen könnte. Nur der Mann neben mir schien überhaupt nicht in Stimmung zu kommen. "Hör mal", schnappte ich schließlich, "ich habe vorhin eine Baldrian-Pille geworfen, es ist also, selbst für Dich nicht möglich, mir auf die Nerven zu gehen."

"Wahnsinn", antwortete er, schnitt mir fast das Wort ab und lächelte mich leer an.

Ich machte ein enttäuschtes Gesicht und nickte. Der Blick auf den Melatenfriedhof und die Musik im Radio trugen wenig zu meiner Entspannung bei: Eric Clapton nervte mit "Wonderful Tonight". Ich hatte einen Knoten im Magen. Und der Knoten wuchs mit jedem Kilometer.

Eine lange, leere Pause folgte.

Beim Abbiegen in die Aachener Straße ließ die One-Man-Boygroup den "Polo" aufheulen. Aber drei Handbreit über dem Boden spürte ich die Straßenbahnschienen, und der Drehzahlmesser beruhigte sich sehr schnell wieder. Es war mir wieder einmal überlassen, eine Unterhaltung zu beginnen. Also warf ich ihm einen Blick zu und brach das Schweigen mit einem Räuspern und der Frage: "Was ist das eigentlich für ein Anschlag?"

"Kannst Du nicht zuhören?" Die Verärgerung in seiner Stimme war unmißverständlich. "Das war kein Anschlag, sondern ist eine

Attentatsdrohung", antwortete er von oben herab und saugte Luft durch seine Zähne.

Nachdem er fertig war, hatte ich als Reaktion nur ein langes Schweigen.

Einige Minuten verstrichen.

In Höhe der Großmarkthallen an der Bonner Straße schärfte mir Oliver plötzlich ein, als ob ich ein Frischling sei: "Komm mir gleich bloß nicht in die Quere." Seine Stimme klang ernst und kaum beherrscht. Dabei starrte er angespannt auf die Straße hinaus, so daß ich seinem Gesicht nichts entnehmen konnte.

Die Aufforderung ließ die Muskeln in meinem Gesicht zucken. Ich sog den Rauch tief in die Lunge, um mich zu beruhigen. "Ich weiß, ich weiß", antwortete ich warnend und stellte den Scheibenwischer an. Ganz plötzlich hatte ein heftiger Regen eingesetzt. Er klatschte auf die noch immer heiße Fahrbahn und verdampfte in niedrigen Schwaden. Der Regen prasselte so heftig auf das Autodach, daß es sich anhörte, als dürfe Dicky Tarrach von den fast vergessenen "Rattles" bei einem Oldiefestival endlich mal wieder ein Schlagzeugsolo loswerden. Dazu machte der Scheibenwischer Klick-klack. Ich drehte das Fenster auf meiner Seite ein paar Zentimeter herunter, damit die Scheiben nicht zu sehr beschlugen. Ich sah, daß auf dem Bürgersteig sich riesige Pfützen bildeten.. Einige wenige Leute rannten mit Handtaschen über ihren Köpfen zu "McDrive", um sich dort ins Trockene zu retten..

Die erforderliche Konzentration beim Fahren holte mich aus meinen Träumen. In den letzten Minuten hatte ich kaum etwas von der spröden Unterhaltung mitgekriegt, einschließlich meiner eigenen Worte, weil ich über die Chancen nachdachte, endlich mal wieder eine gute Geschichte zu haben, oder mir zumindest die Frage stellte, ob die Story für mich etwas hergibt.

Oliver sah mit zusammengekniffenen Augen in meine Richtung, sprach aber, als feiere er mit sich selbst Kommunion: "Du bleibst am besten im Auto."

"Wozu?" Ich sprach mit Entschiedenheit, die ich innerlich nicht spürte.

"Wozu? Es muß ja nicht unbedingt jeder mitbekommen, daß wir zusammen eingetroffen sind, klar?" sagte er, als wäre es seine Aufgabe, einem Kind Vernunft einzutrichtern. Auf seiner Stirn war Schweiß, zumindest sah es so für mich aus.

"Daran habe ich noch gar nicht gedacht", sagte ich im salbungsvollen Ton eines Sonntagmittag-Predigers der Zeugen Jehovas.

"Solltest Du aber", stellte er fest, und ein schwaches Lächeln kehrte auf sein Gesicht zurück.

Der Regen klatschte jetzt in rhythmischen Stößen gegen die Scheiben.

Als ich von der Bonner Straße nach links in die Marienburger Straße abbog, rollte ich sacht einer kleinen, abgeschlossenen Welt aus längst vergangenen Zeiten entgegen. Pferdekutschen und Gaslaternen gab es längst nicht mehr, aber hier hatten die Kölner noch die Wahl zwischen einer Berghütte im Berner Oberland, einer Rinderfarm in Argentinien oder Heimat-deine-Sterne. Marienburg war das, was Kölner Immobilienmakler vermutlich als beste Adresse bezeichnet hätten. Hier war der Besitz zu finden, den die gute Gesellschaft von Köln gerne als ihr Zuhause bezeichnete. Marienburg hatten einst die Villen von Konzernchefs und später des britischen Soldatensender BFBS geziert. Inzwischen glänzten an gleicher Stelle Anwaltskanzleien, Konsulate und die Deutsche Krebshilfe. Seit Jahrzehnten schon setzte sich hier die Creme der Domstadt ihre Denkmäler. Diese Häuser lagen um diese Zeit im Dunkeln und konnten nicht genauer von mir begutachtet werden. Aber ich wußte, hier gab es keine Legoland-Flachbauten wie im Hahnwald, dem anderen mondänen Stadtteil Kölns, der aber im Dunstkreis von Wesselinger Raffinerien lag. Darum war in Marienburg allein jedes Grundstücke weit über eine Million Mark wert. Mochten manche Villen mit ihren scharlachroten Dächern auch von außen fast rustikal wirken, von innen dürften sie jeden Luxus bieten - Bibliotheken, Saunen, Swimming pools. Für einen Moment klebte mein Blick an dem Schild "Evangelische Kirche", dann schaute ich mich um: Platanen beschatteten tagsüber beide Straßenseiten und trugen ein melancholisches Aussehen zur Schau, als bedeute allein ihre Anwesenheit ständige Trauer. Ich ließ meinen Blick über die Straße wandern. Unter den Bäumen waren einige Nobelschlitten geparkt - ein kombiartiger "Mercedes", ein tabakfarbener "Jaguar", ein stratoblauer "Volvo". Autos, die einige Leute fahren, die allen zeigen wollen, daß sie es schon weit gebracht haben. Übertriebene Bescheidenheit war eben nicht die Sache der Marienburger. Ihre Vorstellung, etwas für die Gemeinschaft zu tun und gleichzeitig das Gewissen zu besänftigen, bestand einzig und allein darin, möglichst viel Geld für wohltätige Zwecke bei irgendwelchen furztrockenen Veranstaltungen zu scheffeln. Aber lieber verbrachten sie ihre Freizeit auf endlos großen Golfplätzen. Die Leute waren alle schön, doch das war selbstverständlich, daß niemand mehr darauf achtete ... Ich sah mich weiter um. Fast alle Vorgärten voller Blumenrabatten oder makelloser Rasenflächen, auf denen sich nicht das geringste Unkraut breitmachen konnte, waren durch derbe Gitter geschützt. Manche Grundstücke zogen sich gut und gerne hundert Meter hin, bis sie an ordentlich geschnittenen Hecken endeten. Bestimmt patrouillierten hier überzüchtete Rottweiler. Einige Häuser waren von weißen Mauern umgeben. So wie es hier aussah, hatte seit langem kein Einbrecher auch nur eine müde Mark verdient. Wie hypnotisiert ließ ich den Anblick der steilen Dächer auf mich wirken, die dahinter lagen und mich an Zitadellen erinnerten. Ich registrierte die Pracht anderer Villen, die offen erkennbar war und auch in der Nacht nicht verloren ging. Scheinwerfer waren eingeschaltet worden und beleuchteten die Grundstücke. Videokameras zeugten außerdem von hohen Einschaltquoten für die Fernsehsendung "Aktenzeichen XY". Auf einigen Grundstücken war die Elektronik in hohen Bäumen versteckt, die wahrscheinlich dem Alter der Hausbewohner in nichts nachstanden. Es war gar nicht so weit von meiner eigenen

Behausung entfernt, aber in anderer Hinsicht lagen ganze Lichtjahre dazwischen.

"Wahnsinn, Wahnsinn", brummelte ich. Es war eine der Gegenden, in der mein "Polo" so unauffällig wie ein Rabbi beim Morgengebet der Franziskaner wirkte. Etwas verschämt steuerte ich meinen Wagen mit der rechten Hand, während mein linker Arm auf dem Handgriff der Tür ruhte.

Letzte Regentropfen schlugen wie Schüsse um uns ein.

Oliver schien meinen Blicken gefolgt zu sein: "So schön können Millionen sein."

Die Umgebung sorgte bei mir für einen gesunden Schuß Zynismus: "Manche Leute wandern in den Kahn, weil sie 3000 Mark unterschlagen haben. Andere Scheißer segeln mit 30 Millionen in die Pleite und umgeben sich mit Luxus, um auch jedes Schamgefühl zu dämpfen."

Ich sah, wie Oliver sein Knie mit den Händen umklammerte, das Gesicht zu einem grimmigen Lächeln verzog und sang: "What A Wonderful World"

Ich lachte, aber es war mehr aus Nervosität als aus Erheiterung.

"Halte bitte gleich an, Bär", seufzte er und wurde so laut, daß man ihn bis Bonn hören konnte. "Und komm mir nicht nach."

"Selbstverständlich", schnaubte ich ... Pustekuchen. Den Teufel würde ich tun.

Ich stoppte an der Einmündung Goethestraße und sagte: "Dein Outfit ist - wie soll ich sagen? - richtig vorher."

Oliver öffnete die Tür, drehte seinen Oberkörper herum, schwang die Beine nach draußen und fragte: "Vorher?"

"Ja, wie bei den vorher-und-nachher Bildern, nicht?" lachte ich und schüttelte mich.

Oliver riß seine Augen auf; seine Augen schossen Blitze gegen mich, und er stieg ohne ein weiteres Wort aus. Dabei lag in seinen Augen so ein merkwürdiges Glitzern, als hätte er den Scherz gemacht.

Ich sammelte mich und stieß die Luft aus, die ich unbewußt gehalten hatte: "Mach's gut ... Hey, wo mußt Du überhaupt hin?".

"Robert-Heuser-Straße 12. Zufrieden?" fragte er

Ich nickte und fuhr im dritten Gang ein Stück weiter bis zur Robert-Heuser-Straße. Hier und da konnte man die glänzende Wasseroberfläche der Swimmingpools durch die Hecken hindurch scheinen sehen. Kurz hinter der Einmündung hielt der "Polo" mit einem Ruck an und stieß einen letzten Seufzer aus, ehe er für heute den Geist aufgab. Ich machte mir erst gar nicht die Mühe, den Motor wieder anzulassen, um meine Karre dichter an den Bordstein heranzufahren, sondern ließ sie stehen und kurbelte die Scheibe herunter. Der Verkehr auf der Bonner Straße war die einzige Geräuschquelle. Von meinem Platz aus konnte ich beobachten, wie Oliver an mir vorbeiging. Neben ihm schüttelten sich die dunklen Silhouetten der Bäume im Abendwind. Da ich sonst nichts zu tun hatte, spielte ich im Geist einige Spielchen. Ich könnte aussteigen und ein paar Autoantennen abbrechen. Noch besser: Ich könnte mit einem Messer einige Autoreifen aufschlitzen. Keine schlechte Idee, wenn man davon absah, daß ich überhaupt kein Messer bei mir hatte.

Schließlich nahm ich meine Sonnenbrille ab, blies den Staub von den Gläsern und fing an, sie zu putzen. Allerdings waren die Gläser fettig, und durch das Reiben würden sie noch schmieriger werden.

Also gab ich es auf und tat so, als wenn ich die Aussicht im Außenspiegel wahnsinnig interessant finden würde, und ließ so einige Anstandssekunden verstreichen. Dann schälte ich mich aus dem Auto und entdeckte eine Spur von nervöser Erregung in mir. "What A Wonderful World" - das Echo seiner Stimme hallte noch in meinem Ohr, während ich die Tür mit einem solchen Knall zuwarf, daß es von den Wänden der Häuser widerhallte. Ich lächelte meinem Bild in den getönten Fensterscheiben zu. Um mich mit allem vertraut zu machen, tat ich, als müßte ich meine Schnürsenkel neu binden. Zuerst begutachtete ich den Himmel. Ein fast schon halber Mond hing hinter mir. Der Himmel war so klar, daß die Sterne ein diffuses Licht verbreiteten. Die Nachtluft war recht kühl und ich vermißte einen Pullover. Das Gras in der Nähe war frisch geschnitten und roch gut. Obwohl Hochsommer war, lag auch ein Geruch nach Laub in der Luft. Ich zuckte zusammen, als in der Ferne ein Nebelhorn brüllte. Aber sofort hatte ich mich wieder im Griff.

Mit lässig stolperndem, stets etwas instabilen Gang entfernte ich mich vom Auto und ließ es auf mich wirken: Die Häuser in der Robert-Heuser-Straße zeigten das gepflegte Gesicht der Gründerzeit. Das Haus Nummer 12 strahlte sogar eine morbide Gelassenheit aus. Es war eine Sandsteinvilla mit einem weißgeklinkerten Eingang, der sich vor dem schwarzen Himmel abhob. Ich registrierte, daß über dem Eingang, schlecht getarnt durch ein Vogelnest, ein Video-Glubschauge saß. Anders als bei den Nachbarhäusern säumten hier Rosenbüsche die Front. Auf der Wiese vor dem Haus standen hellblau gestrichene Autoreifen, in denen im Frühling bestimmt Stiefmütterchen blühten. Mein Blick kehrte zu dem Haus zurück. In einem Zimmer im Erdgeschoß brannte Licht, und ich konnte nur einen eleganten Kristalleuchter sehen. Die anderen Fenster im Erdgeschoß hatten heruntergelassene Jalousien und verwehrten die Beobachtung. Auch ein Badezimmer eine Etage drüber war erleuchtet. Mattglasscheiben erlaubten mir aber keinen Einblick. In der zweiten Etage fiel mir ein Bleiglasfenster auf. Über dieser Etage thronte ein hohes, spitzes Schieferdach. Wenn die Hausnummer stimmte, mußte hier dieser Typ wohnen. Nicht schlecht für einen Politfuzzi vom Rhein.

Plötzlich ging draußen eine Kutschenlampe an. Ich blieb stehen und trat unruhig von einem Bein auf das andere.

Aus der hölzernen Tür mit den Messingbeschlägen kam Sekunden später ein Mann und schaute sich um. Dann ging er ein Stück auf dem backsteingepflasterten Weg und blieb an einer Hundeskulptur stehen. Oliver rannte auf ihn zu, vorbei an den schlanken weißen Birken, die wie Wachposten über den Vorgarten verteilt waren. Die beiden sprachen einen Moment. Leider konnte ich nicht hören, was sie sagten. Aber ich sah Olivers Gesicht - es war eine leblose Maske. Dann ging Oliver zu einem "Opel Vectra", der in der halbkreisförmigen Auffahrt abgestellt war, die von Zwergrhododendron gesäumt war. Sein Gesichtsausdruck veränderte sich. Er wirkte viel entspannter. Der Mann warf ihm einen Schlüssel zu. Oliver öffnete die Fahrertür.

Es war das letzte, was Oliver Roberts in seinem Leben tat.

03

Wie es eigentlich im nächsten Augenblick anfing, ist mir lange Zeit überhaupt nicht klar gewesen. Was aber geschah, lief nach der exakten Choreographie eines Stücks aus der Hölle ab, wenn die Hölle wirklich so grausam sein konnte.

Es gab einen mörderischen Knall und ein roter Blitz zuckte auf. Obwohl ich mir sofort die Ohren zuhielt, war der Krach der Detonation schmerzhaft. Der "Opel" bäumte sich zu einer letzten Lebensregung auf, ehe er wie tot zur Seite fiel und einen dunkelroten, alles verschlingenden Feuerball hoch in den dunklen Himmel über Marienburg schleuderte. Ich warf mich zu Boden, und eine Druckwelle fegte über mich hinweg. Als sie vorüber war, hatte sich das Haus in ein nächtliches Schlachtfeld verwandelt - ein Flammenmeer zuckte und tobte. Die Hitze war kaum zu ertragen. Die Birken wurden weggepustet wie Pappmaché. Der in den Himmel geschleuderte Schutt und Staub ging auf die Erde nieder. Die Fahrbahn unter mir schwankte wie das Deck eines Schiffs bei Windstärke 9.

Die Welt schien sich einen endlosen Moment lang auf ihrer Achse zu neigen, als sei sie aus dem Gleichgewicht geraten.

Mir war, als würde mir jemand die Eingeweide herausreißen!

"Großer Gott", nein! schrie ich und warf die Hände über meinen Kopf. Meine Reflexe reagierten automatisch. Und mein Gehirn befahl meiner Lunge, die Luft anzuhalten.

Um mich herum war alles taghell. Glastüren und Fenster zersprangen in den umliegenden Häusern. Einige Alarmanlagen wurden ebenfalls ausgelöst. Der Krach erregte den Zorn aller Köter des Sprengels, die bellend ihren Unmut kundtaten.

Ich war völlig benommen und blieb einige Minuten regungslos liegen. In meine Ohren drang ein Laut - der entsetzlichste Laut, den ich je wahrgenommen hatte. Es war wie ein Schrei aus der

Kehle eines wilden Tieres, das von noch wilderen Tieren in Stücke gerissen wird. Es war der Tod, den jemand gesehen hatte.

Erst jetzt kapierte ich, was passiert war. Eine Bombe war explodiert.

Ich kniff hartnäckig die Augen zusammen, als könne ich mich so vor dem Entsetzen schützen, das mich umgab. Schließlich klammerte ich mich an die Reifen eines Wagens und wartete auf eine zweite Explosion, die jeden töten würde. Um mich herum hörte ich das unheilvolle Rauschen von Feuer. In diesem Moment wußte ich, daß ich auch sterben würde. Ich konnte es spüren, ja, fühlen. Ich war vom Tod umgeben und wartete auf den reißenden Schmerz in der Brust, der einen Herzinfarkt ankündigt.

Aber der kam nicht.

Erst nach einer Minute öffnete ich die Augen wieder. Ich benötigte endlose Sekunden, um mich zurechtzufinden. Einige Zeit lang beobachtete ich die tobende, grauenhafte Szene

und nahm sie für alle Zeiten in mein Gedächtnis auf:

Ich konnte nicht klar sehen, als mich etwas blendete. Es war eine Flut von Farben und Licht - Gelb, Gelb und wieder Gelb. Erst ganz allmählich fügte sich alles zu einem Bild des Grauens zusammen: Das Feuer hatte auf das Haus übergegriffen, das längst hoffnungslos in Flammen stand. Ein Teil der Fassade war auf den Rasen gestürzt. Risse hatten die Fahrbahn geöffnet, als wäre die Erde aufgeplatzt und hätte meinen "Polo" einfach verschluckt. Blutlachen bedeckten den Boden, überall lagen Leichenfetzen. Der Spätsommerhimmel hatte sich in ein riesiges Schlachtfeld zuckender Flammen verwandelt. Wie giftige Blumen stiegen immer neue Feuersbrünste hervor.

Ich hatte mich wie ein Fötus gekrümmt. Wie man es leicht tut, wenn man eine Scheißangst hat. Es war ein ganz neues Gefühl, das ich jetzt spürte. Bisher war Angst niemals in mir aufgekommen, sondern stets als dicker Kloß in der Magengrube geblieben. In meinem Körper begann sich jetzt jeder Muskel zu verkrampfen. Ich dachte, ich wär´ in der Hölle. Meine Augen schossen hin und her, als suchten sie verzweifelt nach Hilfe. Der ganze Kopf fühlte sich an, als hätte jemand die Bombe direkt darauf gezündet, drinnen dröhnten Schmerzen. Sie durchzuckten meinen Körper, und ich beugte mich zur Seite, um nach Luft zu schnappen. Eine lange Sekunde glaubte ich, ich würde ohnmächtig.

Ich wollte etwas tun, aber ich wußte nicht, was.

Oliver ... Oliver ... Oliver ... Ein einziges Wort malträtierte mein Gehirn. Oliver ... Oliver ... Oliver ...

Ich brüllte nach "Hilfe!". Irgend jemand sollte mich aus dieser Hölle befreien. Irgend jemand ... Irgend jemand.

In diesem Moment zeigte sich bei mir ein Grundzug menschlicher Psyche in Krisenzeiten - der Ruf nach einem Retter, einem göttlichen Heilsbringer.

Krampfhaft mußte ich mich bemühen, das Bewußtsein nicht zu verlieren.

Plötzlich hörte ich Schreie, hysterische Hilferufe von allen Seiten. Mit einemmal wurde mir alles zuviel. Mir strömten die Tränen über die Wangen. Ich wußte nicht, ob ich um Oliver weinte -

oder um mich selbst.

04

Das Grauen gönnte sich eine kurze Pause, erschöpft nach dem Gemetzel.

Als das Echo der Detonation verebbt war, herrschte für einen Moment Stille. Tödliche Stille. Ich hatte das Gefühl, als wäre das Ganze ein entsetzlicher Traum: Ich befand mich in einem schwarzen Tunnel. Am Ende lag die Realität - das Haus in Schutt und Asche. Mitten im Vorgarten der Nachbarvilla sah ich einen Arm, ein paar Meter daneben einen Kopf, es war der Kopf von Oliver. Im Tode schien er noch zu leiden. Gleich unterhalb der Kinnlinie war er vom Rumpf abgetrennt worden. Fast die gesamte Haut fehlte, nur zwei kleine Hautabschnitte waren übriggeblieben. Einer über dem rechten Auge, der andere direkt hinter dem linken Ohr. Die Lippen schienen fast völlig verbrannt, seine Zunge trat ein Stück aus der Mundhöhle, die bereits zwanzig Prozent aller Fliegen Kölns umschwärmten.

Und dann spürte ich sie wieder. Die Angst

Ich sterbe! dachte ich wieder. Ich werde genauso sterben wie Oliver. Ich hatte das Gefühl, ich stehe am Rande des Wahnsinns, und ließ Schreie von mir, die ich selbst nicht für möglich gehalten hatte.

Der Kopf ... Die Ohren ... Die Lippen.

Es war ein Anblick, bei dem mir das Nervenwasser im Rückenmark gefror. In meinem Körper tobte ein wildes Tier, das sich mit seinen scharfen Zähnen durch meine Eingeweide fraß, meinen Brustkörper durchbohrte und mit seinen Pranken mein Herz umklammerte. Die Bilder trafen mich wie eine Peitsche, die wieder und wieder und wieder zuschlug. Ich glaubte, mein Herz würde zerspringen, während ich vor Angst schlotterte. Die Wut und der Haß, die sich hier ausgetobt hatten, waren für mich unfaßbar. Ich mußte kotzen. Dann war ich wieder den Tränen nahe und zitterte vor Erschöpfung und Angst am ganzen Körper. Ich spürte Schmerzen.

Die Schmerzen schienen meinen Schädel zu spalten.

Ich kriege dieses Schwein, das das zu verantworten hat!

Mein Überleben konnte ich nicht im Taumel der Glückseligkeit feiern. Darum nahm ich meinen ganzen Mut zusammen und wollte mich hochrappeln. Doch bei dem Versuch, auf die Füße zu kommen, knickten mir die Beine ein. Nach einigen Sekunden versuchte ich es noch mal. Diesmal klappte es und ich sah mich an: Ich war von oben bis unten voller Staub und Blut. Den Geschmack von Asche im Mund, empfand ich eine grenzenlose Bitterkeit.

In meinen Augen war Wasser, meine Wangen brannten vor Trauer. Ich suchte, war mir aber nicht bewußt, daß ich suchte, suchte nach einem einzigen Menschen. Ich lauschte auf den unregelmäßigen, leicht pfeifenden Ton meines Atems.

Mein Gott, o mein Gott.

Ich wünschte, ich wäre irgendwo, nur nicht hier.

Zum ersten Male in meinem Leben verspürte ich Panik, echte Panik. Schnell befreite ich mein Gesicht von Ruß, Staub und Blut.

Ich hatte wieder Angst.

Etwas in mir protestierte: Aber ich habe doch sonst nie Angst.

***

Für einen kurzen Moment schlang ich die Arme um meinen Körper, preßte das Kinn an die Brust und meine Gedärme drohten schreckliche Dinge an, während ich auf das Inferno starrte. Dann bewegte ich mich wie in Schlafwandler zur Bonner Straße, fast als ob ich von einem Laufband in den Düsseldorfer

Messehallen fortbewegt würde. Getrieben von dem grausamen Geschehen, das ich gesehen hatte. Irgendwo in meinem Hinterkopf regte sich die Sorge, daß mich ein Schuß aus dem Hinterhalt erwartete. Laß es ein Traum sein, flehte ich, bitte, laß mich jetzt aufwachen und auf meiner Matratze liegen, dann ist alles gut.

Aber es war kein Traum! Rauchfetzen verhüllten noch immer meinen Körper. In einer Beule auf meinem Kopf pochte es, und mein ganzer Körper brannte. Eigentlich gab es keine Stelle an ihm, die nicht weh tat.

In der Ferne tuckerte ein Schiff in Zeitlupe auf dem Rhein entlang, stromaufwärts. Ich sog die frische Kölner Nachtluft ein - doch von der Robert-Heuser-Straße ging der Geruch des Todes aus. Aber ich roch nicht nur den Tod.

Es war auch Angst.

Meine Angst.

Ich steckte mir eine Zigarette an und hoffte, daß der Qualm den Gestank etwas überdecken würde.

Doch statt dessen bereitete sich auf meinem Gesicht ganz ohne Vorwarnung eine Sturmflut von Schweiß aus.

Irgendwie war ich bis zur Hauptstraße gekommen, ohne daß mein Körper sich dessen bewußt war.

Die Beleuchtung in der Bonner Straße war kalt und elektrisch. Nach einigen Sekunden tauchten die verschreckten Züge eines Menschen auf. Ich blieb stehen. "Was ... Was ist ... Ist Ihnen ... Ist Ihnen was passiert?" sagte eine Frau mit einer Killerfigur. Ihre Augenwimpern flatterten wie Schmetterlinge. Die Frau sah so aus, als würde sie gleich zu weinen beginnen, tat das glücklicherweise aber nicht. Neben ihr stand ein Mann, die Hände tief in seinen Taschen vergraben und die Schultern ein bißchen vorgeschoben. Er hatte Augen, denen nichts entgeht.

Sofort verspürte ich ein flaues Gefühl in der Magengrube. "Mit Ihnen passiert?" plapperte ich nach, ohne den Sinn der Worte überhaupt mitzukriegen. Ich hob die Hände über den Kopf, als wollte ich einen Schlag aufhalten.

Ich bezwang meine Angst Und von einer Sekunde zur anderen schienen meine Lebensgeister wieder zu erwachen: Beim genauen Hingucken bekam ich einen gewaltigen Schreck und sackte ein paar Zentimeter zusammen. Vor mir stand eine Alte mit einem Totenkopfschädel. Sie war bereits um die Fünfzig. Über ihren Lippen sprießten einige Bartstoppel. Ihr braunes Haar mit einem Anflug ins Rötliche war ganz krisselig von der letzen Dauerwelle. Sie trug ein nachtblaues Abendkleid und hochhackige Schuhe. Der Mann neben ihr war noch etwas kleiner als ich. Er war stämmig und glich einem wandelnden Muskelpaket. Sicherlich gehörte er nicht zur Krone des Kölner Obertums, eher zu den Quacksalbern ... oder zu den Oberhunnen bei der Kreissparkasse.

Ich bekam eine Nase voll von sehr billigem Parfüm, das nach Lavendel stank. Und lachte nervös. Und die beiden blickten sofort irritiert. Wahrscheinlich befürchteten sie einen hysterischen Anfall. Also nickte ich zur Abwechslung, ohne freilich noch immer nicht zu begreifen, was die Alte gesagt hatte.

Sie verlagerte das Gewicht etwas nach rechts, um besser sehen zu können. Mein Lachen ermutigte sie zu fragen: "Sagen Sie schon, was ist hier passiert?"

Einige Sekunden stand ich da wie angenagelt, dann warf ich einen hektischen Blick in die Runde und runzelte die Stirn und quakte mit einer um eine Oktave höheren Stimme los: "Polo ... Polo ist wieder ... im Kommen ... " Ich zögerte, ehe ich mich korrigierte. "Nein, Audi hat 3oo Prozent mehr Gewinn gemacht." Meine Nerven waren Fetzen. "Ich weiß nicht, ist ja auch egal", krächzte ich gequält.

Aus einer vorbeifahrenden offenen "Corvette" der Pubertäts-Elite drang ein rhythmisch-akrobatischer Sprechgesang - auch Rap genannt.

"Ich meine, vielleicht war es auch Wartburg oder Skoda.", sagte ich mit flacher Stimme halblaut vor mich hin, mehr an mich selbst gerichtet als an das Paar. Dann formte ich die Hände zu einem Megaphon: "Wartburg! Wartburg! Wartburg!" Einen Moment hielt ich innen, steckte die Hände in die Taschen und fuhr dann fort: "Vielleicht, nun ja, wer weiß es schon?" Ich merkte, daß ich mich irrational verhielt, wollte aber nichts dagegen tun.

Das Gespann des Grauens starrte einander unendlich lange an. "Sie brauchen einen Arzt", sagte schließlich der Mann mit einer Stimme voll tönendem Erz. Er hielt den Kopf zur Seite geneigt und leckte sich über die Zähne. Das Lächeln. das er mir schenkte, ließ mich innerlich vor Abneigung zusammenzucken.

Sie brauchen einen Arzt - ich hatte keine Ahnung, ob diese Feststellung gut oder schlecht ist. Die paar Sekunden genügten mir aber, um zu wissen, daß ich diesen Mann bis an das Ende meiner Tage verabscheuen würde.

Die Unterlippe der Alten verzog sich und schob sich vor, dann schüttelte sie leicht den Kopf und verzog ihre Nase und zerknüllte ein Seidentaschentuch: "Sie stehen unter Schock. Sie brauchen dringend einen Arzt."

Einige Zeit verging, aber ich kriegte nicht mit, wieviel.

Der Blick der Alte war so durchdringend, daß ich ihn nicht direkt ertragen konnte. Ich wendete mich ab und konnte endlich wieder sprechen: "Was? Nein. Ich meine, ja. Aber es geht schon." Mehrfach seufzte ich langsam, in der Hoffnung, angemessen auszusehen. Dann gab ich meiner Stimme einen schmerzlichen Tonfall. Sie überschlug sich, so sehr ich auch ersuchte, sie in den Griff zu bekommen. "Hier ist eine Bombe explodiert."

Ein immer lauter werdendes Heulen von Polizeiwagen sendete eine Katastrophenmeldung aus. Der Lärm war so groß, daß wir einen Moment nicht weiterreden konnten.

Dann schaute die Alte hilflos in die Runde und fingerte an ihren Haaren: "Eine Bombe?" Offensichtlich hatte ich sie beeindruckt.

"Ich habe es immer gewußt", sagte die Alte weiter, ohne auf die Quellen ihrer Information näher einzugehen.

Es dauerte einige Sekunden, bis von mir eine Erwiderung kam. Und als sie kam, war sie ganz leise. "Ja", nickte ich, "äh ... kennen Sie sich hier aus?" fragte ich ohne sichtliche Gefühlsregung.

Die Mann dachte mit offenem Mund über meine Frage nach: "Auskennen?"

Ich beschloß, die Geschichte in trockene Tücher zu legen. "Na, Sie wissen doch, kennen Sie die Leute hier?"

Die Alte stieß heftig den Atem aus und verdrehte die Augen,

"Wir wohnen hier", erwiderte der Clown von der Kreissparkasse.

Ich wollte etwas boshaftes erwidern. Doch irgend etwas sagte mir, daß dieser Mann nicht der Typ ist, der sich demütigen läßt, zweifellos das Ergebnis langer Jahre am Kassenschalter..

Meine Augen wanderten langsam zu dem Mann hoch: "Was soll das bedeuten?" Ich warf ihm einen boshaften Blick zu.

"Was soll was bedeuten?" Die Augen des Mannes, immer noch auf mich gerichtet, glitzerten böse.

Mein Herz hämmerte wie ein Kolben. Ich befürchtete schon, daß die beiden im Begriff sind, auf der Stelle kehrtzumachen. "Ist schon okay ... Wissen Sie, wer in der Robert-Heuser-Straße 12 wohnt?" Im Augenwinkel sah ich, wie ein Krankenwagen angerast kam. Dann zerrissen die Sirenen der ersten Streifenwagen hinter mir die Nacht. Ich hörte Reifen kreischen und drehte mich um und sah Alarmlichter auf den Dächern von Autos zucken, die scharf um die Ecke bogen.

Die Alte trotzte tapfer dem beginnenden Nieselregen und sagte: "Ein Staatssekretär in Düsseldorf."

Die Augen des Mannes flatterten vor wildem Protest. Sein Antlitz verfinsterte sich bedrohlich. Er war offensichtlich überhaupt nicht mit ihrer Offenheit einverstanden.

Auf meinen Armen bildete sich eine Gänsehaut. Mich überkam ein seltsames Gefühl der Erregung, wie bei einem Bergsteiger, der lange und mühevoll eine Felswand hochgeklettert ist und jetzt den Gipfel greifbar vor Augen hat. Da fragte ich lieber noch mal nach: "Staatssekretär? Was für ein Staatssekretär?"

Ein kalter Sommerwind fuhr durch die Straße und umwehte einige Leute, die derlei Unbill des Wetters beschwerdefrei in Kauf nahmen und dumm auf die Folgen der Explosion starrten. Andere rannten schreiend über die Fahrbahn und verschwanden in den Hauseingängen.

Mein Brustkorb fühlte sich eisig an, und mein Mund schmeckte nach Blut. "Was für ein Staatssekretär?" wiederholte ich meine Frage

Stille senkte sich über die angespannte Atmosphäre. Es sah so aus, als ob die Hirne der Leute ernsthafte Kommunikationsschwierigkeiten mit ihren Mündern hätten.

"Staatssekretär eben, sagen wir doch."

Ebenso hätte er sagen können, ein Mann mit zwei Armen und zwei Beinen. "Aus welchem Ministerium?"

"Staatssekretär in Düsseldorf", hustete die Alte und zuckte die Achseln.. "Das Ministerium wissen wir nicht. So gut kennen wir ihn nicht. Aber er ist ein hohes Tier."

Der Mann machte meinen Qualen ein Ende: "Innenministerium, ja, das Innenministerium ist es."

"Was ist mit Dr. Kliegel?" fragte die Alte. Ihr Gesicht war ebenso todernst wie ihre Stimme.

Ich blieb ihr eine Antwort schuldig und schenkte ihr eine sehr dünne Version meines tiefgefrorenen Fertiggerichte-Lächelns. Endlich wußte ich den Namen. Ungeachtet meiner schrecklichen Bilder aus dem Kurzzeitgedächtnis drehten sich die Räder im Kopf.

Plötzlich hellte sich das Gesicht des Mannes auf - er hatte jemanden hinter mir entdeckt: "Guten Abend, Frau Doktor Strippgen".

Also drehte ich mich auch um und entdeckte eine Frau mit einem rötlichen Schimmer in den zum Pferdeschwanz gebundenen Haaren. Sofort verdrängte ich meine Ängste, sagte "Hallo" mit ausgestreckter Hand und schenkte ihr ein intimes Lächeln und schaute ihr herzzerreißend tief in die Augen. Keine Reaktion. "Hallo", wiederholte ich und ließ eine Kunstpause eintreten, um mich an ihrer Figur zu weiden. Sofort legte ich den Schalter für ein noch wärmeres Lächeln um. Aber das Licht, um das ich mich bemüht hatte, schimmerte offenbar nur sehr matt.

"Hallo." Die Frau trat einen Schritt zurück. "Was ... Was ist hier passiert?" stammelte sie und ignorierte meine Hand.

Völlig hilflos biß ich mir auf die Unterlippe. Am liebsten wäre ich irgendwo unter den Tisch gekrochen. Als würde dieser Streifen plötzlich schneller laufen, sah ich den Mann direkt an und träumte davon, ihm einmal die Hölle heißzumachen. "Hier ist eine schreckliche Bombe explodiert", schwadronierte ich mit meinem besten Stirnrunzeln. "Hier waren Terroristen am Werk." In Gedanken fetzte mein Lamy-Kugelschreiber über das Papier. Warum quäkte mein Handy nicht? Dabei hätte ich so gerne meinen Senf abgegeben, wo ich doch die Nummer für das "Philips fizz" unters Kölner Journalistenvolk verteilt hatte, als handele es sich um Konfetti. Aber wie sollten sie wissen, daß ich vor Ort war? Ich steckte eine Zigarette in Brand und zuckte zusammen. Ein paar Meter neben mir zischten die Blitze von Fotoapparaten. "Eine ... " Meine Stimme brach, als ich das Geschehen von neuem durchmachte. Jeden Augenblick erwartete ich wieder, daß eine neue Bombe hochging. Mein Kopf war ein riesiger Luftballon, bereit, im nächsten Moment emporzuschweben.

"Ich habe es gewußt", setzte die Alte an und wimmerte leise in ein Taschentuch.

Ich drehte mich zu Frau Dr. Strippgen. "Wie gut kannten Sie ihn?" sagte ich mit einem Blick, als sei ich der mitfühlendste Mensch auf Erden. "Kliegel ... Er ist tot.", nickte ich bedächtig. "Und mein Freund."

"Mein Gott", stammelte die Alte. Die beiden Frauen umarmten sich und gaben sich einige Augenblicke ihrem Leid hin.

"Sonst noch irgendwas, was Sie mir über diesen Kliegel sagen können?" unterbrach ich sie, wie es Derrick, Jerry Cotton und Wer-auch-immer nicht besser hätten machen können.

Die Frauen ließen sich wieder los und schwiegen sich an.

"Hören Sie zu", flüsterte schließlich die Alte, als könne sie den Notizblock in meinem Kopf sehen. "Er bekam seit kurzem Besuch von einer jungen Frau. Manchmal sogar spät am Abend. Sie kam immer um halb zehn, zehn herum. Ja, irgendwann um diese Zeit."

"Woher wissen Sie das so genau?" sagte ich, inzwischen hellwach geworden. Aber ich fragte mich auch, ob ich etwas Falsches gesagt habe. Meine Stimme zitterte wieder. Sofort holte ich mir wieder meine Zigaretten aus der Tasche. Auch in meinen Fingern war immer noch ein leichtes Zittern.

"Ich führe dann immer meinen Hund aus, ja?" sagte die Alte im Ton eines kleinen Mädchens, das man bei einem Streich ertappt hatte.

"Ihren Hund? Wie Sie das so sagen, klingt es überzeugend", sagte ich mit gerunzelter Stirn.

Die Alte verstand meine kaum verhohlene Geringschätzung nicht: "Es stimmt auch."

"Sicher. Was ist das für eine Frau gewesen? Wie alt?" Mit jeder Frage verspürte ich eine wachsende Erregung, als strömten in meinem Innern unzählige kleine Bäche zu einem reißenden Strom zusammen.

"Ende zwanzig, Anfang dreißig."

"Nein", ging der Mann dazwischen. Zum ersten Mal seit Beginn des Gesprächs machte er einen etwas verlegenen Eindruck. Er räusperte sich lange. "Nein, nicht dreißig. Vielleicht vier- oder fünfundzwanzig, würde ich schätzen, da bin ich mir ganz sicher", sagte er mit wachsender Begeisterung und hielt wieder kurz inne, diesmal ohne ein Räuspern: "Sie sah sehr hübsch aus. Ich will damit sagen, daß ich verstehe, was er an ihr gefunden hat."

"Ich nicht! So´n flippiger Typ ist das gewesen. Und dann diese Haare, meine Güte."

Meine Augenbrauen gingen in die Höhe und ich hörte mich an wie ein Lehrer, der Abc-Schützen ausfragt. "Was war mit den Haaren?"

Das dämliche Arschloch drückte das Kinn an die Brust. "Soso ... .Was manche Leute alles wissen wollen", sagte er mit einer gewissen Befriedigung, als hätte er jahrelang auf diesen Moment gewartet.

Mein Herz raste so schnell, daß ich meinen Pulsschlag durch den ganzen Körper fühlen konnte. Ich ging nicht auf ihn ein: "Ein flippiger Typ?"

Die Alte schwieg nur kurz unter den Augen des Mannes. "Mir geht das nicht aus dem Kopf, daß diese Frau die Mörderin ist."

Ein Krankenwagen hielt schleudernd hinter mir. Ich drehte mich um: Ein Mann, der auf die Vierzig zuging und einen weißen Kittel trug, stieg aus. Sein Stethoskop schwang wie ein Elefantenrüssel von einer Seite zur anderen. Einen langen Moment überblickte er das Grauen, dann kletterte er wieder in das Auto.

"Sie glauben gar nicht, was ich schon alles erlebt habe", dozierte ich im unregelmäßigen Schatten einer Villa. Meine Augen brannten, als hätte ich zu lange auf den Bildschirm eines Laptops gestarrt. "Wann sagen Sie, ist sie zuletzt hiergewesen?"

"Nichts hat sie gesagt", schaltete sich der Mann ein und strafte mich mit einem verachtenden Blick.

Einen Augenblick war ich versucht, ihn niederzuschlagen. Aber der Impuls verging so schnell, wie er gekommen war. Der Typ würde sofort zur Polizei laufen und mich anzeigen ... Ich biß mir auf die Zunge.

"Vor ein paar Stunden noch."

"Vor ein paar Stunden noch?" Ich wollte es nicht glauben.

"Ja", bestätigte die Frau, "aber die wird man schnell haben. So wie die aussieht: blaue Strähne im Haar."

Blaue Strähne im Haar.

Das brachte meinen Herzschlag vor schierem Entsetzen zum Stocken. Ich zog einmal tief an meiner Zigarette, nahm sie dann aus dem Mund und betrachtete einige Sekunden die glühende Spitze. Ich war hellwach und starrte die beiden an. Schweißperlen traten auf meine Oberlippe, aber ich wollte ganz gelassen wirken: "Blaue Strähne?"

Der Mann versuchte wieder ein Lächeln.

"Ja, eine blaue Strähne", wiederholte die Alte und rieb sich die Tränen aus den Augen. "Und meistens hatte sie eine schwarze Lederhose an."

Jedes Wort drang in meinen Kopf und explodierte dort wie der Knall einer Überschallmaschine. Lederhose ... Blaue Strähne ... Birke! Der bloße Gedanke daran ließ es mir kalt über den Rücken laufen. Birke! ... Hatte sie meinen Freund auf dem Gewissen? "Jesus!" Ich warf die Lulle auf die Straße und schlug meine geballte Faust klatschend in die Innenflächen der Linken. Dabei sah ich, wie ein weißer Glubschaugen-Daimler vorfuhr. Im Zeitalter der getönten Scheiben war es für mich aber unmöglich, den Fahrer zu erkennen. Erst nach einigen Momenten wurde die Tür aufgestoßen, und heraus schob sich die kleine Gestalt von Paul Kratzenstein. Er machte einen ziemlich ramponierten Eindruck. Sein hellgrauer Leinenanzug war zerknittert. Überhaupt hatten sich der Schnitt seiner Anzüge seit den sechziger Jahren kaum verändert. Nur kurz sah Kratzenstein sich um, entdeckte mich und hob die Augenbrauen. Sein kalter Blick versetzte mich in Angst und Schrecken.

Ich sollte recht behalten mit meiner Vermutung.

Zum Glück ging er auf einen kahlköpfigen Fünfziger mit einem Bulldoggen-Gesicht und einer Hornbrille, für die er nichts dazubezahlt hatte, zu. Er hatte sein Bier stehen lassen und war hierher gekommen. Wahrscheinlich mit der Straßenbahn. Ich hielt ihn für einen Pfennigfuchser und wegen seiner roten Gesichtsfarbe für einen Trinker, ohne auch nur das geringste über ihn zu wissen. Der Bulle aus der dritten Liga redete drauf los, seine Lautstärke war aber so gedrosselt, daß sie außerhalb meiner Hörweite blieb. Kratzenstein nickte mehrmals mit einem gallbitteren Ausdruck auf dem Gesicht. Mit einem Mal trennte er sich von dem Uniformierten, lief einige Koordinaten rückwärts und verschwand mit kleinen Schritten, die Hände hinter seinem Rücken verschränkt, in einem weißgetünchten Haus.

Mit einem Mal legte der Mann von der Kreissparkasse den Kopf etwas zur Seite, um ein Schlußresümee abzugeben: "Der Sache wird hoffentlich schnell geklärt sein." Dabei strich er sich über den Ärmel seiner Jacke. Das schien so eine Art Zeichen zu sein. "Ich gehe jetzt auch schlafen", sagte die Alte und verschwand. Frau Dr. Strippgen sah mich an und zuckte die Achseln, obwohl ich beim besten Willen nicht wußte, warum. .

Das Pärchen drehte sich noch einmal um. Ein triumphierendes Lächeln huschte über das Gesicht des Mannes.

Kaskaden von heiserem Gelächter folgten ihm.

Dann setzte ich wieder meine zum Glück heilgebliebene Sonnenbrille auf und starrte gedankenverloren auf das gegenüberliegende gelbe Haus. Das Glas meiner Brille war halbverspiegelt. Ich konnte alles überblicken, aber niemand konnte meine Augen sehen. So liebte ich es.

Aber plötzlich hatte ich wieder eine Heidenangst.

"Was machen Sie überhaupt hier?" bellte hinter mir jemand, als hätte er mich schon einmal dazu aufgefordert und sei ignoriert worden. Panisch drehte ich mich nach der Herkunft der Stimme um und entdeckte Kratzenstein. Verdammt! dachte ich, setzte aber mein Pokerface auf. Ich schaute in das alte, von Linien gezeichnete Gesicht, das ich schon seit Jahren kannte. Unbewußt trat ich ein paar Schritte zurück, als ob er der Tod sei, und das Gesehenwerden mit ihm verhängnisvoll werden könnte.

Ich fühlte mich nicht wohl in meiner Haut. Mein Gesicht war inzwischen von einer ungesunden Blässe überzogen, wie ich vermutete. Ich richtete meine Augen auf ihn und gab ihm eine Schilderung der letzten Stunden. Ich rasselte die Details in einer wilden Folge zusammenhangloser Sätze herunter. "Das ist also passiert", hörte ich mich reden. Es war ganz so, als hätte ich von einem Malheur berichtet, das mir zugestoßen war, beispielsweise daß ich mir vor Lachen in die Hose gepinkelt hatte.

Der Große Häuptling machte sich eifrig Notizen."Hat man Sie beobachtet?" fragte er abschließend und mußte die Stimme heben, um sich über den Straßenlärm hinweg zu setzen. Der Schweiß lief ihm über das Gesicht und seine Augen wanderten unter der hohen Stirn hin und her. Er nahm seine Silberrandbrille ab und rieb sich heftig die Augen, so als wolle er etwas aus ihren forttreiben.

Vergeblich bemühte ich mich zu erfassen, was er überhaupt gefragt hatte. Auch meine zitternden Lippen konnte ich nicht kontrollieren. "Wie bitte?" fragte ich geistesabwesend und sah zu ihm hin.

Sein Gesicht glich jetzt einer Maske. Er starrte vor sich hin, hing wohl seinen Gedanken nach: "Ja ... Ob man Sie beobachtet hat?"

""Nein, uns hat niemand beobachtet." Meine Stimme drohte mir vor Angst zu versagen, und es fiel mir verdammt schwer, die Sätze zu bilden. "Da bin ich mir fast hundertprozentig sicher." Ich wunderte mich, wie ruhig und fest meine Stimme klang. Im Augenwinkel beobachtete ich genau, wie Leute von der Spurensicherung hin und herflitzten wie in einem Taubenschlag. Fünf Mann schienen alles und nichts zu suchen. Sie fingen an der Straße an und arbeiteten sich zum Krater durch. Was auch immer sie suchten, es mußte offensichtlich sein. Aber nicht so offensichtlich, daß Paul Kratzenstein es schon entdeckt hätte.

Eine lange Pause von zehn Sekunden entstand. Endlich bequemte der weinessigsauer lächelnde Kratzenstein sich zu einer Reaktion. Seinen Mund kniff er zu einem dünnen Strich zusammen, was nichts Gutes verhieß: "Fast hundertprozentig ist nicht hundertprozentig." Unter Brüdern galt er als einer, die die Leute gerne auf die Palme brachte.

Ich machte mich so groß wie ich nur konnte, um auf ihn richtig herabsehen zu können. Dann verzog ich mein Gesicht zu einem hinterhältigen Grinsen und zog die Schultern ein wenig hoch: "Ja?" Im Augenwinkel sah ich zwei Feuerwehrleute miteinander reden. Sofort fuhr ich meine Antennen aus. Die beiden sprachen über etwas, was ich leider nicht mitbekam, so unbeteiligt, als diskutierten sie darüber, wer von ihnen nachher zu "Burgerking" fahren sollte. "Herr Kratzenstein, ich habe auch eine Frage", begann ich und trat von einem Bein aufs andere.

"Da bin ich aber gespannt."

"Wie soll ich sagen, äh, haben Sie schon irgendwelche Spuren?"

"Ach, eine ganze Menge", lächelte er maliziös und betrachtete mich mit zusammengekniffenen Augen. Sein Atem ging schnell und tief, er schien sich schwindlig zu fühlen.

Hinter mir herrschte ein stetig anwachsendes Gewirr von Stimmen. Sofort drehte ich mich um. Ein Polizeifotograf machte aus jedem denkbaren Winkel Bilder von den Überresten der Leiche, aus relativ großer, aus mittlerer Entfernung und in extremen Nahaufnahmen. Ich merkte, wie mir heiß wurde und drehte mich wieder um. "Also tut sich was?"

"Ja, ja", nickte Kratzenstein und schob die Unterlippe vor, wie er es gerne zu tun pflegt, wenn er den Fragen eines Fernsehreporters lauscht.

"Was???"

"Etwas tut sich immer", stellte er fest und legte eine Pause ein, um seine Worte wirken zu lassen. "Sie werden es sicher morgen in der Zeitung lesen." Kratzenstein schnaufte und schüttelte langsam den Kopf.

Irgendwo in der Nähe bellte ein Telefon und unterbrach ihn. Zweimal ... Dreimal ... Viermal. Dann verebbte es. Überall auf der Marienburger Straße standen jetzt Polizeiwagen mit offenstehenden Türen und blinkenden Warnlampen vor dem mit rot-weißem Plastikband abgesperrten Schreckensherd. Das Zischen der unter dem Wasserstrahl der Feuerwehr gelöschten Flammen erfüllte die Luft.

"Die hasse ich wie die Pest", versetzte Kratzenstein schneidend, und zum ersten Mal blitzte ein Funken Leben in seinen Augen, während gleichzeitig Tränen seinen Blick umflorten.

Das Wort "Pest" wurde mir wie ein Fehdehandschuh vor die Füße geworfen. Ich war irritiert: "Wen?"

Der Bulle zeigte auf die Gaffer.

Ich nickte, aber meine Gedanken waren ganz woanders. Ich fragte mich, wann auch ich von den umherfliegenden Geschossen getroffen würde. Gleichzeitig wollte ich endlich den Sack zumachen. "Es tut mir leid, daß ich Ihnen nicht helfen konnte."

"Wie kommen Sie dann darauf? Sie sind doch gerade dabei es zu tun."

Ich war so aufgekratzt, daß ich einen Hustenanfall bekam. Danach spannten sich meine Kiefermuskeln und meine Kinnladen arbeiteten heftig: "Ja? ... Gibt es schon ein Bekennerschreiben? Was hatte Oliver mit diesem Kliegel zu tun?" fragte ich mit einem Lächeln, das die Anspannungen, die mich beherrschten, überdecken sollte.

"So, so", sagte der Bulle, und gleich noch einmal: "So, so." Dabei neigte er den Kopf zur Seite und betrachtete mich mit gerunzelter Stirn.

Völlig unbedacht sprudelten die Fragen aus mir heraus. " Warum waren Sie so schnell hier, Herr Kratzenstein?" beeilte ich mich zu fragen. Langsam brachte er mich auf die Palme.

Doch Kratzenstein auf den Nerven herumzutanzen war immer ein Fehler!.

Es schien, als habe er große Probleme, sich zu konzentrieren. Als er dann sprach, schaute er mich mit einem Ausdruck tiefster Verachtung an. "Sie regen mich auf", sagte er schlicht. Plötzlich erstarrten seine Wangen zu Stein. Das ganze Gesicht war so angespannt, daß es schien, als würde die Haut gleich aufplatzen. "SIE haben noch nicht einmal einen Charakter." Er sagte es in einem Ton, der jede weitere Diskussion abschneiden sollte. "Noch nicht einmal einen schlechten", schnarrte er nach einigen Sekunden bedenklich und seine Augen traten aus den Höhlen. Eine dicke blaue Vene pulsierte an seinem Hals, und seine Lippen bebten in dem Bemühen, noch mehr Boshaftigkeiten zu finden. "Und nehmen Sie die Scheiß Brille ab und halten Sie ihr Maul, Berghagen."

Ich tat es und holte tief Luft, um meine Beherrschung zu behalten. Einen Moment sah ich mich wie ein ausgebuffter Judokämpfer, der den Schwung eines Angriffs als eigenen Kraftbrunnen sieht. Ja, ich durfte nicht mein Gesicht verlieren. Ich öffnete den Mund, mir fiel aber nicht ein, was ich darauf erwidern konnte. Wortlos schob ich meine Brille hoch.

"Halten Sie die Klappe! Sie sind das Letzte! " Er sprach eindringlich, sein Gesicht war noch immer freundlich und ganz rot. Die Stimme schien für einen Moment nachzuzittern, als ob ein Rheinschiff einen Sirenenton von sich gegeben hätte. Er redete mit einer Schärfe, die ich so noch nie bei ihm gehört hatte, und unter dieses Befehlen vermutete ich Angst.

Ich hielt die Hände an meine Seite gepreßt, um dem Bullen nicht die Augen auszukratzen. Dabei zitterte ich vor Zorn und Demütigung am ganzen Körper. Der Schmerz über den Tod von Oliver vermischte sich mit kalter Wut. Ruhig bleiben! Ich wollte mir eine Zigarette anstecken, konnte aber meine Hände nicht ruhig halten. Von einer Sekunde zur anderen fühlte ich mich wie eine Null auf der Richterskala der Bullen. Ein Nichts.

"Ich kriege das Kotzen, wenn ich Typen wie SIE höre." Kratzenstein hielt kurz inne und spuckte dann weiter Gift und Galle: "Sie führen sich auf wie ein Herrgott, der über seine himmlischen Heerscharen verfügen möchte. Wir sind hier nicht in Bickendorf, wo Sie für Ihre dämlichen Fragen vielleicht noch Anhänger finden werden. Hier sind zwei Menschen gestorben. Und mit beiden war ich befreundet." Kratzenstein schüttelte den Kopf, als ob er sich von einer harten Runde im Kopf freimachen wolle.

Nichts hätte ich in diesem Moment lieber getan, als ihm ins Gesicht zu schlagen. Aber ich biß die Zähne zusammen, sah, wie ein Leichensack neben den Toten gelegt und das, was von Oliver übriggeblieben war, sanft aufgehoben und in die Folie gelegt wurde ... Verdammt noch mal, warum mußte ich mir das antun? ... Ich schlug die Arme um meinen Körper, um mich zu wärmen, aber ich schnatterte, als ob es längst Winter wäre.

"Ich weiß, Sie glauben, Sie sind der letzte von den starken Männern. Aber wissen Sie, was Sie wirklich sind? Größenwahnsinnig und sonst gar nichts!"

Kratzenstein spielte seine Rolle derart perfekt, daß er diese Rolle war. Ich starrte an ihm vorbei und sah Polizisten, die eine Straßensperre aufbauten.

Kratzenstein holte Luft: "Ich habe noch nie solch einen Menschen kennengelernt, der keinen Funken von Gefühlen im ganzen Leib hat."

Puls beschleunigte sich. "Ja, sicher", erwiderte ich ruhig und öffnete wieder die Augen und funkelte ihn an. "Jedenfalls nehme ich das an", ergänzte ich matt und räusperte mich. Ich wollte, daß sich der Staub möglichst schnell legt.

Kratzenstein hob die Brauen. "Was nehmen Sie an?" setzte er unbarmherzig hinzu und schien auf die falsche Antwort zu warten.

Ich haßte ihn von ganzem Herzen und spürte einen dicken Kloß im Hals: "Na ja, ich meine ... "

Eine flammende Röte stieg von seiner Kehle aus langsam zum lächelnden Kopf hoch: "Was?"

"Elf Uhr kann ich schaffen", sagte ich mit erstickter Stimme, und mein Kopf nickte mechanisch. Ich hatte meine gesamte Energie gebraucht, um zu antworten.

Mechanisch streckte ihm meine Hand hin. Über das Gesicht von Paul Kratzenstein zuckte ein erstaunter Ausdruck. Er runzelte die Stirn, ohne seine Hände aus der Hosentasche zu nehmen, dann drehte er sich um und verschwand.

Ich starrte ihm nach und merkte, daß ich meine Hand noch immer gestreckt hielt.

Nach einigen Metern blieb er stehen: "Ziehen Sie endlich Leine! ... Ist Ihnen eigentlich klar, daß Sie gerade noch mal davongekommen sind?"

Der bloße Gedanke brachte mich zum Zittern, und ich wußte erst nur mit einem waidwunden Blick zu antworten. Dann sagte ich: "Endlich sind die Bullen auch mal auf mich angewiesen!" Wenn es eine billige Retourkutsche war, ich brauchte sie einfach.

Aber Paul Kratzenstein ließ den Satz einfach an sich abgleiten. "Um elf Uhr", hörte ich, ehe er sich endgültig von mir abwandte und ging, wie aus "Lego" gebaut. Er tauchte an der Horrorstelle unter, wo längst ein Defilee von Katastrophengaffern in Morgenmänteln eingesetzt hatte, denen das Entsetzen als willkommenes Nachtvergnügen diente. Schneller als ein

Großfeuer in einem Öllager in Wesseling muß sich die Nachricht von dem Inferno in Köln verbreitet haben.

Ich fühlte mich alles andere als wohl in meiner Haut. Einen Moment blieb ich stehen, als ob das Gespräch mit Kratzenstein mir jede Willenskraft genommen hatte. Ein Gefühl von Schuld lastete auf mir, als ob ich für meine Hilflosigkeit büßen müßte. Nach einigen Minuten machte ich mich aus dem Staub. Wie an angezählter Boxer bewegte ich mich. Meine Bewegungen verrieten Müdigkeit und grenzenlose Erschöpfung. Es war wie ein Laufen unter Wasser, alles war gedämpft - das Hupen der Autos, das Labern der Fußgänger. Nach einigen Metern lehnte ich mich an ein schmiedeeisernes Gitter und blickte in eine unruhige Pfütze - blickte in mich selbst. Mein Herz hämmerte so, wie es nicht mehr der Fall war, seit ich auf einer Wiese in der Einflugschneise des Flughafens Essen-Mülheim gevögelt hatte.

Es tat gut, nur dazustehen und nach Luft zu pumpen und das Klopfen in den Schläfen allmählich abklingen zu lassen. Ich steckte mir eine Zigarette an und warf einen langen Blick auf den schrecklichen Ort: Feuerwehrleute stapften in Gummistiefeln umher. Außerdem hypnotisierte mich der Anblick von zehn Bullen, die die Reste des Hauses bewachten. Schemenhaft sah ich außerdem den blauen Übertragungswagen vom Westdeutschen Rundfunk, hörte sehr verzerrt die Stimme einer Reporterin, die feierlich in ein Mikrofon redete:

"Ich kann das Grauen schwer in Worte fassen. Hier in Köln-Marienburg ist ein hoher Politiker einem feigen Anschlag zum Opfer gefallen. Das gesamte Ausmaß der Schäden und der Opfer lassen sich im Moment nicht abschätzen ... "

Ich mußte etwas machen. Ganz langsam drückte ich die Kippe aus und holte mein "fizz" aus der Tasche. Ich rief alle Leute an, die mir in diesem Moment einfielen. Zunächst rief ich Carlheinz Roth, einen Pressefuzzi, an und unterhielt mich ein bißchen mit seinem Anrufbeantworter. Nach zwei Minuten gab er mir Widerworte: "Danke für Ihren Anruf." Ich hängte ein. Dann wählte ich Alf Rolla an, ebenfalls ein Schreiberling. Aber der einzige, der abnahm, war sein "Panasonic", der überhaupt nichts sagte, sondern nur ein paar Takte Jazz von Barbara Dennerlein spielte und dann piepte. Ich hinterließ keine Nachricht. Zuerst wollte ich es sogar tun, aber dann kriegte ich die Worte nicht heraus. Schließlich telefonierte ich mit dem "La Strada" in Junkersdorf, wo ich bei Michael Luckow mit gebrochener Stimme eine Tischreservierung absagte, die ich gar nicht hatte.

Einen kurzen Moment dachte ich daran. mir nachher einen hinter die Binde zu gießen, mir irgendwo die Seele aus dem Leib zu saufen.

Kaum hatte ich das gedacht, meinte ich, ich müßte zusammenbrechen, mir in die Hose pissen, gleichzeitig kotzen.

Aber nichts geschah.

Das Schlimmste von allem war, daß überhaupt nichts geschah.

05

Meine Zähne schlugen vor Erschöpfung aufeinander, als ich über die Bonner Straße ging. Mittlerweile waren kaum noch Autos und Fußgänger unterwegs, nur Bullen und Bullen und Bullen. Ich kam am "McDrive" vorbei und schaute hinein. Es war voll von Quadratschädeln, die auch alle aussahen wie Bullen. In der Koblenzer Straße entdeckte ich ein Taxi. Ich hielt es an und stieg ein. Noch bevor ich mein Ziel nennen konnte, plapperte der Fahrer los.

" ... Dieses Köln war einmal so schön. So schön. Die schönste Stadt auf der ganzen Erde. Ich habe sie einmal geliebt, aber jetzt, mein Herr, ist Köln ein dreckiger Müllabladeplatz. Regiert von Mördern und Bombenlegern, nicht?"

Der Panikanfall vorhin hatte mir große Angst eingejagt. Er war von einer Sekunde zur anderen aufgezogen - wie ein Sommergewitter in Köln. Aus irgendeinem Grund beruhigte das Auto mich. Meine Nerven hörten auf zu flattern, das Herz schien wieder rhythmisch zu schlagen. Einen Moment war ich versucht, am Neumarkt vorbeizufahren und mir einen druckfrischen "Express" zu holen. Aber dann bemerkte ich, daß ich zu geschafft war, um für die Jungs ein supercooles Gesicht aufzusetzen, also fuhr ich statt dessen zum Barbarossaplatz. Ich wollte ganz schnell nach Hause, eine Decke über den Kopf ziehen, die ganze Scheiß Welt aussperren.

"Ach übrigens", ich unterbrach mich auf dem Rücksitz des Taxis, das langsam anfuhr. Mein Hirn arbeitete noch immer nicht richtig, ich konnte mich nicht von den Bildern befreien, die sich mir in den letzten Stunden eingeprägt hatten.

"Ja?" erkundigte sich der Fahrer mit dem eisgrauen Haarschopf. "Wohin wollen Sie eigentlich?"

"Luxemburger Straße." Ich umklammerte den Haltegriff, kämpfte gegen die Übelkeit an und versuchte, ruhig zu bleiben.

Dabei sah ich ihn mir im Innenspiegel genauer an. Er war nicht annähernd so jung, wie ich beim Einsteigen vermutet hatte. Sechs- oder siebenunddreißig. Vielleicht. Er hatte aber ein weißes, jungenhaftes Gesicht, das auch in zehn Jahren noch jungenhaft sein würde. Auch seine großen Augen waren alles andere als gewöhnlich. In ihnen lag ein scheuer, sehr verletzlicher Blick.

Meine Hand zitterte immer noch, als ich den Haltegriff löste und sie zwischen meine Beine steckte. Ich konnte mich nicht konzentrieren. Immer wieder wanderten meine Gedanken zurück. Hinter mir lag Marienburg - dieser Stadtteil würde mich bis in alle Ewigkeit an Olivers Tod erinnern. Ich wünschte, ich könnte diese Nacht mit jemandem verbringen - mit dem ich meine Ängste teilen könnte.

Schließlich sammelte ich meine Gedanken und begann, ein Szenario zu entwickeln. Die Mörder hatten ein grausames Spiel geplant. Vielleicht mit Birke als Lockvogel. Als Oliver in Marienburg aufkreuzte, gerieten sie keineswegs in Panik. Ich hielt es für denkbar, daß sie von seiner Bekanntschaft mit dem Politiker wußten ... Klar, sie wußten es von Birke. So muß es gewesen sein. Linker Studentin knallt `ne Sicherung durch, Terroristen legen Politiker um. Freund der Studentin geht mit drauf. Eventuell war es den Terroristen sogar recht, daß noch ein Mensch ums Leben kam.

"Weiß man schon, wer die Bombe gelegt hat?" fragte der Taxifahrer, drückte aufs Gaspedal und trieb seinen Wagen über eine tiefgelbe Ampel.

"Interessiert mich nicht", antwortete ich und fixierte mich im Spiegel: Ich saß ziemlich unbeteiligt da, mit leerem Gesichtsausdruck. Ich hatte Hunger, aber in meinem Magen herrschte ein derartiges Chaos, daß ich unmöglich darin Essen behalten hätte.

Ich ertappe mich dabei, wie ich mich in einem Hauseingang verstecke und mich dann wie ein Wilder über Birke hermache.

Rache! Rache! Rache! Nach einem tiefen Durchatmen schob ich den Gedanken beiseite. "Ich habe gerade überlegt, ob ... " Ich kaute an einem Fingernagel. Bei dem Gedanken, gleich alleine in meiner Wohnung zu sein, stieg Panik in mir auf.

"Ja?" Der Mann am Steuer des Klapperkastens senkte seine Stimme um etwa eine Oktave.

"Ob Sie vielleicht inzwischen impotent sind." Ich lachte ein langgezogenes, teuflisches Lachen. Ich hörte erst auf, als ich seinen total verstörten Blick sah. Sofort sah ich zum Seitenfenster und nahm die Nacht in mir auf. Die Nacht und der Tod waren ganz eng miteinander verbunden. Wie noch nie sehnte ich mich nach dem Blick eines Menschen, der mich erschauerte, wenn ich ihn mit dem bestimmten wissenden Blick angesehen hatte ... Ich seufzte und sah nach vorn.

Eine ganze Weile war nur Fußwärmer José Carreras aus den Lautsprechern zu hören.

Auch am Barbarossaplatz waren die Läden dunkel und verlassen, die Straßen wie leergefegt. Mit Ausnahme des einen oder anderen Säufers, der im Eingang der Stadtsparkasse lungerte oder nach Hause tanzte, war buchstäblich keine Menschenseele zu sehen. Ich saß mit vorgebeugtem Körper auf dem Sitz und sah, daß der "Mercedes" verbotswidrig nach links in die Luxemburger Straße abbog.

Mir kam kein passender Kommentar. Ich wußte noch nicht einmal, ob der Fahrer überhaupt von mir beeindruckt war, ich hatte so meine Zweifel.

"Wie dem auch sei, wir sind jetzt da", sagte der Fahrer schließlich und gab sich Mühe, ganz unbeeindruckt zu wirken. "Macht genau zwölf Mark." Dann drehte er sich zu mir.

"Genau", antwortete ich, unfähig, dem freundlichen, aber geschäftsmäßigen Blick des Fahrers standzuhalten, der hinter seinem Steuer thronte. Ich merkte, wie trocken mein Mund und wie feucht meine Hände waren. Dann war ich ängstlich bemüht, ein Zittern in meiner Stimme zu unterdrücken: "Ja, selbstverständlich. Nun, ... " Ich hielt inne, gab dem Mann 20 Mäuse und schaute den Bürgersteig hinauf und hinunter, bevor ich die Tür entriegelte und öffnete.

"Sie kriegen noch ihr Wechselgeld." Einen Moment hielt er den Schein in der Hand, die deutlich zitterte, aber nicht so heftig wie meine Hände.

"Was zum Teufel soll ich damit machen?" lachte ich. Was als selbstgefälliges Lachen geplant war, mißglückte wahrscheinlich zu einem dümmlichen Grinsen.

Ich kroch aus dem Wagen und fürchtete mich vor meinen eigenen Schatten. Als ich auf meine Uhr sah, war ich überrascht, daß es Viertel vor zwei war.

"Danke", rief der Fahrer, der den Fuß schon auf dem Gaspedal hatte.

"Nein, vielen Dank", antwortete ich, ohne ihn anzusehen. Ich blickte kurz nach Westen, wo das Uni-Center die Skyline beherrschte.

Der Fahrer stieß zwischen den Zähnen ein "Mein Gott" hervor. Dann machte der Wagen einen Satz und scherte mit dem Heulen des asthmatischen Dieselmotors in die Luxemburger Straße ein.

Ich schien wie betrunken zum Eingang des Hauses zu schwanken. Da tauchte Olivers Gesicht vor meinem geistigen Auge auf, und mit einem Schlag war der ganze Schmerz, der ganze Frust wieder da. Tränen standen in meinen Augen.

Tief in meinem Innern beschimpfte ich mich für meine Schwäche, während ich zur Haustür stolperte. Dabei verfluchte ich den Taxifahrer, der mir auf den Zeiger gegangen war. Ich verfluchte die stickige Luft, die mir heute Nacht noch erdrückender vorkam als sonst .

Ich verfluchte mich selbst.

Und fror entsetzlich, in dieser warmen Sommernacht klapperte ich mit den Zähnen. Die furchtbare Angst vor dem Alleinsein begann in meinen Eingeweiden zu toben. Schweißtropfen und Tränen liefen an meinen Wangen herunter. Aber ich hoffte, die Ängste irgendwie über Nacht wegschlafen zu können.

Mit letzter Kraft machte ich ein paar Schritte, doch nach gerade mal einem Meter sackte ich zusammen und blieb zusammengerollt liegen. Vergeblich bemühte ich mich, das blutige Schlachtfest vor meinem geistigen Auge zu verbannen. Schließlich brach ich den gesamten Inhalt meines Magens aus, vermengt mit gallebitterer Flüssigkeit.

Auf der anderen Straßenseite hörte ich Leute lachen. Ich riß meinen Mund auf, doch über meine Lippen drang kein einziger Laut.

Ich war stumm, stumm vor Schmerz.

Nach einigen Minuten blickte ich hoch: Mein Blick wurde von einem dicken Schleier getrübt, hinter dem ich undeutlich einen weißen Wagen entdeckte, der neben mir am Bordstein stoppte. Die Frau, die aus dem "Honda Civic" sprang, schien ihr Äußeres auf den Wagen abgestimmt zu haben, wie ich im Streiflicht der Sterne erkennen konnte: weiße Turnschuhe, blaue Jeans, weißes T-Shirt. Ohne das geringste Anzeichen von Ekel oder einen anderen Gefühlsregung beugte sie sich zu mir: "Ist Ihnen was passiert?" Ich schüttelte den Kopf und wollte aufstehen. Sie half mir auf die Beine und brachte mich zur Haustür. "Sind Sie wirklich okay? Oder soll ich einen Arzt rufen?"

Ich hatte Mühe, mein Erstaunen zu verbergen, und wählte einen ironischen Ton: "Sie wollen mir wirklich helfen?"

"Ich will es wenigstens versuchen."

"Ich bin kein Versuchskaninchen", brummte ich mit abgewandtem Gesicht. Der Schmerz drohte mich wieder zu überwältigen.

Die Frau lächelte und ging zu ihrem Auto zurück.

Ich schloß die Tür auf, zitterte am ganzen Körper und konnte nicht weiter. Ich sah die Szene wie auf einem Film vor mir: Oliver geht auf das Auto zu, die Bombe explodiert, Leichenteile liegen herum ... Um ein Haar hätte ich mich wieder übergeben müssen, doch ich schaffte es, das Übelsein unter Kontrolle zu bekommen. Ich wandte mich zur Straße. Dort stieg die Frau kopfschüttelnd in ihren Wagen und fuhr fort. Nein!!! schrie ich lautlos, und begann heftig zu zittern, und mir wurde schwindlig.

Dann schlug die bleierne Ruhe des Hauses über mir zusammen.

Plötzlich ging ein Telefon. Es war mein Telefon.

Ich zuckte zusammen, als habe man mich geschlagen.

Das einsame Haus war bedrückend still, bis auf das Klopfen meines Herzens und den Lärm des Telefons.

Im Flur, in dem hartnäckig der Geruch nach Schmierseife hing, schlug ich auf den Knopf der Teppenhausbeleuchtung, aber es blieb dunkel. Unten in meinem Bauch schnürte sich ein dicker Knoten zusammen. Keuchend wie ein gehetztes Tier mußte ich mich hinauf tasten. Im ersten Stock ging plötzlich das Licht an, und ich rannte los, nahm drei Stufen auf einmal. Das bekannte Klingeln, das bestimmt aus meiner Wohnung kam, ging mir durch Mark und Bein und bereitete mir fast körperliche Schmerzen. Dazu hüpfte das Echo meiner Schritte und meiner Flüche durchs ganze Haus. Mein Herz schlug wild und unregelmäßig in meiner Brust. In meiner Rückenrinne stand der Schweiß.

Das Telefon läutete weiter, ich hatte vergessen den Anrufbeantworter einzuschalten. Es hallte unheimlich und fremd in diesem Haus, in dieser Stunde.

Die Neonröhren an den Wänden summten wie aufgescheuchte Insekten. Endlich erreichte ich meine Wohnung. Außer Atem, als hätte ich gerade einen Marathonlauf hinter mir, kam ich oben an. Mir tropfte der Angstschweiß von der Stirn, als ich mit zittrigen

Händen die Tür aufschloß und durch den Flur hastete. Es klingelte noch immer.

Meine Wohnung war in keinster Weise mit Olivers Hütte zu vergleichen. Bei ihm hatte ein regelrechter Luxus geherrscht, ich dagegen lebte in einer kärglich möblierten Rumpelkammer, die nach vorne hinausging. Wenn Lastwagen oder Busse an meiner Wohnung vorbeirumpelten, übertönten ihre Motorengeräusche meinen vorsintflutlichen Fernseher. Irgendwie hatte ich ein Herz für Fernseher. Sie lösten ätzende Gespräche ab und zogen die Gesichter aller Leute in ein und dieselbe Richtung. So konnte man glauben, ganz Köln sei ein einziges Wachsfigurenkabinett. Aber jetzt war alles ruhig. Bis auf das Telefon. Ich starrte für einige Sekunde den Apparat an. Nicht abheben hieß nicht wissen, und Unwissen war unendlich schrecklicher als alles andere. Also lüpfte ich mit Schwung den Hörer von der Gabel. Ich plärrte "Hallo" in dem barschen Tonfall, den Frauen so gerne am Telefon wählen, wenn sie alleine leben.

Nichts.

Der Knoten stieg in meinen Hals hoch. "Wer ist da?" bellte ich in den Hörer. Während ich auf eine Antwort wartete, schloß ich die Augen und öffnete sie sofort wieder und suchte einen Fixpunkt in der Wohnung, in der wahrlich nicht "Meister Propper" zu Hause war. Ich wollte mich an irgendwas orientieren, doch das kleine Einzimmerappartement mit Küchennische und Bad war nicht nur etwas verstaubt - es war auch total unpersönlich. Alles hatte keine einheitliche Note, meine Wohnung vermittelte eine Atmosphäre, die irgendwo zwischen dem Charme eines vergessenen Büros im Rheinauhafen und der rauchigen Ausstrahlung eines Puffs in Leverkusen lag. Über allem lastete der Geruch von Insektenspray.

Es war dunkel - abgesehen von dem Reklamelicht, das von draußen hereinfiel. Ich traute mich nicht, meine rosafarbene Funzel anzumachen.

Mein Herz schlug wie ein Hammer.

Ein leises, klagendes Geräusch kam durch die Leitung, ein Schluchzen, ganz ohne Worte. Meine Knie wurden weich. Vor meinen Augen rasten Bilder aus Marienburg vorbei. Ich verdrängte sie und sog an meinen Lippen: "Hallo?"

Nach endlosen dreißig Sekunden meldete sich endlich jemand: "Bär?"

Ich brauchte ein paar Sekunden, bevor ich begriff, da war es endgültig um meine Stimmung geschehen. Ein Schaudern überlief mich und meine Nackenhaare kribbelten. Obwohl ich ein Mensch war, der sich durch nichts aus der Ruhe bringen ließ, wurde jetzt meine Stimme um einige Dezibel lauter: "Du bist falsch verbunden, Birke!"

Es folgte wieder eine kurze Stille. Ich konnte sie angestrengt atmen hören. Plötzlich sagte sie: "Du mußt ja große Angst haben, Ronny."

"Was geht es Dich an?" fragte ich mit cooler, herablassender Stimme. In Wirklichkeit war ich äußerst beunruhigt und mußte schlucken, um die aufsteigende Übelkeit zurückzudrängen. Meine ganze Selbstbeherrschung erschien mir nicht mehr unerschütterlich. Von der Luxemburger Straße fiel ein Lichtstrahl genau auf mich. Es war beinahe, als würde ein Scheinwerfer eine Zielscheibe anstrahlen. Ich trat ein paar Schritte zurück in den Schatten, wo ich regungslos verharrte. Im nächsten Moment schien mir, als würde die Wohnung sich um mich zu drehen beginnen. Sofort schloß ich die Augen, damit mir nicht noch schwindliger wurde. Ruhig bleiben! Ganz ruhig bleiben! redete ich mir selbst ein.

Birke senkte die Stimme zu einem Flüstern: "Wir haben nie viel voneinander gehalten, Bär. Aber jetzt brauche ich Deine Hilfe."

Nicht in einen Million Jahren werde ich ihr helfen! "Ach", erwiderte ich langsam und spürte, wie mein Mund austrocknete. "Willst Du mich verarschen?" platzte ich heraus, öffnete wieder die Augen und sah auf den Boden. Überall lagen Zettel herum. Dazwischen standen einige mit Zigarettenkippen überladene

Aschenbecher herum. Ein anderer lag umgekippt auf der Seite. Die Kippen bildeten eine kleine Abfallgrube auf dem Boden. Es roch nach Staub, vielleicht sollte ich ihn irgendwann gegen Autoabgase eintauschen.

Birke schnitt mir meine Gedanken ab und antwortete mit gepreßter Stimme: "Würdest Du mir heute ausnahmsweise einen Waffenstillstand gewähren oder wenigstens einen Kompromiß schließen?"

Kompromiß? Ich würde den Teufel tun. Ich hatte meine Prinzipien, und von faulen Kompromissen hielt ich überhaupt nichts. Für mich war der Kompromiß immer der erste Schritt zum Mißerfolg. Erst jetzt wurde mir klar, daß es der Mensch ist, der Oliver auf dem Gewissen hat. Ich konzentrierte meine gesamte mentale Energie darauf, Birke zu hassen. Mein Gesicht verspannte sich und ich zuckte zusammen. Dann verschwand die Welt vor meinen Augen und alles drehte sich. "Das ... Das", fauchte ich in die Leitung - so heftig, daß das Telefon der reine Luxus zu sein schien. "Das ist doch der Gipfel! Du warst bei Deinem Lover. Oliver wird vor dessen Haus von einer Bombe zerfetzt ... Zwei oder drei Stunden später besitzt Du die Frechheit, mich anzurufen und von einem Waffenstillstand zu faseln." Ich beschloß, das Gespräch möglichst bald zu beenden. Diese Vorstellung war einfach toll.

Eine lange Pause, dann:

"Ich denke ... "

" ... Mir ist egal, was Du Arsch denkst!" kreischte ich, umkrampfte den Hörer und starrte aus dem Fenster, ohne etwas zu sehen. "Ich glaube, es hat keinen Zweck, daß wir miteinander reden." Ich warf einen Blick auf meinen Schatten an der gegenüberliegenden Wand des Zimmers und schauderte in dem Bewußtsein, daß vielleicht noch jemand dasselbe sah. Ich wurde immer nervöser. Aber Birke schien ein Mensch zu sein, dem lange Gesprächspausen nichts ausmachen.

"Ich muß Dich sehen", wiederholte sie schließlich geduldig, als sei sie im Grunde auf meiner Seite. "Ich sitze in der Scheiße. Du kannst mich nicht hängenlassen."

Nein! Ich ertappte mich dabei, daß ich den Hörer fest umklammert hielt. "Doch", erwiderte ich einsilbig.

"Was?"

"Doch, ich werde Dich hängenlassen, Du Arsch," ließ ich vernehmen. Etwas preßte mir die Brust zusammen-

"Das ... Das muß ich mir nicht bieten lassen."

"Soweit ich sehe", konterte ich, "wirst Du Dir noch ganz andere Dinge gefallen lassen müssen." Ich nahm nur noch die Hälfte von dem wahr, was Birke sagte. Mein Hirn beschäftigte sich genauso mit der Frage, was sie wirklich von mir wollte.

"Vielleicht ... "

" ... Vielleicht ist im Himmel Jahrmarkt", unterbrach ich sie und stöhnte innerlich.

"Du bist gemein, Ronny ... Hilf mir. Bitte."

Diese Worte trafen mich tief in meinem Innern, appellierten an etwas, was ich einfach nicht wahrhaben wollte. Einen Moment war ich verwirrt, meine Entschlossenheit war wie weggeblasen. "Herrgott noch mal", schnauzte ich aber in den Hörer, "verschone mich mit solchem Scheiß."

Es folgte wieder eine unendlich lange Periode des Schweigens, in der ich mit leerer Miene auf den Fußboden starrte und versuchte, meine Gedanken zu sortieren.

"Ich merke, Du willst mir nicht helfen", stellte sie dann fest.

"Halt's Maul, Birke", sagte ich und ließ meinen Blick schweifen. Das Licht der Laternen von der Luxemburger Straße meinte es nicht gut mit der Wohnung. Die Stoffbezüge meiner beiden Sessel, eine Erwerbung vom Flohmarkt, waren ausgeblichen, darüber hatte sich ein weicher Staubfilm gelegt, wie eine hauchdünne Schneedecke. Daneben befand sich ein fünfzig Zentimeter hoher Stapel alter Ausgaben von "Punkt!", "Bild" und "Express". Zeitungslektüre war meine Leidenschaft. Auf der Fensterbank standen ein Laptop von der Größe einer Reiseschreibmaschine und ein Flachbettscanner, daneben lag eine Kameratasche, in der sich eine "Canon", ein 50-150-mm-Zoom, ein "Braun"-Blitz und fünf Filme befanden. Kein Stäubchen lag auf den Vertretern des ausgehenden zwanzigsten Jahrhunderts. Obwohl ich gerne fotografierte, gab es nirgendwo Bilder an den Wänden, auch keine Pflanzen an den Fenstern. Eine aus Ziegelsteinen und Brettern entstandene Regalwand stand im Flur, die einen Drucker, eine "Sony"-Videokamera, die Computerhandbücher, meine CD-Sammlung und die Taschenbücher aufnahm. Außerdem kümmerte ein müdes Usambaraveilchen vor sich hin. Während meine Augen an dem Geschenk meiner Mutter klebten, tasteten meine Finger über die Blasen der schlampig verklebten Rauhfasertapete.

"Tut mir leid, daß ich es aufgemacht habe", sagte sie. Ihr Atmen war fast ein Keuchen.

"Was, zum Teufel, willst Du damit sagen?" brüllte ich, doch in meiner Stimme hörte ich die große Unsicherheit. "Okay, ich höre Dir zu, Birke." Vom Kopf her hätte ich Birke die kalte Schulter gezeigt, doch irgend etwas hatte dagegen Einspruch erhoben. Das Telefon machte es leicht, den Konflikt verborgen zu halten.

"Was ist passiert?" sagte sie sehr behutsam.

Ich war wieder wie vor den Kopf geschlagen und biß mir auf die Unterlippe. "Du weißt sehr genau, was passiert ist", stammelte ich. "Oliver ... ist tot!!!"

Am anderen Ende der Leitung entstand eine kurze Pause. Ich hörte, wie sie wieder die Luft einsog. "Ich weiß aus dem Radio, daß Oliver tot ist. Scheiße!" flüsterte sie dann.

Geschenkt! war mein erster Gedanke. Aber dann merkte ich, daß ich tief schlucken mußte. Dazu kam, daß ich beim kleinsten Geräusch auf der Straße zusammenfuhr. Schließlich fand ich meine Sprache wieder: "Du elende Ratte!!! ... Was hast Du damit zu tun?"

"Nichts! Aber es würde jetzt zu lange dauern, Dir alles zu erklären."

Für einen Moment zog ich mich in ein mürrisches Schweigen zurück. "Ich habe massenhaft Zeit", sagte ich dann ziemlich verächtlich, als hätte ich langsam die Nase voll von ihr. "Du hast damit was zu tun?" Irgendwo brüllten zwei Babys um die Wette.

"Nein! ... Bitte glaube mir, bitte ... Ich muß Dich unbedingt sprechen ... Du mußt mir helfen, bitte." Ich konnte den verzweifelten Unterton in ihrer Stimme heraushören.

Damit hatte sie mich in die Enge getrieben, spürte ich. Ein Ausweichen war nicht mehr möglich, so sehr zitterte der Hörer in meiner Hand. "Kannst Du schwören, daß Du es nicht getan hast?" Sofort wurde mir bewußt, daß ich es tatsächlich geschafft hatte, einen ganzen Satz zu sagen, ohne auf Birke einzuschlagen. Nein, dachte ich plötzlich, sie konnte nichts mit der Sache zu tun haben. Ich würde es ihrer Stimme anmerken. Sie konnte nicht jemand auf dem Gewissen haben und ein paar Stunden später diese Betroffenheit zeigen ... Oder doch? Das alles brachte mich durcheinander. So etwas konnte ich überhaupt nicht gebrauchen.

"Ich habe damit nichts zu tun, bitte ... ", ihre Stimme verebbte.

Ich schluckte, zumindest zeigte sich Birke aufgekratzt. Das wußte ich bei Frauen zu schätzen. Aber es lag etwas in der Luft. Panik. Ich spürte sie wie die Vorahnung eines bösen Alptraums. "Wer sagt mir, daß ich Dir vertrauen kann", erwiderte ich ein wenig mürrisch und sah dabei die Flecken auf dem Teppichboden. An einigen Stellen war er schon richtig durchgewetzt. Das ist nun mal der Gang aller Dinge, sagte ich mir.

"Eines Tages wirst auch Du mal jemandem vertrauen müssen, Bär", sagte sie. "Warum fängst Du nicht bei mir damit an?"

Ich dachte einen langen Augenblick über den Satz nach, ehe ich antwortete. "Okay ... Komm´ vorbei", sagte ich mit einem gewaltigen Knoten im Bauch.

Einen Moment zögerte sie. In diesem Moment nahm ich die Tragödie in ihrem ganzen Ausmaß wahr, und ich begriff, daß Oliver nie wieder meine Wohnung betreten würde.

Dieser Gedanke berührte meine Gefühlslage in der gleichen Weise wie die Bohrgeräusche in der Praxis eines Zahnarztes mein Nervensystem.

Ich konnte nicht anders: Birke und ich weinten beide gemeinsam am Telefon.

Die Distanz machte es mir leichter.

"Kann ich Dir helfen?" fragte ich nach einigen Minuten, obwohl ich nicht genau wußte, warum ich das gesagt hatte.

"Das wird sich herausstellen, sobald Du mir alles erzählt hast."

Das Seltsame war, es war so, als würde ich mit einer Frau reden, die neu in mein Leben getreten ist und wie Birke klingt.

"Okay", sagte ich und wischte mir die Tränen von den Wangen. Nun berichtete ich ihr kurz und knapp von dem Horror in Marienburg. Mein Blick ging dabei wieder durch meine Wohnung: Gläser hatten ringförmige Spuren auf dem Glastisch hinterlassen. Mein Bett daneben war eigentlich kein Bett, nur eine auf dem grünbraunen Teppichboden liegende Matratze. Ich hatte mir morgens nicht die Mühe gemacht, sie wegzuräumen, wohl wissend, daß ich sie an diesem Tag noch einmal brauchen würde.

"Jetzt weißt Du Bescheid", sagte ich hinterher. Es gelang mir, meiner Stimme wieder einen unbeteiligten Klang zu geben, doch in Wirklichkeit war ich noch immer mächtig aufgeregt.

Schweigen in der Leitung.

"Birke?"

"Ja, ich bin noch dran." Sie atmete durch.

"Wo sollen wir uns treffen? Bei mir?"

"Das geht nicht ... Kennst Du die Stadt, in der meine Freundin Uschi studiert?"

"Die Uschi? Keine Ahnung." Ich spielte mit den Bügeln meiner Sonnenbrille, plötzlich fiel es mir ein. "Doch jetzt weiß ich es. In ..."

" ... Sag es nicht", unterbrach sie mich.

"Und warum nicht?"

"Benutz bitte diese Masse im Kopf, die man Gehirn nennt."

Für diese Art von Humor hatte ich nichts übrig, das stand fest. "Was soll das schon wieder heißen?"

"Was schon? Vielleicht hört man Dich schon ab."

"Du leidest unter Verfolgungswahn, Birke, vergiß es", sagte ich, ohne daß es mir gelungen wäre, meine Unsicherheit zu verbergen. Ich kam ins Grübeln: Abgehört? ... Ich? ... Warum?

"Ja, ich weiß", sagte sie traurig, "ich hätte es mir denken können."

Einmal mehr war Birke der Wirklichkeit nahe gekommen.

"Ja", knirschte ich mit den Zähnen und verspürte einen erneuten Anflug von Angst. Eine innere Stimme sagte mir, daß sie nicht so leicht aufgibt. Im gleichen Moment durchzuckte mich ein Gedanke: Was ist, wenn sie mich doch in eine Falle locken will? ... Kaltes Entsetzen ergriff mich ... Warum? ... Ich hatte das Gefühl, mein Magen drehe sich um. Außerdem schossen mir wieder Tränen in die Augen. Wütend zwinkerte ich sie weg.

"Also, es ist möglich?"

Ich setzte mich auf den Boden, klemmte den Hörer zwischen Schulter und Ohr und schlang die Hände um die Knie.

"Ich glaube, ja. Aber warum geht das nicht bei mir?" fragte ich nach einigen Sekunden scharf.

"Das geht nicht und ist besser für Dich, ja ... Wir dürfen nicht zu lange reden. Verstehst Du, was ich meine?"

Das tat ich. Als ich den Satz richtig verdaute, wurde mir ganz kalt ums Herz. Einige Sekunden vergingen. Ich stand am Fenster meines Apartments und blickte durch die Scheibe. Das Fenster befand sich zwei Etagen über der Luxemburger Straße, nicht weit vom Barbarossaplatz. Draußen lag die Welt in tiefem, ruhigem Schlaf. Erst nach einigen Sekunden bemerkte ich den Hörer in der Hand: "Also?"

"Höre mir gut zu, Bär. Nenne jetzt nicht die Stadt. Bitte." Plötzlich ertönte ein Piepsen. Auf meiner Stirn bildeten sich dicke Schweißperlen, während ich aus dem Fenster schaute. Draußen zuckte ein Blitz, gefolgt von einem ganz entfernten Donnergrollen. Kurz darauf hörte ich am anderen Ende der Leitung eine Münze in den Schlitz fallen, dann ein Klicken.

"Bär?" wollte sie kläglich wissen.

"Ja, ich bin noch hier." Zum Glück ließen die Angst und die Wut langsam nach.

Einige Sekunden hörte ich nur ihren Atem: "Warum sagst Du nichts mehr?"

"Es ist manchmal schwierig, die richtigen Worte zu finden", antwortete sie.

Darauf wußte ich nichts zu erwidern. Ich hatte das Kabel um mich gewickelt und mußte mich jetzt zur Tür drehen, um mich wieder zu befreien.

"Hör mir genau zu. Diese Stadt hat auch eine Uniklinik. Und in der Vorhalle dieser Klinik gibt es einen Imbißstand mit Tischen und Stühlen davor. Dort werde ich am Sonntag um 13 Uhr sein." Birke sprach immer noch leise.

Ich bekam ein flaues Gefühl im Magen. "Von mir aus", sagte ich. Meine Stimme wurde immer schriller, obwohl ich versuchte, sie unter Kontrolle zu halten.

"Ist das ein Ja?"

"Ich glaube, das schaffe ich." Ich kaute auf einem Fingernagel "Aber ich habe kein gutes Gefühl", brach es aus mir heraus.

"Glaubst Du im Ernst, ich würde Dich in eine Falle locken?" fragte Birke und landete damit einen Volltreffer.

"Nein, natürlich nicht." Aber genau das befürchtete ich.

"Danke."

Plötzlich machte ich mir Sorgen, daß Birke mir die Hucke vollgelogen hat. Gelähmt auch von der Angst, mich noch einmal lächerlich zu machen, drückte ich mit der Hand auf die Gabel. In den letzten Minuten hatte ich eine Gänsehaut nach der anderen gekriegt, denn schon die ganze Zeit hatte ich Schatten gesehen und Geräusche gehört. Ich hielt den Hörer in der Hand, starrte auf die Sprechmuschel. Dann ließ ich ihn auf die Gabel zurückfallen und beobachtete einige Minuten den Apparat, aber sie rief nicht wieder an.

Absichtlich spielte ich kein 3D-Ballerspiel auf meinem Computer, weil ich wußte, daß ich zu geschafft war und nur versagen würde.

Ab und zu fuhr ein Wagen über die Luxemburger Straße, und das Scheinwerferlicht strich schnell über die Zimmerdecke. Ich sah kurz hin, dann tauchten bizarre Bilder von Oliver vor mir auf. Von unserem ersten Zusammentreffen. Beide hatten wir "Herbert Knebels Affentheater" im Mülheimer "E-Werk" besucht und in der Pause nebeneinander gepinkelt. Am Spülstein kamen wir so ins Gespräch und ich erfuhr seinen Beruf. Ich war überrascht, und schnell wurde mir klar, daß ich ohne die Olivers dieser Welt weiter in einem kleinen Restaurant inmitten bescheuerter Enricos verbringen würde. Ich ließ mir nichts anmerken und fing ein Gespräch über Einsätze gegen militante

Kurden an. Anschließend plauderte Oliver aus dem Nähkästchen. Von Einsätzen, Festnahmen und Überstunden. Das hatte mich so beeindruckt, daß ich ihn noch ins "Pomp" schleppte. Drei Stunden becherte ich kräftig mit Oliver - 'nen echten Kumpel. Ich würde heute gerne sagen, daß jeder die Geheimnisse des anderen kannte, aber das wäre nur die halbe Wahrheit. Dafür fanden wir schnell heraus, daß wir beide Abscheu vor der selben Sache hatten - der täglichen Tretmühle. Außerdem entdeckten wir eine gemeinsame Leidenschaft - die zu Computern. Aber hier gingen unsere Meinungen auch weit auseinander. Während ich sie für blitzschnell hielt, waren sie für Oliver in manchen Situationen lahme Hunde. "Das kann nicht Dein Ernst sein", sagte ich mit einer Du-willst-mich-doch-wohl-verarschen-Stimme. Oliver holte tief Luft und atmete tief aus: "Du kannst doch noch zwei und zwei zusammenzählen? Du brauchst höchstens einige Sekunden, um die Verkehrslage am Ebertplatz zu schnallen, ein Rechner aber einige Stunden für dieses dreidimensionale Gebilde." Weil ich darauf nichts zu antworten wußte, wechselte ich das Thema und schlug vor, den Abend doch gemütlich in einem Puff ausklingen zu lassen. Sofort schwoll Olivers Stimme zu einer herausfordernden Lautstärke an: "Was für einen Scheiß redest Du da?" Er machte eine Pause, um das Gesagte wirken zu lassen. "Ich bin meiner Freundin treu!" Irgendwo hatte ich mal gelesen, daß Arschficken den Tatbestand der Untreue nicht erfüllt. Als Oliver davon hörte, zerstörte er sofort das Denkmodell: "Was für eine Scheiße redest Du da? ... Ronny, Du bist ein seltenes Arschloch." Dann lachte er. Gott sei Dank. Ich wartete, bis zwei Kellnerinnen in der Küche waren und eine andere mir den Rücken zuwandte, dann verschwand ich, ohne zu bezahlen. Kurze Zeit später folgte Oliver. Ich mußte lachen, als ich die Lindenstraße hinunter ging. Solche Tricks machten mir Freude. Einige Wochen später verriet mir Oliver, daß er an dem Abend meinen Deckel bezahlt hatte. Aber irgendwie mußte dieser Abend ausgereicht haben, um einen Bullen zum Freund zu gewinnen - eine Tatsache, über die ich nur staunen konnte.

Oliver.

Jetzt brauchte ich die Flasche aus dem Wandschrank. Erstmal diese Nacht überstehen, und morgen sehen wir weiter.

06

Irgendwann hatte mich der Schlaf besiegt. Aber ich schlief sehr schlecht in dieser Nacht. Wenn ich wach war, war mein Denken in mehrere Teile gespalten. Der eine Teil beschäftigte sich mit Birke ... Warum hat sie mich angerufen? ... Warum? ... Warum?... Birke ... Birke ... Sie war ebenso gefährlich wie kühn - das gab ihr eine magische Anziehungskraft ... Ein derart brutaler Mord ... war ihr ohne weiteres zuzutrauen. Das alles trieb mich schier zum Wahnsinn. Ein weiterer Teil des Gehirns kümmerte sich um die Explosion. In allen Einzelheiten lief sie vor meinem inneren Spiegel ab. Alle paar Minuten warf ich mich ruhelos auf die andere Seite. Wieder und wieder erschien mir das Bild von Olivers Kopf inmitten des Vorraums zur Hölle. Gegen fünf Uhr richtete ich mich kerzengerade auf. Hätte ich den Mord verhindern können? Aber wie? Ich war hellwach, pausenlos hämmerten die Fragen in meinem Kopf herum: Hätte ich den Mord verhindern können? Aber wie?

Dann stand ich auf - und fiel wieder zurück. Das Zimmer drehte sich im Uhrzeigersinn, während meine Matratze in Gegenrichtung zu kreisen schien. Ich schloß die Augen, aber das schwindelerregende Gefühl wollte einfach nicht nachlassen. Einige Sekunden später biß ich die Zähne zusammen und versuchte es wieder. Die Strudelbewegungen wurden langsamer, schließlich hörten sie fast ganz auf. Trotzdem schwankte ich durch das Zimmer wie ein Angetrunkener auf Rollschuhen. Ich ging zum Kühlschrank, was kein langer Weg war, eher ein kurzer Hürdenlauf. Ich wollte mir etwas zu essen holen. Schon oft hatte ich gehört, daß Essen die Nerven beruhigte, so daß man anschließend besser einschlummern konnte. Ich fand noch ein Glas Apfelmus und putzte mir einige Löffel von den süßen Zeug weg. Dann bückte ich mich hastig, um eine "Lila Pause" aufzuheben, die mir auf den Boden gefallen war. Im selben Moment wurde ich von einem so heftigen Schwindel überfallen, daß ich fast das Gleichgewicht verloren hätte. Einige Minuten hielt ich mich am Kühlschrank fest und torkelte dann zur Matratze zurück. Morgen früh ist bestimmt wieder alles in Ordnung, dachte ich, und schwang noch einmal die Beine zur Seite, um aufzustehen und zum Klo zu gehen.

Das Zimmer drehte sich noch immer, aber es klappte. Nach dem Pinkeln warf ich mich wieder auf mein Lager. Nach endlosen Minuten senkte sich die Nacht wie eine kratzige Decke auf mein Gesicht - und ich landete in einem Alptraum:

Ein Schiff brannte und ging unter. Überall an Deck drangen Rauchfäden in meine Lungen und brachten mich zum Würgen. Von weitem drangen Schreie einer Frau an mein Ohr: "Bär, hilf mir!" Meter für Meter kämpfte ich mich zur Steuerbrücke vor. Auch hier war überall Nebel, ich konnte fast nichts sehen. Doch die Rufe wurden immer lauter: "Bär, hilf mir!" Ich konnte nicht sehen, von wem sie kamen. Einen Moment überlegte ich, doch dann verschwand ich wieder. "Bär, hilf mir!" Plötzlich stand die Gestalt direkt vor mir. Eine Frau. Sie sah furchtbar aus, das ganze Gesicht war mit Blut verschmiert. Mein Herz hämmerte. Für einen Moment war ich wie gelähmt, dann sprang ich von Bord. Im nächsten Augenblick saß ich an einem Flußufer. Neben mir lag eine Frau, das Gesicht im Schlamm versteckt. Ich zog an ihren Schultern, doch ich konnte sie nicht bewegen. Sie ist tot, vermutete ich. Dann drehte ich mich um und wollte aufstehen und wegrennen. Doch ich konnte mich nicht bewegen. Plötzlich bewegte sich die Frau und wollte mich in den Fluß stoßen. Ich schlug um mich, trat nach ihr und wollte meine Finger in den Schlamm graben. Doch der Druck der Frau war stärker. Jetzt sah ich das Gesicht - es war verzerrt vor Wut. Es war Birke! Sie brüllte mich an: "Mörder!!!"

Als ich ein paar Stunden später vom Hupen auf der Luxemburger Straße geweckt wurde, blieb die Angst - wie eine Klette hing sie an mir. Mehrfach mußte ich den Kopf schütteln, um die Schreie zum Schweigen zu bringen. Mühsam und mit einem tiefen Gefühl des Schmerzes dämmerte mir, was geschehen war. Ronny, bleib dran, dachte ich. Du bekommst hier irgend etwas zu fassen, greif danach, Ronny ... Nur zu gerne würde ich jetzt das hohe Lied der Lynchjustiz singen. Ich rieb mir das Gesicht mit den Händen, während ich die Augen gegen das Tageslicht wieder geschlossen hielt. Hinter meinen Lidern sah ich grelle Farben, große Kleckse in Gelb und Rot. Sie tanzten vor meinem Auge in einem Kaleidoskop, wurden großer und größer und zogen sich plötzlich in die Dunkelheit zurück. Dabei versuchte ich, an nichts zu denken, sondern meinen Schädel so leer wie nur irgendwie möglich zu halten. Aber es kamen mir doch sehr schnell Gedanken, die mich total beunruhigte. Ich dachte an das letzte Treffen mit Birke.

Sie war genau die Art Frau, von der ich mich sonst immer ferngehalten hatte - selbst in meiner Phantasie. Doch das klappte nicht immer. Bei einer Fete vor zwei Wochen war es schon schrecklich genug gewesen mit Klaus Lage im Ohr und der ausgeflippten "taz" auf dem Tisch, aber plötzlich war sie wie ein Phönix aus der Asche neben mir aufgetaucht: in einem schwarzen Lederanzug und einem weißbebänderten Sonnenhut, unter dem ihre blaue Strähne hervorblinzelte. Meine Augen verweilten einen langen Augenblick auf ihrem Busen: "Na Birke, wie geht's Dir?" Birke warf ihren Kopf wütend zur Seite: "Warum fragst Du, wo Du doch bestimmt schon die Antwort parat hast?" Ich schnaubte verächtlich. "Was hast Du eigentlich an mir auszusetzen?" fragte sie nach einigen Sekunden. Ich verzog meinen Mund zu einem höhnischen Grinsen und schwieg. Birke spreizte ihre Hände vor sich und musterte sie. Birke sagte nichts weiter. Aber ich starrte sie weiterhin an, es war ein einfacher Trick, den ich mal in einem Krimi gelesen hatte und der die Leute dazu bringen sollte, etwas zu sagen. Aber Birke tat mir nicht den Gefallen. Sie sah so lieb und sanftmütig aus, so nett, aber ich vermutete, daß sie zwei Gesichter hatte ... Ich schob meine Brille hoch und rieb mir das rechte Auge. "Davon mal abgesehen, ... " Ehe ich weiter reden konnte, unterbrach mich Birke: "Du und Deine Sonnenbrille ... " " ... Was ist mit meiner

Sonnenbrille? Meine Augen vertrage keine Helligkeit", unterbrach ich sie und wollte es dabei bewenden lassen. Aber Birke holte noch einmal Luft, was ihr große Mühe zu machen schien: "Deine Augen vertragen keine Helligkeit? Vielleicht versteckst Du dich auch nur zu gerne hinter Deinen blauen Gläser. Ist es nicht so?" Ich zuckte innerlich zusammen - so genau hatte ich noch nie darüber nachgedacht. "Rede lieber von Sachen, von denen Du auch was verstehst, Birke!" Dann herrschte zwischen uns Schweigen. Warum zermarterte ich meinen Kopf, wo sie doch jenseits von Gut und Böse ist? Warum störten mich ihre Analysen? Der Moment dehnte und dehnte sich. Schließlich grantelte ich "Psychokacke" und legte die Finger an die Schläfen. Es war eine Warnung, daß ich nichts mehr hören wollte. Plötzlich kam mir der Gedanke, daß ich mich womöglich zum Narren machte, wenn ich weiterredete, also hielt ich inne und stieß ungewollt ein Geräusch aus, das in meinen Ohren wie ein Zug klang, der in einen Bahnhof einfährt. "Sag mal, Du könntest mir nicht freundlicherweise etwas von der Bar mitbringen, oder?" versuchte ich das Thema zu wechseln. Aber sie lenkte nicht ein, zog die Mundwinkel nach unten und vertiefte sich in die Betrachtung ihrer Fingernägel: "Nein, das habe ich nicht vor!" Sie lächelte nicht, aber es war, als würde sie innerlich über mich lachen.

Ich war wütend und steckte in einem Dilemma. Wer sich von Gefühlen leiten läßt, macht leicht Fehler! Aber von Frauen wie Birke durfte man sich auch nichts bieten lassen, sonst kam man nie auf einen grünen Zweig. "Du könntest ganz schön clever sein, und Dein Vater wäre bestimmt stolz auf Dich", sagte ich ruhig, "wenn Du nicht diesen Haufen Scheiße anstelle von Hirn hättest!" Auch wenn ich nicht auf heimischem Rasen im "Café Pomp" war, war ich nicht auf den Mund gefallen. "Vielen Dank für Deine Einschätzung", antwortete Birke, "fahre doch ausnahmsweise auch mal dabei aus der Haut, Du Tiefkühlprodukt." Weil ich nichts erwiderte, warf sie mir ein Nutrasweetlächeln zu. Ich fragte mich, ob diese Masche tatsächlich bei irgend jemanden wirkte. Ich haßte sie. Und wie ich sie haßte. Man sollte dich mit Handschellen an den Heizkörper ketten - sagte ich lautlos und zischte: "Elender Scherzkeks." Mannsein war längst kein Zuckerschlecken mehr! ... "Ich muß mal telefonieren gehen", sagte sie plötzlich. Ich stutzte: "Gehen? Hast Du kein Handy?" Birke, die noch nie trendy war, schüttelte den Kopf, daß die silbernen Ohrringe klingelten: "Nein, aber ich wünsch mir ein Handy zu Weihnachten. Ehrlich." Ich stieß einen langen Seufzer aus. Die Vorstellung, Birke gleich eins in die Fresse hauen zu können, war unwiderstehlich.

Was mich am meisten ärgerte, sie warf mir Skalpellblicke zu. Ich war nicht gewillt, sie vom Haken zu lassen. Als sie schließlich von einer Frau mit einer Secondhand-Figur gerufen wurde, seufzte ich trotzdem erleichtert. Denn viel lag mir nicht mehr auf der Zunge. Klar, sie würde auch weiterhin nicht auf meiner persönlichen Top-100-Liste stehen.

Schließlich ging ich an die Bar. Klarer Sieg nach Punkten! Für mich ist die Quintessenz ihrer Laberei gewesen, daß sie einen schweren Sprung in der Schüssel hat. Aber in Wahrheit hatte sie mich total eingeschüchtert. So sehr, daß ich ganz vergessen hatte, ihr zu signalisieren, daß es ein Irrtum war zu glauben, ich würde irgendwann einmal ein bißchen menschliche Wärme mit ihr teilen.

Ziemlich dankbar entdeckte ich den Spiegel und versank in mein Bild. Es erteilte mir die Absolution. Kein Wunder, daß ich die Nacht mit einem Eimer Gin starten mußte.

Soviel zur Pflege freundschaftlicher Harmonie. Ach, verdammt.

Die Erinnerung sorgte jetzt für heftiges Sodbrennen. Während ich auf der Matratze lag, ließ ich meinen Zorn gegen Birke freien Lauf ... Diese Ratte ... Mit jeder Sekunde wurden aber die Ereignisse von Marienburg deutlicher vor meinem geistigen Auge, je wacher ich wurde. Sofort malte ich mir aus, wie knapp ich letzte Nacht davor gewesen war, mein Leben zu verlieren. Mir stockte das Herz ... Ich muß mich unbedingt um mein Auto kümmern. Aber nicht jetzt ... Mühsam steckte ich mir eine Zigarette an, um das mulmige Gefühl in meiner Magengrube unter Kontrolle zu kriegen. Mein Mund war so trocken, daß ich am Rauch würgte. Ich drückte meine übelschmeckende "Gitanes" im Aschenbecher aus und schloß die Augen. Sofort erinnerte ich mich an jede Szene des Traums, und das Ganze ergab einen Sinn. Ich riß die Augen wieder auf. Hochhackige Damenschuhe klapperten durch das Treppenhaus. Ich hielt mir die Ohren zu.

Dann schaltete ich den Fernseher ein. Bei RTL sah ich ein Häufchen Reporter vor der Ruine stehen, falls doch noch etwas, irgend etwas passierte. Nein!!!

Mein Kopf dröhnte wie ein angeschlagener Gong, jeder Muskel meines Körpers tat mir weh. Die Weste klebte mir am Rücken. Mein ganzer Körper war über Nacht in Beton eingegossen worden, und ich wollte mich erst nicht bewegen. Wenn es etwas gab, was ich überhaupt nicht mehr tun wollte, dann war es saufen. Durch meinen Schädel schwirrten Sätze, die ich gestern gehört hatte: Seit heute morgen gibt's nur noch Horrorvideos in meinem Kopf ... Dieses Köln war einmal so schön ... Ich kriege das Kotzen, wenn ich Typen wie Sie höre ... Die Logik steht heute auf Deiner Seite ... Laien stellen manchmal ganz schön dumme Fragen ... Du kannst mich nicht hängenlassen.

Verschreckt stand ich vom Teppichboden auf und ging zum Kühlschrank Ich aß ein Stück Fleischwurst - mit etwa soviel Appetit wie ein Stück Zucker im Kaffee. Während ich meine hastige Mahlzeit beendete, dachte ich an Oliver . Ich überlegte, ob ich nach Ehrenfeld fahren und in seine Wohnung gehen solle? ... Ich entschied mich dagegen.

Statt dessen fuhr ich zu einer Horde Barbaren ins "Old Trafford-Stadion".. Manchester United versuchte doch tatsächlich eine Invasion in der "Uefa Champions League", und ich verlor zwei Halbzeiten damit, den Laden dichtzumachen und sie mit Hilfe der Jungs von Borussia Dortmund zurückzudrängen. Andreas Möller versemmelte einen Elfer, aber beim Nachsitzen ließ

Matthias Sammer die Reds und ihren Torwart Peter Schmeichel über die Klinge springen. Trotzdem schwappte meine Stimmung nicht gerade über - ich ging von meinem Computer weg und schnupperte an meinen Sachen.

Tod riecht, dachte ich, während ich sie auszog und auf einen Haufen warf. Ich schnappte mir ein paar Klamotten aus dem Haufen, den ich vor ein paar Tage aus der Wäscherei "Kuschel" abgeholt hatte - meine verwaschenen, ausgebeutelten Jeans und ein schmutziggraues T-Shirt, dazu zog ich meine braune überdimensionale, abgewetzte Lederjacke und die schon etwas vergammelten "Doc-Martens-Stiefel" an. Das ist für heute gut genug, dachte ich und strich mir über den Bart, der weit über das Drei-Tage-Maß sproß. Es erforderte meine ganze Willenskraft, mich anschließend zu rasieren.

Zu meiner eigenen Überraschung gelang es mir sogar.

07

Eine merkwürdige Mischung aus kribbelnder Spannung und hoffnungsvoller Enttäuschung beherrschte mich, als ich die Treppe herunter hastete und zu den Briefkästen stürmte. Mein Herz machte einen kleinen Sprung, als ich sah, daß Björn Nielsson Post bekam. Aber dann lief mir ein Schauer über den Rücken, auch Richard J. Tauber, Hajo Frommholz, Kai Wolffram und Peter Sehringhaus bekamen Mitteilungen. Mein Auge blieb an den billigen weißen Umschlägen mit Computerschrift hängen, die alle gleich aussahen. Mit wild klopfendem Herz sah ich mich im Hausflur um. Niemand war zu sehen. Dann nahm ich die Umschläge aus dem Kasten und drehte alle um, keine Absender! Was hatte das zu bedeuten? Total verunsichert steckte ich die Briefe ein, zog einen wieder heraus, um den Poststempel zu sehen, der etwas verschwommen war. Ich machte mir fast in die Hose - er stammte aus Ludwigsburg.

Einige Sekunden wußte ich nicht, was ich tun sollte - und so tat ich wieder einmal gar nichts.

Schließlich hatte ich mich etwas gefangen und ging voller Angst zur Tür. Ich spähte hinaus und die Luxemburger Straße entlang. Niemand schien dem Judosport verdächtig. Aber ich verfluchte mich, weil ich keine Knarre besaß. Eine Wahnvorstellung erster Klasse.

Und trotzdem ...

Der Morgen nach der Explosion einer Autobombe in Marienburg war frisch und klar, mit einem hohen blauen Himmel über ganz Köln. Irgendwie schien das nicht zu passen. Ich wünschte mir, es würde sich zuziehen und aus allen Kübeln schütten. In meinem Magen spürte ich einen leichten Aufruhr. Ziemlich nervös machte ich mich auf die Socken. Am Barbarossaplatz stieg ich in eine "18" und fuhr eine Haltestelle bis zur Poststraße. Es war gerade zehn Uhr durch. Eine leise Unruhe regte sich in mir, als ich mich dem Waidmarkt näherte. Für mich hatte dieser Ort etwas Bedrohliches.

Schon die ganze Zeit spürte ich einen Druck auf die Blase. Zum Glück sah ich gegenüber vom Eingang zum Bullenkloster ein Keller-WC. Ich ging die Treppe herunter. Das Klo war ein trüb beleuchteter Raum, der stank, als hätte hier eine Hundertschaft der Bullen zum Scheißen und Pissen Station gemacht. Ich stellte mich an das weiße Urinal. Mit einer Hand mußte ich mich an den Kacheln abstützen, so sehr drehte sich wieder alles. Plötzlich stand ein bescheuertes Quasimodogesicht neben mir und pinkelte. Ich hatte das Gefühl, er wollte gleichzeitig das Fassungsvermögen meiner Blase überprüfen. Es war komisch - ich bemerkte, daß ich gar nicht mehr mußte. Es kam kein Tropfen.

Eigentlich zum Lachen.

"Meinst Du, es kommt heute noch was?" fragte der Typ, der ebenfalls an der Pißrinne stand. Als ich nicht antwortete, lachte er durch die Nase.

Schnell schloß ich den Reißverschluß wieder zu, ging die Treppe hoch und schlenderte mit einem ekelhaften, säuerlichen Geschmack im Mund zum Polizeipräsidium, das für mich aussah wie Draculas Schloß persönlich. Auf den Treppen am Eingang hockte ein junger Dickwanst. Nur ein paar Tauben leisteten ihm Gesellschaft. Als ich näherkam, flogen sie davon. Trotzdem zögerte ich einen Moment. Mich beschlich das klamme Gefühl, das normalerweise hohes Fieber ankündigt. Komisch, auch der Druck auf meine Blase war wieder da. Ich mußte lachen. Schließlich machte ich mich, Träume von Bewunderung und Händeschütteln im Kopf, auf den Weg. Gleich würde ich einzig und allein auf meinen eigenen Verstand angewiesen sein, und die Herausforderung war mir nicht unangenehm. Ich wünschte mir, als Held von Marienburg dazustehen, und von der Polizei gebraucht zu werden. Es überstieg meinen Horizont zu erkennen, daß das völlig illusorisch war. Im Gegenteil, mit der mir angeborenen Naivität nahm ich sogar an, daß ich der wichtigste Zeuge überhaupt sei, auf den die deutsche Polizei bauen könne.

Kurz gesagt: Ich fühlte mich wie ein Kind, das das "Phantasialand" zum erstenmal und dazu noch mit einer Freikarte besuchen darf!

Der Pförtner im Haus der Götter erledigte gerade irgendeinen Papierkram. Er mochte einsfünfundsiebzig groß und gut und gerne zwei Zentner schwer sein, der riesige Bauch wölbte sich wie ein Tumor. Er sah aus, als hätte er das vorgeschriebene Pensionsalter schon um zwanzig Minuten überschritten. Aber dank der Tatsache, daß er zur Crew der Barke auf dem Meer der Gerechtigkeit gehörte, schwebte er regelrecht über seinem Stuhl: "Ja?" Ich neigte den Kopf und musterte den Tölpel: "Ist ... äh ... Kratzenstein da?" "Herr Kratzenstein?" fragte der Pförtner mit hochgezogenen Brauen. "Ja, den meine ich", antwortete ich und ergänzte: "Kratzenstein erwartet mich." "Haben Sie einen Termin bei Herrn Kratzenstein?" fragte er leise, und ich nickte. Der Büttel reichte mir einen Zettel: "Ausfüllen!" Ich strich mir gelangweilt mit der Hand über meinen Kopf, als ob ich eine Mücke verjagen wolle. Wer die Sprüche von der Polizei als dein Freund und Helfer für bare Münze nimmt, fuhr mir durch den Kopf, ist schon lange nicht mehr vor der Tür gewesen ... Bei diesem Gedanken machte ich mir fast vor Lachen in die Hose. Ich schob mein Gesicht näher an seines und fragte leise: "Wo ist hier das Klo?" - die ganze Umgebung war plötzlich so respekteinflößend, daß eine laute Stimme wie ein Stilbruch gewirkt hätte. Der Pförtner deutete mit dem Finger auf eine Tür mit einer Milchglasscheibe und setzte ein belämmertes Lächeln auf. Sofort stürmte ich dorthin. Gott sei's gepriesen und getrommelt, daß eine Kabine frei war. Während ich so pinkelte, schaute ich mich um. An einer Wand war die Frage zu lesen: "Gibt es ein intelligentes Leben im Polizeipräsidium?" Irgend jemand hatte darunter geschrieben: "Ja, wenn Besuch kommt." Ich nickte und verließ das Klo. Beim Pförtner füllte ich den Besucherschein aus, zeigte meinen Ausweis und bekam schließlich einen Zettel in die Hand gedrückt, nachdem der Mann sich telefonisch vergewissert hatte, daß ich wirklich einen Termin hatte. Ziemlich aufgeregt fuhr ich endlich mit dem Aufzug in die zweite Etage. Als ich an Olivers Bürotür vorbeikam, schloß ich kurz die Augen.

Nebenan stieß ich die Bürotür auf ohne anzuklopfen, steckte den Kopf durch den Spalt und erschrak: Das winzige Zimmerchen sah noch genauso aus wie vor zwei Jahren, als hier noch jemand anders saß. Kratzenstein war zu sehr damit beschäftigt, auf den Bildschirm seines Computer zu starren, um von seiner Umwelt Notiz zu nehmen. Das Rollo am Fenster hinter ihm ließ nur ein spärliches Licht herein, von dem man beim besten Willen nicht auf das Wetter in der Kölner Bucht schließen konnte. Wenigstens ersparte es einem den Blick auf einen Hinterhof-Parkplatz. Vater Staat hatte Kratzenstein mal ein Bücherregal spendiert, das sich rechts vom Fenster unter schwerer Akten bog. Irgendwo zischte eine Kaffeemaschine leise vor sich hin. Eine Wand wurde von einer Nachtaufnahme des Doms belebt, von der es nur eine bescheidene Auflage von zweihunderttausend Stück gab. Sonst hingen keine Bilder an den Wänden, statt dessen nur Faxe. Auf dem Boden standen zwei Plastiktüten von "Aldi".

Der Hohepriester polierte jetzt seine Brille mit dem Krawattenende. Dann faltete er die Arme vor seiner schmalen Brust. Die Trübseligkeit des Domizils schien sich auf seinem blaß gespannten Gesicht breitgemacht zu haben. Es war das Gesicht eines verhärmten Alten, das von blauen Adern überzogen wurde. Die Haut zeigte einen Stich ins Gelbliche. Die Haare waren von stumpfen Grau. Seine Wangen waren eingefallen, an ihnen und am Hals sah ich die Spuren einer mißglückten Rasur. Die dunklen Ringe unter seinen Augen waren Zeugen einer schlaflosen Nacht, die Säcke darunter waren zu Geschwülsten geworden. Auf seiner hohen Stirn waren tiefe Falten eingegraben. Er sieht genauso schlecht aus wie ich, vermutete sich. Das weiße Hemd, das Kratzenstein trug, war vergilbt, als hätte es eine Saison lang in der Umkleidekabine vom FC gehangen.

Ich räusperte mich: "Ähem!"

Kratzenstein brauchte einen Augenblick um in Gang zu kommen, dann drehte er sich langsam zur Seite, offenbar nicht sicher, ob er richtig gehört hatte. Die Augen hielt er halb geschlossen, als schmerzte ihn der Anblick.

"Sie brauchen nicht so laut anzuklopfen", sagte er mit heiserer Stimme. Mit seinem Stoppelkinn und den feuchten Augen sah er beinahe irre aus.

Was ich mit einen angedeuteten Grinsen beantwortete.

Sogleich wurde ich von ihm mit einem festen Blick gemaßregelt: "Der Anruf des Pförtners hat mich überrascht. Unser Termin ist doch erst in einer halben Stunde."

Ich biß mir von innen auf die Lippen und meine Gesichtsmuskeln zuckten. "Nachher habe ich keine Zeit", versuchte ich mich zu entschuldigen. Es klang nicht sehr überzeugend. Der Gedanke an die Briefe, die in meiner Tasche steckten, lag mir wie ein Felsbrocken in der Brust.

Ich hielt inne, um seine Reaktion abzuwarten. Doch Kratzenstein verzog keine Miene, er schenkte dem Satz soviel Aufmerksamkeit, wie er einem Faden auf seiner Jacke entgegengebracht hätte.

Der Bulle mit dem zergrübelten Gesicht zuckte nur mit den Schultern: "Kommen Sie mit!" Dabei erhob sich von seinem Stuhl. Von den bloßen Mühen des Aufstehens schien ihm der Atem zu stocken. Er verhielt einige Sekunden mit leicht geöffnetem Mund, nahm seine Jacke vom Hafthaken an der Tür und setze sich dann in Richtung Wohin-auch-immer in Bewegung, ohne sich einmal umzusehen. Ich fing mehrfach meckernd an zu lachen. Kratzenstein ging nicht darauf ein, sondern trottete in dem bläßlichblau getünchten Flur weiter der Rente entgegen. Wir liefen über abgetretenen Linoleum, der einst gelb war und heute an einigen Stellen Buckel warf. Ich stelzte hinter Kratzenstein her wie ein altes Klageweib. Einmal mußten wir stehenbleiben. Für einen kurzen Moment dachte ich, ob es nicht besser wäre, abzuhauen. Aber da kündigte sich auch schon mit einem "bim" der Lift an. Wir stiegen wortlos ein. Die Luft in der engen Kabine war abgestanden, es roch durchdringend nach Schweiß und Kölnisch Wasser. Vage Erinnerungen an die Steinzeit ließen in meinem Magen ein merkwürdiges Gefühl entstehen. Ich bemerkte den herablassenden Zug um seinen Mund. Im vierten Stock verließen wir endlich den Aufzug und gingen schweigend bis zum Ende des fensterlosen Flurs. Kratzenstein schlurfte jetzt so langsam, daß es aussah, als bewege er sich unter Wasser. Vor einem Besprechungszimmer ließ er mich warten und verschwand. Ich atmete tief durch,

Es gab eine Zeit, in der ich verdammt oft gewartet hatte, daß irgend etwas geschah. Und irgend etwas geschah immer.

Auch jetzt?

***

Normalerweise arbeitet die Polizei in Köln im Schneckentempo, stellte ich für mich fest. Aber wenn ein Politiker getötet wird, legt die Maschine hundert Zacken zu und der Tacho zeigt doppelte Lichtgeschwindigkeit: Sonderkommissionen werden aus dem Hut gezaubert, und in der ganzen Republik werden die Bullen auf Trab gesetzt. Jede Spur wird von den Bullen verfolgt und womöglich von ein paar, die gerade dienstfrei haben, noch dazu. Überall auf den Gängen liefen aufgeregte Hühner umher. Einige liefen in Höchstgeschwindigkeit und bedrohten so die Gesundheit der sich langsam bewegenden Leute.

Mir fiel eine Statistik ein, die der "Stern" in dieser Woche gebracht hatte. Wenn man innerhalb von zwei Tagen nach einem Anschlag kein Bekennerschreiben hat, sind die Chancen extrem schlecht, daß man je eines haben wird.

84

Fast eine halbe Stunde saß ich jetzt auf einem harten Plastikstuhl und starrte auf die winzigen Staubpartikel, die in der schwülen Luft tanzten. Man konnte bestimmt nicht sagen, daß die Kölner Polizei ihre Gäste verwöhnte. Eigentlich wußte ich noch immer nicht, was ich genau erzählen würde.

Wenn ich mich sonst verstecken wollte, dann tat ich das meistens hinter einer Zeitung. Aber jetzt hatte ich keine dabei. Scheiße! Meine Hände zitterten, ich schob sie unter meine Oberschenkel. Einige Male holte ich sie hervor und kaute an einem eingerissenen Fingernagel. ... Bär? ... Das geht nicht und ist besser für Dich, ja ... vielleicht wirst Du schon abgehört - die Worte hallten in meinem Kopf wider, ich traute mich eine Zeit lang noch nicht einmal, zu rauchen, weil kein Aschenbecher zu sehen war. Aber dann mußte ich mir doch eine anstecken. Plötzlich erschien eine Frau mit einem blonden Bürstenhaarschnitt und einer dunklen Sonnenstudiobräune. Sie trug etwas zu weite cremefarbene Jeans und ein marineblaues Baumwoll-T-Shirt. Die Blondine musterte mich durch eine goldgerändete Brille: "Herr Berghagen?"

"Ja?" nickte ich dankbar und leckte mir die Lippen. Meine Stimmlage rutschte eine Tonlage höher: "Was gibt's?"

Der Frau forderte mich mit einer Handbewegung auf, ihr zu folgen: "Ihr Termin." Ich spürte, wie meine Brust stolz anschwoll. Plötzlich war ich im Himmel. Nur der Gestank von Desinfektionsmitteln stimmte mich etwas trübsinnig.

Ich warf meine Kippe zu Boden, drückte sie aus und stöhnte: "Ist der Polizeipräsident eigentlich zu kniepig, um für das Haus einige Klimaanlagen zu kaufen?"

"Wir haben Glück, daß jeder einen eigenen Schreibtisch hat", erwiderte sie giftig und sah dabei zu Boden: "Kommen Sie schon."

Ich sah die Frau verständnislos an und folgte ihr wie eine wärmegesteuerte Rakete. Ich hatte genug Krimis im Kino gesehen und wußte Bescheid. Die knallharten Profis, die in die

Mangel der Bullen gerieten, zeigten nie Gefühle. Es war unmännlich zu lachen, gefährlich eingeschüchtert zu wirken. Deshalb wollte ich meine Stimme und mein Gesicht so neutral wie möglich halten.

Während sie den Flur sehr, sehr forsch entlangging, schaute sie sich immer wieder um und lächelte. Ein paarmal ließ sie Kaugummiblasen platzen. Es knallte wie Schüsse aus einer Pistole, und ich zuckte zusammen. Wir gingen an Türen vorbei, an denen Namen standen, die ich nur zu gut kannte.

"Haben Sie eigentlich eine feuchte Wohnung?" fragte ich. Sie hielt kurz an und fragte honigsüß zurück: "Warum?" Die Frau zog ihre Mundwinkel ein, so daß ihre Lippen ständig gespitzt aussahen. Ich schluckte und schmunzelte: "Nunja, heute ist Samstag." Die Frau schenkte mir keine Antwort und ging einfach weiter. Einige Sekunden später sah sie sich über die Schulter um zu mir: "Sie kennen schon Herrn Ostbaum?"

"Nein. Wer ist das überhaupt?" Ich versuchte, so zu tun, als wäre das alles nichts Beunruhigendes.

"Jemand aus Düsseldorf, über den hier schon einige Gerüchte kursieren", sagte sie und lächelte.

Ich erwiderte das Lächeln, wenn auch mit einer großen Anstrengung: "So? Welche denn?"

"Daß er schneller zubeißt, als er kläfft", antwortete sie und stiefelte los.

***

Nach einer Biegung verengten deckenhohe Rollschränke den Flur zu einem Nadelöhr. Mich befiel ein Anflug von Platzangst. Zum Glück mußten wir nicht weiter. Wir betraten ein Büro, und ich blieb für einen Moment in der Tür stehen, als habe ich mich verlaufen. Aber diesen kurzen Moment brauchte ich, um die drei

Männer, die mich erwarten, zu erfassen. Alle schienen von ihren Reserven an Nervenkraft, Kaffee und Baldrian zu leben. Nur einen von ihnen kannte ich: Paul Kratzenstein. Das Trio hörte sofort auf, sich zu unterhalten, als wir erschienen. Die Blondine nahm sofort den gewohnten höflichen Flüsterton an: "Das ist Herr Berghagen."

Meine Augen suchten erst einmal das Büro ab. Es war recht groß, bestimmt fünf mal drei Meter, aber billig möbliert. Die Wände waren in einem verblichenen Pastelblau gestrichen. Ich sah vier Eichenschreitische, auf denen jeweils ein Telefon und ein Computer standen, drei Besucherstühle, einen Sessel und einen ramponierten Metallschrank. Zwei nicht zusammenpassende Aktenregale aus Eiche und Kiefer standen sich gegenüber. Dazwischen kauerte ein kleiner verschrammter Holztisch, an dem die Blondine Platz nahm. Abgesehen davon, daß man hier den wichtigsten Zeugen überhaupt hören würde, hatte dieser Raum den Charme von Aufwärmhallen für Straßenbahnfahrer. Heilig´s Blechle.

"Ich bin Ludwig Borsig vom 13. Kommissariat", jodelte ein Mann von Mitte Fünfzig, der vor der Ära der elektrischen Schreibmaschinen vielleicht einige Achtungserfolge errungen hatte und heute gegen das nahende Alter heranarbeitete. Der Mann sah genauso aus, wie er hieß, total unscheinbar, so daß man vom bloßen Hingucken schon einpennen konnte. Er hatte einen bitteren, ganz verkniffenen Mund und hohle Wangen. Igitt! Wenigstens hatte er noch volles, schwarzes Haar, so blieb ihm in dieser Hinsicht etwas Frust erspart. Aber das bißchen Flaum im Gesicht, der abgetragene anthrazitfarbene Anzug, der bestimmt ein Erbstück war, der offenstehende oberste Hemdenknopf - alles an ihm wirkte so bieder, daß ich kaum fassen konnte, wie er sich herausgeputzt hatte. Die bordeauxrote Krawatte auf halbmast wirkte bei ihm irgendwie unpassend.

Wahrscheinlich hielt er sich schon für einen Polizisten, schon lange bevor er das Alter der langen Hosen erreicht hatte. Heute zog er die Arschlochkarte, und ich erkor ihn zum Objekt meines gereizten Mißfallens. Ich haßte die Art, wie er den Scheitel trug. Ich haßte seine Brille. ich haßte den Kunstledergürtel, der seine Hose hielt. Alles an ihm verhieß Schrebergarten und Minigolf. Es war aber auch nicht gerade hilfreich, daß er sofort meine Sonnenbrille monierte, während ich noch leicht schmunzelte. "Die werden Sie hier nicht brauchen", erklärte er schroff.

Ich nahm die Sonnenbrille ab und lachte, aber es war kein Humor dabei. Denn ich hatte längst beschlossen, ihn nicht zu mögen..

Borsig warf einen spöttischen Blick über seine in Gold gefaßten Brillengläser: Seine kleine Augen standen weit auseinander, von einem wäßrigen Grün. "Dachten Sie, daß wir Sie vergessen hätten?" frage er mit seiner monotonen Stimme. "Bei uns geht keiner verloren." Dann gab er mir Gelegenheit, ein preiswertes zahnärztliches Gesellenstück zu bestaunen. Der Schlaumeier, der eine Idealbesetzung für eine Runde Mühle war, sprach den Satz völlig unfallfrei, aber er hätte ihn sich sparen können, weil es soundso keiner annahm. In der Hand hielt er eine billig aussehende Zigarre. Wenigstens hatte er den Anstand, sie kalt zu rauchen.

Mir war längst klar, daß ich bei ihm nie auf dem Schoß landen wollte. "Bestimmt", sagte ich kurz angebunden. Meine Hände waren fest zur Faust geballt. Mein Blick fiel auf Paul Kratzenstein, der lächelte und gleichmütig die Achseln zuckte. Und es gab wirklich nichts aus seinen Zügen zu lesen.

Ich schenkte der Blondine einen Blick aus dem Augenwinkel. Sie schien ihn zu bemerken und ließ ein Zahnpastalächeln aufblitzen.

Der andere Mann stand im gleichen Alter wie ich und hing lässig in seinem Stuhl. Er machte sich nicht die Mühe, aufzustehen, sondern beschränkte sich zunächst auf ein schmales Begrüßungslächeln. Der Typ war die Art Mann, der jeden Raum ganz in Besitz nimmt. Ich musterte ihn näher. Er war eins fünfundachtzig groß, gut zwei Zentner schwer und hatte wie aus Stein gehauene Wangenknochen. Seine Augenbrauen waren ganz gestrichelt von Narben, wie sie Boxer oft haben. Die durchdringenden blauen Augen verrieten einen wachen Geist. Auf seiner Oberlippe wuchs ein buschiger Schnauzbart, der viel zu weit über die Lippe hinab wuchs. Überhaupt hatte ihm das Leben die grausamen Merkmale der Durchschnittlichkeit erspart. Seine durchdringende Augen waren nicht merklich kälter als Packeis. In seiner zerklüfteten Gesichtslandschaft waren sie wie zwei Bergseen im Winter. Insgesamt hatte das Gesicht einen Zug kalter Grausamkeiten. Ich dachte darüber nach, ob er nicht vielleicht den Beruf verfehlt hat. Mit seinen ausladenden Schultern war er eine wandelnde Reklame für ein Fitneßstudio. Aber er machte die Wirkung zunichte, indem er eine Zigarette paffte, die aus seinem Mundwinkel hing wie ein Stück Klebeband. Der asketische Ausdruck in seinem Gesicht blieb trotzdem so streng, daß jemand nach einem Wohnungseinbruch glatt bestritten hätte, daß ihm etwas fehle, weil er befürchten würde, eine Portion Prügel zu beziehen.

"Guten Morgen." Ich warf mein patentiertes Lächeln in den Raum - und sah nur ein allgemeines Kopfnicken. "Also, wo sollen wir anfangen?"

Harry Ostbaum starrte jetzt auf seine Füße, die in handgearbeiteten Schuhen steckten. "Indem wir gleich zur Sache kommen", erwiderte der Titan - und niemand meldete einen Funken Widerspruch an. Wenn er sprach, tanzte sein Schnurrbart im Gesicht. Sonst war sein Gesicht völlig ausdruckslos. "Wir führen Ermittlungen durch bezüglich der beiden Morde in Marienburg." Er hatte einen stark ausgeprägten Adamsapfel, der beim Sprechen auf- und abhüpfte. "Wir dachten, daß Sie uns vielleicht behilflich sein wollten, und wir würden Ihnen gerne ein paar Fragen stellen, wenn es Ihnen nichts ausmacht?"

"Bestimmt nicht", erwiderte ich, während ich spürte, wie meine Selbstsicherheit flöten ging. Am liebsten hätte ich meine Füße auf den Schreibtisch gelegt und so versucht, sie wieder zurückzuholen. Aber ich besann mich, wo ich war und ließ es bleiben.

"Schön", nickte Ostbaum langsam und fuhr fort: "Lassen Sie uns von vorne beginnen. Wir wissen, daß Sie noch unter Schock stehen, und es tut uns leid, daß wir das schon heute tun müssen, aber es muß sein!" Seine Stimme war rauh und kräftig und tief. Sie verlieh ihm eine beeindruckende Entschlossenheit, stellte ich schnell fest. Er weiß, was er will. Das war angenehm, sehr angenehm.

Ich beobachtete seine Miene, aber ich hätte ebensogut einen Felsen in den Alpen beobachten können. Ich wußte, es hätte gar keinen Sinn gemacht, zu sagen, daß ich das alles bereits Kratzenstein gesagt hatte. Zaghaft nickte ich und setzte mich in einen tiefen Sessel.

Mit der Frage: "Wer hat das Attentat verübt?" unternahm Borsig den Versuch, sich an dem Gespräch zu beteiligen.

"Was fragen Sie mich?" entgegnete ich und wünschte, ich wäre nicht mehr umgeben von Leuten, die mit wenigen Ausnahmen vorzeitig die Schule verlassen mußten. "Das sollen Sie doch herauskriegen."

Der Außerirdische, der sich Ludwig Borsig nannte, schniefte kurz, sagte aber nichts.

"Okay." Harry Ostbaum fixierte einen Punkt über meinen Kopf an. "Dann werden wir Ihnen ein paar Routinefragen stellen", sagte der LKA-Gigant und zeigte dabei seine abgenutzten Zähne. "Wie heißen Sie?" Die selbstsichere Art, wie er die Frage stellte, ließ keinen Zweifel daran aufkommen, daß er nicht einfacher Gast war.

Okay, mein lieber Kupferstecher, wenn du deinen Horizont erweitern willst!

"Ronny Berghagen", sagte ich und wußte, daß mein knappes Lächeln auf die, die in diesem Raum hockten, bestimmt nicht ansteckend wirken würde.

Ludwig Borsig legte seine Zigarre weg und stopfte "Chateau Henri" in seine billige Meerschaumpfeife. O Gott, er hatte wirklich vor, damit zu rauchen. Einige Sekunden betrachtete er seine Fingernägel, dann fand er seine Sprache wieder: "Sie wohnen?" Dieser Dämlack verlangte es barsch, wobei er jedes Wort sorgfältig artikulierte.

Ich warf ihm einen Blick zu, als hätte er nach dem Fluß gefragt, an dem Köln liegt. Ein boshaftes Lächeln konnte ich nicht unterdrücken, als ich ihm meine Anschrift nannte. Dann zog ich meine Uhr zu Rate und hoffte, daß sie für einen Themenwechsel sorgen könnten.

Die Bullen spielten auf ihre Art mit!

"Sagen Sie doch mal, Herr Berghagen", schnarrte Paul Kratzenstein, "warum tut Ihnen Oliver überhaupt nicht leid?"

Obwohl ich mich anstrengte, keine Miene zu verziehen, spürte ich, wie mir die Gesichtszüge entglitten und sich meine Nackenhaare kribbelnd aufstellten. Jetzt mußte ich reagieren. Trotzig stützte ich meine Arme auf meine Knie und sah Kratzenstein kalt an: "Wie kommen Sie darauf?"

"Die meisten Menschen hätten Anteilnahme gezeigt, mindestens "Der Arme" gesagt, aber Sie scheinen wohl nur von verbrannter Erde zu träumen."

Ich lümmelte mich auf den Sessel und hätte keine Haltung finden können, die geeigneter gewesen wäre, die Langeweile zum Ausdruck zu bringen, die ich zeigen wollte. Man nenne mir ein Land, in das ich auswandern kann. "Ja naja, ich hebe mir die Trauer für mich selbst auf", antwortete ich von oben herab, längst war ich überzeugt, daß auch er nicht mehr Herr seiner Sinne war.

Die Zeit stand still.

Die Falte in Blindgänger Borsigs Stirn sollte einen klugen Gedanken vortäuschen. Doch was kam? Nur Pipifax! "Wie war das mit dem Anruf?"

Ich rang mir noch ein Lächeln ab und nahm meinen neuen Lieblingsfeind ein wenig fester in meinen Blick: "Was meinen Sie damit?"

Borsig sah mich mit zusammengekniffenen Augen an und fuhr mit seinem Blabla fort: "Was haben Sie gemacht, als Ihr Freund den Anruf bekam?"

"Soweit ich mich erinnere, unterhielten wir uns", informierte ich flüchtig den Fußboden.

"Sie unterhielten sich", echote Borsig. Er war hartnäckig wie ein Terrier: "Worüber?"

Der hat einen an der Klatsche! Also spendete ich dem kleinen Giftzwerg mit der Meerschaumpfeife einen mitleidigen Blick, mit dem normalerweise Irre im Landeskrankenhaus Köln-Merheim besänftigt werden. "Ja, worüber?" wiederholte ich und gewann so Zeit zum Nachdenken. Ich mußte mir in die Wangen beißen, um nicht breit loszugrinsen.

"So ist das nun mal bei der Polizei", sagte Harry Ostbaum, "wir fragen - Sie antworten. So sind die Spielregeln."

Kokolores!

"Daß Birke", ich gab dem Wort einen spöttischen Nachdruck und begann meine Brille zu wienern, "ihn verlassen hat."

Harry Ostbaum starrte mit steinernem Gesicht vor sich hin. "Und wie hat er es verkraftet?" schaltete er sich ein und sah mich sofort durchdringend an.

"Na ja - ich habe schon immer den Eindruck gehabt, daß Birke einen Knall hat, wenn Sie mich fragen", brachte ich mit einem mühsamen Lächeln hervor.

Meine Feststellung wurde mit Schweigen beantwortet. Dann runzelte Paus Kratzenstein die Stirn. "Wer fragt Sie schon?"

92

sagte er, "Ihre Meinung über die Frau interessiert hier niemanden. Beantworten sie bitte die Frage: Wie hat es Oliver verkraftet."

Ich preßte die Lippen zusammen.

"Es scheint Ihnen wohl noch immer nicht klar zu sein", schaltete Harry Ostbaum sich ein, "daß Sie sich nicht bei einem intimen Kamingespräch befinden. Sie sind bei der Polizei, klar?" Dazu knurrte Borsig wie ein Dackel, der seinen Lieblingsknochen verteidigt.

"Ich bin mir dessen tatsächlich sehr unangenehm bewußt", erwiderte ich langsam und mit wachsender Wut. Dann sah ich hinunter zu meinen Händen und bemerkte, daß ich sie fast zu Fäusten geballt hatte, daß die Sehnen an meinen Handgelenken hervortraten.

In der Ecke rülpste in diesem Moment ein Faxgerät und fing an zu summen. Borsig stand sofort auf und pirschte sich an den Apparat heran. Er beäugte das Papier, das der Kasten Zentimeter für Zentimeter ausspuckte. Schließlich riß er es ab und reichte es Kratzenstein, der die Seite las, wobei er leicht die Lippen bewegte. Mit jeder Zeile schien sich die Falte zwischen seinen Augenbrauen zu vertiefen. Borsig machte schließlich eine nickende Kopfbewegung und ging zu seinem Platz zurück. Dabei wimmerte das lächerliche Bündel: "Reden Sie schon"

Ich spürte, wie mir die Röte ins Gesicht stieg und ich Mühe hatte, mich auf das Gespräch zu konzentrieren: "Oliver war ganz schön geknickt."

Eine Pause, während der ich Harry Ostbaum und seine Genossen eingehend musterte. Sie sahen aus, als wollten sie sich auf mich stürzen, sobald ich husten würde.

"Und dann rief ich an", sagte Kratzenstein mit soviel Wichtigkeit in der Stimme, daß ich mir langsam sicher war, daß er werktags für die Kleiderkammer zuständig ist und heimlich das Stützstrumpfradio WDR 4 hört.

"Ja, so war es", erwiderte ich frostig und ließ die Kiefer knirschen.

"Ist Ihnen dann jemand nach Marienburg gefolgt?" wollte jetzt Harry Ostbaum wissen. Er hatte sich vorwärts gebeugt und die Arme auf die Knie gestützt.

Ich hing meinen Gedanken nach und antwortete wahrheitsgetreu. Dann sagte ich: "Die Scheiß Terroristen werden immer gefährlicher."

"Oh, Sie wissen mehr als wir", sagte Paul Kratzenstein ziemlich süffisant.

"Wer soll das denn sonst gemacht haben?" erwiderte ich und ließ meinen Blick sinken und schaute zur Wand hin, wo Bundespräsident Heinrich Lübke mir ermutigend zulächelte. Heinrich Lübke war in der Steinzeit Bundespräsident gewesen, aber diese Bruderschaft schien rührenderweise entschlossen zu sein, ihm die Nibelungentreue zu halten. Kompliment!

Harry Ostbaum schaute mich grimmig an: "Erwarten Sie im Ernst einen Kommentar dazu?"

Ich hörte eine weitere Frage in seiner Antwort mitklingen; die Frage, wie ich nur eine solche Frage stellen konnte. Also schwieg ich.

Der König der Kanacken hatte gerade in die Luft gestarrt. Wie auf ein unsichtbares Zeichen hin warf er, umwabert von blauem Dunst, seinen Quadratschädel herum, um mich anzuglotzen. Sekundenlang. "Herr Berghagen", fragte Borsig argwöhnisch und warf einen teerschwarzen Pfeifenreiniger in den Papierkorb, "können Sie uns sagen, weshalb Sie mit in Marienburg waren?" Er kläffte seine Fragen hinunter, als wäre er bei einem Planspiel in der Polizeischule.

Vergeblich versuchte ich, den Ton an mir abprallen zu lassen. Ich hob die Stimme: "In gewisser Weise ist das eine sehr lange ... "

" ... In gewisser Weise?" echote Borsig langsam und lächelte trübselig ins Leere und zeigte seine Hasenzähne. "In gewisser Weise ... Erzählen Sie uns von dieser gewissen Weise mit Ihren Worten."

Unvermittelt konnte ich ihn mir in einem Verhör vorstellen, wie er einen Bankräuber nur durch bloßes Anschauen zum Einschlafen bringt. Ich verfluchte ihn innerlich und spürte, wie mir die Galle hochstieg. Dann sah ich, wie Paul Kratzenstein und die Blondine Blicke wechselten. Ihre Art, die Lippen zu befeuchten, hatte etwas, was mich erregte.

Harry Ostbaum überflog irgendwelche Notizen und rieb sich mit seinem Finger die Nase. Sein geschmackvoller Siegelring reflektierte das durchs Fenster reflektierende Sonnenlicht. Der Mann sah mich plötzlich direkt an und brummte mit einer Stimme, die der von Rod Stewart recht nahe kam: "Lassen Sie nichts aus, auch nicht die geringste Kleinigkeit. Wir haben keine Lust, jedes Wort aus Ihnen herauszuholen, und versuchen Sie nicht, uns Salz in die Augen zu streuen."

Borsig zog an seiner Pfeife, atmete langsam aus und lächelte. Sein Blick heftete sich böse glotzend in meine Richtung, er schien mich nicht mehr loslassen zu wollen. Seine Augen glitten über mein Gesicht, als stände die ganze Zukunft der Kölner Polizei darin geschrieben.

"Ich protestiere entschieden gegen diese Behandlung!"

"Protest zur Kenntnis genommen", sagte Ludwig Borsig und wippte mit dem Stuhl. "Können wir jetzt weitermachen, Herr Berghagen?"

Als ich nicht sofort reagierte, sagte Harry Ostbaum: "Wenn Sie nichts zu verbergen haben, können Sie doch unsere Fragen beantworten, nicht? Oder haben Sie etwas zu verbergen?"

Ich bemühte mich, mein Pokergesicht aufzusetzen. "Natürlich nicht", krächzte ich und schloß kurz die Augen. Hinter meinen Lidern begann sich sofort ein Kaleidoskop aus wechselnden

Farben zu drehen. Schnell riß ich sie wieder auf und fuhr mir mit den Händen durch die Haare und begann zu sprechen. Zunächst sehr zögernd, doch dann sprudelte alles aus mir heraus. Ich erzählte von meiner Beziehung zu Oliver, von gestern an, als ich zu ihm gekommen war, von der Explosion in Marienburg. Im Grunde das ganze Grauen. Gleich zweimal schilderte ich die Lawine von Gewalt in allen Einzelheiten, bei denen sich mir wieder der Magen umdrehte. Es war aber fast, als würde ich über den Tod eines ganz entfernten Bekannten aus dem "Pomp" und nicht über Oliver sprechen. Ständig versuchte ich, die Bilder des Kopfes, der vom Rumpf abgetrennt war, aus meinem Kopf zu verjagen. Aber sie blitzten immer und immer wieder in meinem Geist auf, und ich mußte alle Augenblicke schlucken. Schließlich konnte ich mich von ihnen lösen, als ich von Birke irgend etwas erzählte. Ich hörte meinen eigenen Worten nicht zu. Ganze 45 Minuten sprach ich zur Erbauung der Leute. Ich war schon ziemlich erleichtert, diesen Teil der Veranstaltung hinter mir zu haben. Im Augenwinkel sah ich Harry Ostbaum, der unablässig mit seinem Kugelschreiber spielte, ihn durch die Finger gleiten ließ. Das einzige Geräusch war das angedeutete Quietschen der Tonbandspulen, die sich bedächtig drehten. Einige Male linste ich auch aus dem Fenster. Einige Stockwerke unter mir schoben sich Busse, Taxen und Laster durch die Severinstraße

Ich bekam plötzlich schweißnasse Hände. Langsam wurde ich unruhig, niemand wollte mich salben. Alle beherrschten die hohe Kunst des Verhörs aus dem Effeff. Meine kleine Pausen hielten sie aus, bis ich von selbst weitersprach. Aber dann unterbrach mich Borsig doch. Was ich erwartete, weiß ich nicht mehr, aber das bestimmt nicht: "Noch mal von vorne, Herr Berghagen." Dafür hätte ich ihm eins auf die Nase geben können. Ich tat es nicht, belächelte ihn etwas. Er war der geborene Dozent an der Volkshochschule von Appelhülsen. Je stärker seine Begeisterung für seine eigenen Worte wuchs, desto lauter wurde seine Stimme.

"Herrgott, das haben wir doch schon durchgekaut", ich rollte die Augen zur Decke und war zornig drüber, daß meine Stimme zitterte. Aber dann wurde mir blitzschnell klar, daß sie noch völlig im Dunkeln tappten. Ich war mir mit einem Mal ganz sicher, alles im Griff zu haben. Besonders mich. Schon vor langer Zeit hatte ich meinen Kopf und meinen Bauch auf verschiedene Uhren eingestellt, so daß der eine dem anderen weit vorausging. Ich war in der Lage, meinen Kopf mit Eindrücken zu beschäftigen, lange bevor meine Gefühle einsetzten.

"Ja?" Harry Ostbaum zupfte an seinem Bart, sprang auf, ging zum Fenster und wandte mir den Rücken zu. "Aber wir bestimmen hier, was durchgekaut wird."

Ein schwaches Lächeln tanzte um Kratzensteins Lippen, während er mich wie ein türkischer Teppichhändler musterte, der sehen will, ob seine Kunden die Einladung zu einer Tasse Tee annehmen.

Borsig nuckelte an seiner Pfeife und bemerkte wie nebenbei: "Sie wollen mit uns doch nicht diskutieren, was wir für richtig halten, oder?"

Ich versenkte die Stimme und sprach: "Natürlich nicht." Zum Schein gab ich klein bei, was mir nicht gerade leichtfiel. Ich trocknete den Handschweiß an meiner Hose ab und begann wieder von vorne zu erzählen. Plötzlich rumorte es so laut in meinem Magen, daß ein Lächeln über das Gesicht von Harry Ostbaum glitt.

Plötzlich steckte jemand seinen Glatzkopf zur Tür herein, um gleich darauf seinen Wohlstandsbauch hinterherzuschieben. Dann schloß sich die Tür wieder.

Ich musterte ihn: Der Mann glich einem Bierfaß auf Streichhölzern. Er war ungefähr 50 Jahre alt, hatte eine Glatze und wäßrige leuchtendblaue Augen. Seine Haut war hell, und in der erste Stunde am Strand von Grömitz würde er bestimmt einen Sonnenbrand kriegen. Und darum bevorzugte er die Vulkaneifel. Soundso wirkte er wie einer von denen, die sich für die Pension nichts Aufregenderes vorstellen können, als endlich mal Minigolf in der Weststeiermark zu spielen, und das ist gut so.

Wahrscheinlich kam der Glatzkopf gerade von einer Verabredung mit Fräulein Valium. Ganz bedächtig schlich er in die Ecke, holte einen Notizblock aus der Tasche, musterte mich, schrieb etwas auf,

und das war nicht so gut.

"Was ist eigentlich mit meinem Polo?" brachte ich mit ruhiger, cooler Stimme aufs Tapet, jede Betonung vermeidend..

"Wir werden heute den Wagen bergen lassen und ihn gründlich untersuchen. Ich glaube nicht, daß der Schrotthändler noch viel für ihn geben wird", sagte Harry Ostbaum mit einem völlig ausdruckslosen Gesicht, so daß ich eine Ahnung hatte, daß er diese leere Miene jeden Morgen vor dem Spiegel einübte.

Ich biß mir in meine Wangen, mein Atem ging stoßweise. "Ah ja", sagte ich und hoffte, daß meiner Miene nicht die Wut anzumerken war. Scheiße!

Dann durchlitten wir eine gute Schweigeminute.

Diese Kröte von Borsig schürzte plötzlich seine Lippen, während seine Brauen bereits nach oben gingen. "Könnte es nicht sein, Herr Berghagen", sagte er selbstsicher und ließ seinen Blick über die Gesichter der anderen wandern, "daß SIE unseren Kollegen in eine Falle gelockt haben?" Er stützte sich auf den Rand seines Schreibtischs, als ob er sich so mehr Bedeutung verleihen könnte.

Erst wollte ich nicht glauben, daß er mir so eine Frage gestellt hatte. Dann aber entdeckte ich seine fragend hochgezogenen Brauen und die unglaubliche Menschenverachtung in seinen Augen. Mir klappte schockiert der Mund auf, und ich spürte, daß mein Gesicht heiß wurde und meine Augen vor Haß glühten. Ich war bereit, mich auf ihn zu stürzen. Aber etwas hielt mich zurück, dabei stieg mir die Spannung vom Magen in den Mund, und ich konnte mich nicht länger beherrschen. "Ich? ... Nein!!!" Ich spie die Worte förmlich aus, am ganzen Körper zitternd.

Für einen kurzen Moment schienen alle an einer kollektiven Sprachstörung zu leiden.

Ich sah zu Harry Ostbaum, der sich noch nicht einmal die Mühe machte, gegen diesen Scheiß zu protestieren. Statt dessen stand er auf, hockte sich auf die Schreibtischkante, stützte das Kinn in die Hand und verdrehte geheimnisvoll die Augen. "Das saß", raunte Kratzenstein ihm zu wie eine Souffleuse.

Verdammt! Mir kam wieder die Galle hoch angesichts dieser Behandlung. Ich war so wütend, daß meine Hand zitterte, als ich mir eine fiktive Haarsträhne aus der Stirn strich. Jetzt nahm ich die Machete in die Hand. "Schmeißen Sie diesen Saftsack hier raus!" Zum ersten Mal sprach ich mit unverstellter Stimme. Ich sprach völlig normal und nicht mehr in dem coolen, unbeteiligten Ton, den ich mir heute ausgesucht hatte. Als ich zu der Frau sah, waren ihre Augen voller Mitgefühl.

Der Glatzkopf seufzte tief, wie ein Pauker, der die Frage nach der Fortpflanzung von Bienen schon hundertmal erklärt hat.

"Ah ja." Harry Ostbaum sah zu dem Tonband hinüber, wie um sich zu vergewissern, daß es auch alles aufgenommen hatte. Dann stand er von seinem Schreibtisch auf und öffnete die Tür und sagte dann ziemlich unfreundlich: "Sie können gehen."

"Ja, das war's", mußte Borsig hinzufügen und blies gemütlich den Rauch in den Ventilator.

Entsprechend übel war meine Laune. "Mein Zug fährt auch gleich", sagte ich und grinste und fing an zu husten.

"Ihr Zug?" antwortete Ludwig Borsig, dem die Ironie entgangen war.

Von draußen, vom Flur, hörte ich ein Gewirr von Schritten, die alle in eine Richtung strebten. Wahrscheinlich ein Minister, dachte ich. So eine Chance läßt sich niemand entgehen. "Meine Zeit ist soundso um", erwiderte ich mit einem Schmierengrinsen und stolzierte wütend weg. Mein Kopf war wie betäubt und in meiner Magengegend spürte ich einen Knoten, der immer größer wurde. Nach zwei Metern blieb ich stehen und rollte eine Zigarette zwischen den Fingern.

Die Blondine lächelte mit ihren Augen. Ich rank mir ihr zuliebe ein Abschiedslächeln ab,

Kratzensteins Meinung über mich war an seinem Gesicht abzulesen, aber er ließ sich an seiner Stimme nichts anmerken: "Es ist Ihr Hals, den Sie riskieren, Herr Berghagen", sagte er ohne Vorwarnung, "Wenn Sie meinen sollten, etwas auf eigene Faust anstellen zu müssen."

Harry Ostbaum fing an, mit der energischen, keinen Widerspruch duldenden Stimme zu reden, die er bestimmt längst auch im Privatleben benutzte: "Wir können Sie nicht festhalten. Aber denken Sie daran, Sie sind auf sich alleine gestellt, und wir können Sie nicht rund um die Uhr in Köln und anderswo beschützen."

Anderswo? durchzuckte es mich. Ich holte so tief Luft, daß mir beinahe die Lunge geplatzt würde. Ich war einfach geschockt, wirklich geschockt.

Der Glatzkopf sagte noch immer nichts. Er schien etwas ausgefressen zu haben. Ständig schaute er ein wenig von unten herauf, seine Brauen hatte er diagonal hinabgezogen.

"War nett, Sie kennengelernt zu haben", rief mir Harry Ostbaum hinterher und lächelte wie in Irrer in billigen Filmen.

In lautloser Panik tobten Wut und Angst in meinem Kopf. Ich mußte Dampf aus dem Kessel lassen. "Eins sage ich", brüllte ich und sagte es dann doch nicht, sondern ging dorthin, wo der Zimmermann das Loch gelassen hatte. Ich war bis zu den Haarspitzen von Wut erfüllt. Die Welt war Bruchteile von Sekunden vom Urknall entfernt.

Draußen atmete ich tief durch wie ein Mann, der lange Zeit im eiskalten Wasser getaucht hatte und endlich wieder an der

100

Oberfläche war. Dann zeigte ich ihnen den Stinkefinger und sagte lautlos: Fickt euch ins Knie! Langsam ging ich zum Fenster und stand zitternd da, ich war völlig fertig. Erst beim dritten Versuch konnte ich das Fenster öffnen, so sehr bebte meine Hand. Endlich konnte ich meinen Kopf hinaushängen und die Lungen mit Autoabgasen füllen. Und ich stellte mir vor, wie ich diese kleinen Wichser aus dem Fenster im zehnten Stock warf, so daß sie zerschmetterten und von einem Müllwagen eingesammelt wurden. Eine tolle Vorstellung! Ich stieß die Luft mit einem langen Pfeifton aus. Es wurde mir schwindlig und ich schwankte hin und her. Plötzlich bebten meine Schultern, und ich fing an zu schluchzen. Mein ganzer Körper wurde wieder von einem Hustenanfall geschüttelt.

Mann oh Mann!

Ich schloß das Fenster und ging weiter. Meine Zähne knirschten, als ich nach zehn Metern die geschlossene Aufzugtür erreichte. Dreimal hämmerte ich auf den Rufknopf, dann kam endlich der Lift. Ich stieg ein, ließ mich gegen eine Seitenwand fallen und tobte: "Du Arsch. Nein!!!" Ich schrie und boxte gleichzeitig gegen das Metall. Es war für mich ganz überraschend, so von meinen Gefühlen überwältigt zu werden. Nach diesem Wutausbruch versuchte ich sofort, mich wieder in die Gewalt zu bekommen. Nicht auszudenken, wenn hier Wanzen wären.

Obwohl ich das Präsidium nicht wie ein armer Sünder verließ, war ich innerlich aufgewühlt. Noch immer war ich nicht beherrscht und schaute alle paar Sekunden auf die Uhr. Es war noch reichlich früh, Viertel nach zwölf. Ich mußte noch nicht nach Bickendorf fahren. Ziemlich zügig ging ich zum Barbarossaplatz. Es kam mir kurz vor, als würde ich beobachtet. Ich sah mich um, aber niemand fiel mir auf und ich ging weiter. Dann drehten sich meine Gedanken im Kreis, aber immer um Oliver Es waren Vorbereitungen für seine Beerdigung zu treffen, aber von wem? Ich kannte keine Verwandten von ihm, wußte nur von seiner alten Mutter in Dortmund ... Die Gedanken fühlten sich an wie eine scharfe Säure, die sich in meinen Kopf ätzte. Meine Haut begann fürchterlich zu brennen.

Ich zitterte, als ich an der Ampel die Cäcilienstraße überquerte. Vor dem "Kaufhof" setzte ich meine blaue Pilotenbrille auf und stiefelte ohne einen klaren Gedanken über die Schildergasse.

Im Spiegel einer Apotheke entdeckte ich nur mein aschfahles Gesicht. Die Gebäude blickten finster auf mich herab. Ich spähte nach dem Mann im Regenmantel, der am hellichten Tag hinter einem hergeht, abbiegt, wo man selbst abbiegt, stoppt, wenn man selbst stoppt, das rote Licht am Fußgängerüberweg mißachtet, wenn man selbst es tut. Doch er war nicht zu sehen. Aber es gibt ihn, sagte ich mir. Ohnehin war ich mißtrauisch gegenüber allen und jedem.

Schließlich ging ich schnell weiter.

***

Als ich zu Hause ankam, wollte ich mich zuerst für eine Stunde aufs Ohr legen. Aber ich war zu aufgedreht, darum setzte ich mich an meinen Computer und holte "X-COM: Apocalypse" auf den Bildschirm. Ich durchschaute das Spiel nach zehn Minuten. Obwohl ich die Stadt MegePrime gegen Außerirdische verteidigen sollte, schlug mein Herz für das Action-Gebolze der Monster. Die legten Hochhaussiedlungen in Schutt und Asche, zerstörten riesige Öltanker und grätschten unschuldige Passanten. Einige Minuten ließ ich sie gewähren, dann gingen mir die Aliens auf die Mütze - und ich machte mich auf den Weg.

Am Neumarkt stieg ich in die U-Bahn-Linie 3. Am Appelhofplatz rumpelte es leise in meiner Magengrube, aber mir war nicht so übel, daß ich hätte aussteigen müssen. Was hast du denn für ein Problem? sprach ich mit mir. Ich habe einfach alles satt! Warum muß ich mir so eine Scheiße wie heute morgen anhören?

Am Friesenplatz drückte ich die Nase gegen das kühle Glas der Bahn und beobachtete, wie ein Betrunkener in eine Ecke pinkelte. Ich lachte wie ein Irrer. Andere Fahrgäste drehten sich um. Ich sah plötzlich wieder Oliver vor mir, das explodierende Auto, den ganzen Horror.

"Alles in Ordnung mit Ihnen?" fragte eine Frau neben mir.

Ich hatte kaum mitgekriegt, was sie gesagt hatte. Gedankenverloren zog ich einen Brief aus der Tasche und riß den Umschlag auf. Er kam von der "Köln-Ludwigsburger Versicherung". Ich spürte, wir mir das Blut ins Gesicht schoß und auf den Wangen brannte. Mit zittrigen Fingern hielt ich den Brief in der Hand und las:

Sehr geehrter Herr Nielsson,

leider können wir Sie telefonisch nicht erreichen, da uns Ihre Abteilung nicht bekannt ist.

Einen Moment hielt ich die Hand vor dem Mund, um so einen Aufschrei zu unterdrücken. Vergeblich rutschte ich so tief wie möglich in meinen Sitz, um nicht gesehen zu werden.

Wie wir festgestellt haben, wohnen in Ihrem Haus fünf weitere Kollegen. Da Sie - und die anderen Kollegen - Kilometergeld für den Weg von Ihrer Wohnung zu Ihrem Arbeitsplatz bekommen, empfehlen wir Ihnen eine Fahrgemeinschaft.

Mein Herz schlug plötzlich sehr schnell.

Über Einzelheiten würden wir Sie gerne persönlich informieren.

Ich konnte nicht weiterlesen und ließ den Brief fallen.. Ganz mechanisch ließ ich die Hände sinken, sofort verkrampften sie sich ineinander.

Nach einigen Augenblicken hob ich den Brief vom Boden wieder auf.

Bitte setzten Sie sich innerhalb der nächsten Woche mit der Organisationsabteilung SW-5A in Verbindung.

Für einen Augenblick hörte ich auf zu lesen und hörte das dumpfe Pochen meines eigenen Herzschlages. Unbewußt hielt ich den Brief mit der Hand bedeckt, niemand sonst sollte ihn sehen. Mir kamen auf einmal lauter verrückte Gedanken. Wie zum Beispiel, daß ich seit Tagen in einem Freiluftkino in Italien hockte ... Irgendwie hatte ich das Gefühl, Kopfzustehen.

Ich versuchte noch einmal zu lesen, was dort stand, doch die Buchstaben verschwanden von mir und hüpften wie wild auf und ab. Nur den Briefkopf konnte ich lesen: Köln-Ludwigsburger Versicherung.

"Alles in Ordnung?" wiederholte die zaundürre Frau plötzlich.

Ich zwang mich zu einem Lächeln, als ich dem Blick der Frau begegnete. "Was? Oh - ich habe mich nur gerade gefragt, ob ich meinen Lottoschein abgegeben habe", sagte ich und rieb meinen knurrenden und rebellierenden Magen. "Ich war nur in Gedanken." Die Frau blickte irritiert. Wahrscheinlich befürchteten sie einen hysterischen Anfall.

"Meinen Sie, es fängt gleich an zu regnen?" fragte ich mit hoher Stimme und steckte den Brief ein. Ich schaute mir die Frau genauer an und vermutete, daß sie einsam war. Darin kannte ich mich nur zu gut aus. Ich fühlte mich neuerdings oft einsam. Und seit gestern noch einsamer. Oliver war der einzige Freund, den ich hatte. Ich mußte Leute um mich haben! Aber für Leute wie mich war es wirklich schwierig, Kontakte zu anderen Menschen zu pflegen. Was hatte ich schon mit jemandem gemeinsam, der Heizungsrohre verlegte? Oder mit jemandem, der den ganzen Tag irgendwelche Zahlen in einen PC hackte, und das in einem Büro, das ungefähr so groß war wie meine Kochnische. Freitags und samstags, an denen sich Freunde trafen, waren immer Zeiten, in denen ich besonders viel zu tun hatte ... Irgendwie war es Oliver nicht anders ergangen. Vielleicht verstanden wir uns deshalb zu gut. Bullen gehörten nun einmal zu einer besonderen Sorte von Menschen, Oliver hat es oft genug gesagt. Wenn er mit Leute zusammen war, die nichts mit seinem Beruf zu tun hatten, wollten sie immer wieder etwas über seine Einsätze wissen ... Einmal hat er auch gesagt, daß er spüren würde, wie seine Uhr abliefe. Jetzt könne er nur noch alt und dick werden und sterben. Seit gestern sah es aber so aus, als würde ich allein alt und dick werden und sterben ... Oder auch nicht ... Scheiße! ... Ich mußte tief durchatmen, weil mich die Gedanken überwältigt hatten. Mühsam riß ich mich aus meiner Trance los.

Die Frau zog jetzt die Schultern hoch und ließ sie wieder fallen. "Möglich. Was das schlechte Wetter angeht, darum kümmere ich mich erst, wenn's soweit ist."

Ich blickte grimmig. Sonst glaubte sie noch, daß ich etwas von ihr wollte, und es verdammt nötig hatte. Hatte ich das nicht auch? Es war eine Sache, allein durchs Leben zu gehen. Wenn nichts Besonderes geschah, klappt das auch einigermaßen. Aber jetzt, jetzt brauche ich jemanden.

Ich brauchte jemanden, bei dem ich mich fallen lassen konnte. Sofort kletterte mein Frustpegel um einen ganzen Meter.

Am Hans-Böckler-Platz stieg die Frau aus. Ich schaute ihr mit leerem Blick nach und lächelte dabei. Es war das erste Lächeln an diesem Samstag. Einige Minuten saß ich nur da, meine Gedanken rasten in alle möglichen Richtungen. Wie gerne hätte ich in diesem Moment mit Oliver getauscht. In der Dunkelheit muß Frieden liegen, dachte ich. Das Ende aller Qualen.

Mein Herz fing an zu rasen.

Wie gedopt von Müdigkeit und total verunsichert stieg ich an der Äußeren Kanalstraße aus. Dort ging ich die Treppen hoch, wo mir sofort die Sonne auf den Kopf knallte. Ich steckte mir eine Zigarette an, ließ sie zwischen meinen Lippen wippen und schwenkte langsam, gedankenverloren über die Venloer Straße in Richtung Bickendorf. Schon nach wenigen Sekunden fing ich an zu husten und warf die Zigarette auf die Straße. In meinem Rücken spürte ich Stiche. Ich rauche entschieden zuviel, sagte ich mir. Vom Himmel tröpfelte es, es war gerade soviel, daß ein Mann, der mit mir ausgestiegen war, von seiner Brille die Regentropfen abwischte. Er lächelte und auf seinem Gesicht bildeten sich zwei Grübchen. Ich starrte ihn düster und durchdringend an und ging weiter. Mit jedem Meter wurde meine Stimmung trüber, und mein Herz klopfte so heftig, daß ich es durch mein T-Shirt hämmern fühlen konnte.

Sterne tanzten vor meinen Augen. Ich sah sie noch, als ich die Augen längst geschlossen hatte und stoppte.

Ich weiß nicht, wie lange ich in der buttergelben Mittagssonne so stehenblieb. Es mögen zwei Sekunden gewesen sein, drei Minuten oder vier Stunden. Mit zuckenden, schmerzenden Muskeln schleppte ich mich in die Nadelschmiedgasse. Vor dem Haus Nr. 5a blieb ich wieder stehen - zum erstenmal zog die Fassade meine Blicke an: Die Gedanken sind frei - stand dort.

Ich war kurz davor zu weinen, aber dann lächelte ich statt dessen und ging hinein.

Da führte kein Weg dran vorbei.

08

Ein unbeirrbarer Radiowecker beendete am nächsten Morgen meinen kurzen, traumlosen Schlaf. Eine Funkstimme sprach mit dem gemessenen Ton eines Predigers von dem Terroranschlag. Ich drückte die Aus-Taste, ließ mich aber auf meine Matratze zurücksinken, obwohl ich eine wachsende Unruhe spürte. Heute ist es soweit, dachte ich. Heute wird's ernst. Endlich konnte ich mich bewegen wie Gulliver auf Reisen. Gestern war ich noch ziemlich klein mit Hut, heute dagegen riesig. An die Briefe verschwendete ich keine Gedanken.

Aber mein anderes Ich sagte auch, daß ich meine Zeit verplempern werde. Es war der gleiche Pessimismus, mit dem ein Schwimmeister in einem Freibad einen Schlechtwettertag vorhersieht oder ein Kicker eine Leistenzerrung am Vorabend des Pokalfinales.

Plötzlich hörte ich Schritte im Flur und stand sofort auf. Ich rannte zur Tür und spähte durch den winzigen Türspion. Draußen stöckelte eine Frau durchs Treppenhaus und verschwand nebenan in der Wohnung. Wer war sie? ... Keine Ahnung. Total verunsichert ging ich zurück und legte mich wieder hin. Meine Hände wurden feucht, und in meinem Magen rumorte es. Was sollte ich jetzt tun? Mit eiserner Selbstdisziplin grabschte ich nach einigen Sekunden nach der Telefonschnur und zog den Apparat über den Boden zu mir heran und wählte 2-8-8-2 - die Nummer der Taxizentrale: "Schicken Sie mir in fünfzehn Minuten einen Wagen."

Also rappelte ich mich auf und ging ins Badezimmer. Ich rasierte mich, als wäre dieser Tag mein Hochzeitstag. Vor der Dusche war kein Vorhang, so daß ich mich etwas Bücken mußte, um nicht alles unter Wasser zu stellen. Ich hatte mich noch nicht fertig angezogen, da klingelte es an meiner Tür. Ich zuckte zusammen und linste aus dem Fenster. Drei Jungen liefen gerade weg.. Ich ging zur Tür raus und hätte fast mein "fizz" vergessen, dafür hatte ich ein Radio und einen Notizblock eingesteckt, obwohl ich überzeugt war, keines von beiden zu gebrauchen.

Es war ein Morgen, den viele Kölner bestimmt als schön empfanden. Die Luft so kurz nach Tagesanbruch war frisch und klar und die Sonne suchte ihre Bahn, als ich mit der Taxe zum Hauptbahnhof fuhr. Es war Sonntag. Alle Straßen waren fast leer. Der Gedanke an ein Treffen mit Birke ließ meinen Magen rumoren, aber es war auch aufregender als eine Kaffeefahrt auf dem Baldeneysee in Essen.

***

Einige Male rollte ich den Kopf herum, während der "Opel Omega" über die Nord-Süd-Fahrt donnerte. Das Treffen in Göttingen lag mir zentnerschwer im Magen. Der Tag war auch viel zu schön, um ihn anderswo zu verbringen ... Andererseits war ich aber verdammt neugierig, zu erfahren, was Birke zu blubbern hatte ... Mein Hals war dazu so steif, daß ich ihn nur mühsam bewegen konnte. Der Fahrer hatte sein Autoradio auf volle Pulle gestellt, es spielte einen winselnden Song von Neil Diamond.

Nach wenigen Minuten waren wir am Hauptbahnhof. Ich stieg aus und hielt einen Moment inne, um mir den Hals zu verrenken, wie es viele Tagestouristen tun. Ich liebte diesen Bahnhof im Schatten des Doms. Als ich klein gewesen war, waren hier meine Eltern mit mir in den Zug gestiegen, um Tagesausflüge nach Bingerbrück, Düsseldorf oder Königswinter zu machen, einmal sogar nach Frankfurt. Einige Jahre später hatte ich manchmal das Gefühl, daß ich in einem früheren Leben ein Eisenbahner gewesen sein mußte. Alles, was irgendwie mit Personenzügen zu tun hatte, zog mich magisch an.

Ich schob die Gedanken beiseite und spürte es in den Knochen, daß ich einer großen Sache auf der Spur war. Ziemlich forsch ging ich in das Gebäude, das mit einer beträchtlich und angsteinflößenden Schar von Punkern gefüllt war. Sonst liefen nur wenige Leute hin und her, plauderten, weinten oder küßten sich - eben das ganze Ritual beim Abschiednehmen.

. Der Hauptbahnhof macht einen Teil der Stadt Köln aus, und die Stadt Köln ist die Hauptstadt Nordrhein-Westfalens, ganz gleich, was uns Düsseldorfer und irgend welche Lexika weismachen wollen. Täglich über 1000 Züge haben diesen Bahnhof, der die gute Rheinluft schnuppern kann, zum wichtigsten Verkehrsknotenpunkt an Rhein und Ruhr gemacht, ja, vielleicht der ganzen Bundesrepublik

Eine Handvoll kichernder Schulmädchen war sich dessen gar nicht bewußt und warf den Punkern auch noch bewundernswerte Blicke zu. Zwei Bahnpolizisten zerrten unbeachtet einen armselig aussehenden Taschendieb zur Wache. Ich kaufte mir eine "Punkt! am Sonntag" und ging zu einer Treppe, über der "Männer" stand. Im Keller mußte ich 50 Pfennig in einen Automaten stecken, nur so ließ sich die dicke alufarbene Querstange vorschieben. Die Toilette schien leer zu sein, es roch wie am ersten Schultag nach den großen Ferien, morgen, noch nicht einmal 24 Stunden später, würde es hier nur noch riechen. Sorgfältig checkte ich die übelriechenden Kabinen. Erst dann stellte ich mich an eines der Pissoirbecken und wollte urinieren und erlebte einen gelinden Schrecken. Obwohl meine Blase drückte, kam nichts. Ich preßte und preßte und preßte, bis ein Trupp Kleingärtner aus Herne anrückte. Panik überkam mich. Ich mußte hier ganz schnell weg. Blitzschnell zog ich meinen Reißverschluß hoch, rannte dabei zum Spülbecken und spritzte Wasser auf meine Hände. Dann schaute ich in den Spiegel, schnitt eine Grimasse und zog Leine.

"Macht 254 Mark", sagte einige Minuten später ein dicker, schnaufender Hund von Bahnbeamter am Fahrkartenschalter im Reisezentrum.

Da ich zu wenig Geld mit hatte, zog ich meine "Visa-Card". Er zwängte sie durch eine Masche und ich flehte lautlos: Hoffentlich ist sie nicht gesperrt. Nach einigen Sekunden kam die elektronische Freigabe. Mit der Fahrkarte ging ich wieder in die Halle.

"Frühstück", sagte ich am "Donats-Pavillon" lustlos, schob mir fünf Donats in den Mund und aß sie mit drei Bissen auf, dazu trank ich eine Cola. Das half, den scheußlich süßen Geschmack zu verdrängen. In großen Sätzen, immer drei Stufen auf einmal nehmend, rannte ich die Rolltreppe zum Gleis 2 hoch, getrieben von manischer Energie. Es war noch früh, nicht einmal neun Uhr. Wachsam schritt ich über den Bahnsteig und mein Blick wanderte von rechts nach links. Dabei wußte ich gar nicht, wonach ich Ausschau halten sollte. Nach irgendwelchen Schatten, sich bewegenden Leuten, nach allem, das nicht so war, wie es sein sollte?

Nur ein Alter fegte gleichmütig den Bahnsteig. Aber aus irgendeinem Grund erfaßte mich eine unterschwellige Panik, wenn ich an die Reise dachte. Dann hatte ich noch das Gefühl, jemand würde mich beobachten. Aber das war nichts Besonderes, sagte ich mir. In einem Bahnhof beobachtet jeder jeden. Also was soll's?

Ich rieb mir die Stirn, als ich beginnende Kopfschmerzen fühlte.

Meine Gedanken sprangen weiter. Das Treffen mit Birke, das noch gestern wie eine Fata Morgana vor meinen Augen geflimmert war, bekam immer mehr konkrete Umrisse.

Der IC "Rheinfels" glitt an mir vorbei, hielt, und ich stieg ein. Ich wählte einen Waggon in der Mitte, wo man bei einem Zusammenstoß die besten Chancen hat. Mit einem albernen Grinsen im Gesicht spähte ich sofort in alle Abteile meines Waggons, als wäre Spähen mein Hobby. Gegenüber einem Wesen von achtzehn, das einen knappen Minirock spazieren führte, glaubte ich, mich rechtfertigen zu müssen: "Ich suche jemanden." Ihr Blick sagte, warum gerade bei mir, wo es doch noch andere Abteile gibt. Dann legte sie ein seriös aussehendes Buch, eine gebundene Ausgabe von "Der Steppenwolf", zur Seite. Wortlos schloß ich die Tür.

Inzwischen waren zehn Minuten vergangen, und der Zug fuhr endlich ab. Bon voyage. Ein wenig schwankend ging ich durch den Zug und setzte mich schließlich in den leeren Großraumwagen. Ich könnte mich ohrfeigen, daß ich keine Reisetasche mitgenommen hatte. Die könnte ich auf dem Bahnsteig in Hannover fallenlassen, und dann sehen, wer sie sich schnappt. Auf diesen Trick fallen selbst die ältesten Beschatter rein, klar?

Etwas zu langsam rumpelten wir über die Hohenzollernbrücke. Ich sah ein Patrouillenboot der Wasserschutzpolizei über den Rhein tuckern. Meinetwegen? ... Quatsch!

Hinter der Brücke stoppte der Zug.

"Meine Damen und Herren; außerplanmäßig halten wir heute in Köln-Deutz".

Ich seufzte, schloß die Augen und pulte mir mit dem Zeigefinger einen Rest Kuchen aus den Vorderzähnen. Dann schlief ich zum Glück eine Weile, wie lange, wußte ich nicht. Ich erwachte jäh, als der Lautsprecher androhte:

"Meine Damen und Herren, der nächste Halt ist Hagen".

Dann schaute ich mir im "Stern", der auf der Hutablage lag, eine wahrhaft gräßliche Reportage über Nutten in Prag an .... Werde ich heute erfahren, wie Birke in das Schreckliche verwickelt ist?

Wird sie mir sagen, warum sie untergetaucht ist?

Und dann?

Während ich überlegte, was zu tun sei, kroch schon wieder die wohlbekannte Angst in mir hoch, die mich immer befiel, wenn ich unsicher war.

Was sollte ich tun?

Wie sollte ich mir die Wahnsinnigen schnappen, auf die man nicht gerade per "Hans Meiser" in Kontakt tritt?

Ich fand keine Antwort und schaute nach draußen. Der Zug fuhr gerade durch einen kleinen Bahnhof, ohne zu stoppen - Witten Hauptbahnhof.

Schon einige Zeit hatte ich der Versuchung widerstanden, die Grausamkeiten in "Punkt! am Sonntag" zu lesen. Und doch, der Wunsch zu wissen, warum ich überlebt hatte, verlockte mich endgültig, mit dem Lesen anzufangen. Die Schlagzeilen schrien die Nachricht hinaus: Blutiger Terror in Köln! Politiker und Polizist tot stand auf der Titelseite. Auf den ersten sechs Seiten wurde über den Anschlag berichtet. Das Blatt bog sich unter der Überschrift, die verkündete: Zweites Attentat auf Staatssekretär - Autobombe mit 20 Kilogramm TNT - Warum hörte niemand auf die Warnung? Ich glaubte mich an einen glühend heißen Hochofen versetzt. Die Bilder der Nacht folgten rascher und rascher. Warum lief der Polizist in seinen Tod?

Für den Bruchteil einer Sekunde setzte mein Herzschlag aus.

Ich traute mich nicht, die Artikel zu lesen, und schaute blicklos aus dem Fenster. Die Zeitung hielt ich fest in beiden zitternden Händen. Ich wappnete mich meistens mit einer Zeitung, wenn ich mich draußen zeigte. Dank einer Zeitung brauchte ich mich nicht zu genieren, wenn ich alleine in einem Café hockte. Nur mühsam konnte ich jetzt meine Gedanken in eine Richtung weg von Marienburg lenken und schaute durch den Waggon, der sich seit Wuppertal merklich gefüllt hatte. Aber ich bemerkte die anderen Leute nicht. Ich mache dich fertig, du Terroristin! Ich schwöre es - ich mache dich fertig. Mein Herz hämmerte gegen die Rippen.

Bei der Fahrt durch das Bergische Land war die Sonne längst durch die Wolken gebrochen, während dann und wann deprimierenden Reste von Fabrikhallen auftauchten, hinter Dortmund flog jetzt ein energiestrotzendes Kraftwerk an uns vorbei.

In diesem Moment blieb ein ziemlich fetter, kreislaufanfälliger Alter neben mir stehen. Er wurde begleitet von einem verdammt gutaussehenden Mädchen mit weit auseinanderstehenden, träumerischen blauen Augen. Scharfäugig wie ein Schätzer der "Europa-Versicherung" registrierte ich, daß sie blondes Haar und ein ovales Gesicht hatte - ihrem BH drohte wegen Überfüllung die Schließung. Sie trug einen blauen Zweiteiler aus Seide und war sorgfältig mit Rouge, Lippenstift und Augenmake-up hergerichtet. Trotzdem sah sie aus wie fünfzehn, war aber bestimmt schon sechzehn.

Ihr Kopf war in Brusthöhe des Mannes, der eine barbarische Zigarre zwischen den Giftfingern hielt. Er hatte Falten, einen bis auf den Haarkranz im Nacken kahlen Schädel und hätte genausogut fünfzig wie fünfundsechzig sein können. Ich hatte keinen blassen Schimmer, überhaupt war ich nicht besonders gut, wenn es darum ging, bei jemandem das Alter zu schätzen. Trotzdem versuchte ich es immer wieder. Meine Gedanken schweiften schnell von ihm ab und ich versuchte die Natur ihres Verhältnisses zu erraten ... Sie war zweifelsfrei das Beste, was man für eine "Visa-Karte" verlangen konnte.

"Sind die Plätze vor Ihnen belegt?" hauchte die Mätresse.

Ich starrte sie an und kippte fast aus den Latschen. "Äh ... Nein, nicht daß ich wüßte", antwortete ich mit einem prüfenden Blick und überlegte, wie es wohl sein würde, in einem so edlen Körper zu Besuch zu sein.

Die lebende Kühlerfigur lachte. Das Lachen war höflich, aber irgendwie abweisend.

Ich schaute den Mann wortlos an. Er hockte sich vor mir hin, mit hervorquellendem Bauch und dunklen Schweißflecken auf dem Hemd.

Jetzt kicherte das Mädchen, das ich im Profil sah, albern und schlüpfte in einen englischen Akzent. "What You ... auch immer hast", sagte sie in einem Tonfall, der aber nicht eingeschüchtert war.

Der Alte wird offenbar eine Exotin gebucht haben, dachte ich und zuckte mit den Achseln und schaute ihn an.

Er blickte drohend wie eine Gewitterwolke, falls das Mädchen nicht begriffen hätte: "Herrgottnochmal."

Ich fixierte das Mädchen an: "Sind wir uns nicht schon mal begegnet?"

"Aber nicht in diesem Leben."

Damit war mir klar, daß ich umsonst meinen Bauch eingezogen hatte.

09

Ich ging in Richtung Speisewagen. Dort hatte sich bereits ein Schwarm ernsthafter Frühmorgenstrinker versammelt. Die Leute spielten Karten, wahrscheinlich Skat oder Poker: Hauptsache, man kann die anderen bescheißen. Zwei Männer, die sich glichen wie ein Ei dem anderen, blickten hoch und beobachteten mich mit kollektiver Verachtung ob der fehlenden Alkokoholfahne. Aus ihrer ungezwungenen Haltung schloß ich, daß sie sich regelmäßig zum Umtrunk auf Schienen trafen. Ich setzte mich an einen Zweiertisch.

Ein glattgesichtiger Grünschnabel von der "Mitropa" holte schon zwei Minuten später eine Speisekarte hervor, wohl in der Hoffnung, ich wolle meinem Magen einem Härtetest unterziehen. Der Mann in den spiegelnden schwarzen Hosen zeigte Zähne, die so weiß und gleichmäßig waren, daß sie unmöglich zur Erstausstattung gezählt hatten. Eine Weile zögerte ich und linste dem Missionsschüler unverhüllt prüfend an. Er preßte die oberen Zähne in den Unterkiefer. Die Trinker machten einen Heidenlärm und ich mußte laut sprechen, als ich Ernst machte: "Nur Kaffee, bitte." Ich war nach meiner eigenen Ansicht ein höflicher Mensch. "Kaffee?" nörgelte das Bübchen mit dem Milchgesicht, als sei Kaffee für jeden Kellner bei der "Mitropa" ein Fremdwort: "Sie brauchen wohl eher ein Aufputschmittel, was?" Meine Augen funkelten ihn böse an. "Sie wollen wohl komisch sein, Sie Klugscheißer", sagte ich mit einer Donnerstimme, als wäre ich dazu geboren, Bluthund zu spielen. Der Kellner lachte so breit wie seine rote Fliege, aber nur so lange, bis ich ihm mit meinen Augen befahl, damit aufzuhören. "Höflichkeit ist wohl ein Fremdwort für Sie", grollte ich ihm hinterher. Der schale Kaffee kam nach zehn Minuten. "Sie wollten nur Kaffee haben", sagte der Kellner und lächelte mir zu. Dir wird das Lachen noch vergehen, sagte ich lautlos. Der Kellner stand noch immer vor mir. "Süßstoff?" fragte er. Ich musterte ihn. Er sah jetzt aus wie jemand, der mit dreißig seine Steighöhe erreichen und dort bis

70 verharren wird. "Nein, nein, bloß keinen Süßstoff", sagte ich mit einem beginnenden Grinsen. Der Kellner gestattete sich eine winzige enttäuschte Geste und wollte gerade abziehen. Da bat ich ihn um eine Telefonkarte, weil ich Sammler war. Er zögerte. Dann, wie ein Blitz aus heiterem Himmel: "Ich habe keine Zeit".

Damit hatte er ein Eigentor geschossen, und jetzt war für mich die Zeit gekommen. Jetzt hatte er den Salat. "Keine Zeit? Du mieser Flegel", schrie ich mit schriller Stimme durch den Waggon, und zwar so laut, daß die anderen Reisenden, die in diesem Waggon waren, ihre Kinder außer Hörweite brachten. Der Kellner ließ sich zunächst nicht anmerken, daß er mich gehört hatte. Aber als er mir die Karte brachte, lachte er: "Was haben Sie vorhin gesagt? Der Antrag für mein Hörgerät ist noch nicht durch." Ich fand das überhaupt nicht witzig und schoß hoch. Sofort änderte sich sein Gesichtsausdruck. Einen langen Moment standen wir uns in kampfbereiter Haltung gegenüber: wie zwei Stiere, die jeden Moment aufeinander losgehen wollte. Wir streckten die Hälse vor und starrten uns unbewegt an. Aber ich hatte mich in der Hand. Nach einigen Sekunden sah der Watschenmann die Ausweglosigkeit seiner Situation ein. Mit einem erbitterten Zischlaut schnellte er in die Küche. "Himmelarschundzwirn", platzte ich los. "Ein netter Mann", sagte eine Frau hinter mir. Eine andere krächzte hinterher: "Ja, die Nettigkeit in Person." Ich kochte vor Wut, hätte am liebsten Gift und Galle gespuckt, riß mich aber zusammen und trank noch mißmutiger den sogenannten Kaffee. Das heißt, ich trank ihn eigentlich nicht. Ich nahm nur einen keinen Schluck, ließ ihn dann in der Tasse herumkreisen, ich würde mich hüten, diese Brühe auch noch zu trinken.

Da bat mein "fizz" piepend um Aufmerksamkeit. Einige Kinder kamen gerade in den Wagen und lauschten andächtig.

Zehn Sekunden ließ ich die Fingerknöchel auf den braunen Tischbelag trommeln. Ich wollte den Anrufer zappeln lassen, damit er mitkriegt, daß ich sehr beschäftigt war. Schließlich ging ich ran und atmete mit einem langen Seufzer aus: "Hallo?"

"Herr Berghagen?"

"Ja, wer ist denn da?" fauchte ich, weil ich die Antwort wußte.

"Ludwig Borsig", antwortete er. Dann wurde es für einige Sekunden in der Funkleitung still.

Obwohl mir das Herz bis zum Hals klopfte, ließ ich mir nichts anmerken. Ganz neutral fragte ich schließlich: "Und was wollen Sie?"

"Wir brauchen Sie dringend im Polizeipräsidium", sagte die piepsige Stimme des Hilfsbremsers.

"Geht nicht", erwiderte ich unwillkürlich und raschelte mit der Zeitung, um nicht von meinem eigenen Herzpochen abgelenkt zu werden.

"Was meinen Sie mit: geht nicht?" fragte er völlig ungerührt. "Warum geht das nicht?"

Im Hintergrund hörte ich Ostbaums voll tönendes Organ. Aber was er sagte, verschluckte die Funkstrecke. "Hören Sie, das ist ein bißchen plötzlich."

"Ja", begann er nach einer Ewigkeit. "Ja, aber es ist sehr wichtig."

Ich überlegte einen Moment: "Die Sache ist nur die: Ich kann im Moment nicht." Für einen Moment linste ich auf die Zeitung, die ich krampfhaft festhielt. Die Schlagzeile sprang mir ins Gesicht: Blutiger Terror in Köln! Politiker und Polizist tot In der Scheibe sah ich mich auf dem Sitz kauern wie ein ausgepumpter Boxer zwischen den Runden.

"Was zum Teufel soll dieser Hickhack, Herr Berghagen?" schwoll seine Stimme an. "Warum können Sie nicht?"

Ich las die Überschrift noch einmal, der Wortlaut hatte sich überhaupt nicht verändert: Blutiger Terror in Köln! Politiker und Polizist tot "Ich bin gerade im Zug", sagte ich im beiläufigen Plauderton. Ich fischte eine Zigarette aus der Schachtel und steckte sie mir an. Du bist plemplem, dachte ich. Einfach plemplem.

"Wohin fahren Sie denn?"

Den Teufel werde ich tun! sagte ich mir und grinste meinem Spiegelbild kurz zu. "Ich? Nach Aachen", brabbelte ich und strahlte, als sähe ich dieses Miststück von Borsig in diesem Augenblick vor mir, wie er wie ein brünstiger Schimpanse durch das Zimmer läuft.

Plötzlich fing er an zu lachen.

"Was gibt's da zu lachen?" fragte ich irritiert und wischte mir die Stirn.

"Nun ja", gab er schließlich nach einer verlegenen Pause zu, "in welchem Zug sitzen Sie?"

"Keine Ahnung. Bin ich Schaffner?" brummte ich angeekelt.

Doch Borsig war nicht so einfach aus dem Sattel zu heben, auch wenn seine Antwort etwas lange auf sich warten ließ: "Hmmm. Wann kommen Sie in Aachen an?"

Ich ließ meine Finger knacken, einen nach dem anderen, eine richtige Salve. "In einer halben Stunde."

"Okay. Wir lassen Sie dort am Bahnhof abholen."

Abholen? schoß mir durch den Kopf ... "Das ist auch nur recht und billig", antwortete ich ziemlich beiläufig und legte auf. Das war's dann wohl. C'est la vie. Runde zwei an mich, dachte ich erfreut.

Das Hinterherschnüffeln üben wir noch mal!

10

Ich leckte mir den Daumen und sah mir wieder die Arbeit der Magier der schnellen Schlagzeile an: Blutiger Terror in Köln! Politiker und Polizist tot . Die Schlagzeile hatte den Platz bekommen, den sie auch verdiente: auf Seite 1.

Ich warf die gekreuzten Unterarme auf den Tisch und laß den Text mit klopfendem Herzen: Hans-Christian John(49) von der Kölner Berufsfeuerwehr hat in seinem Leben viele Tragödien mitbekommen. Doch als er gestern von dem Katastrophenort in Köln-Marienburg zurückkommt, ist alle Farbe aus seinem Gesicht gewichen und ihm stehen Tränen in den Augen. Der Anblick, der sich ihm geboten hat, wird er nie mehr vergessen.

Meine Blicke rasten von Zeile zu Zeile:

Schon hundert Meter von dem Unglücksort entfernt liegt noch immer ein Geruch von geschmolzenen Metall und Sprengstoff in der Luft. Wer sich dem Ort des blutigen Geschehens nähert, sieht zunächst nur das Loch in der Fahrbahn und ein wildes Durcheinander von Bauschutt und Metallteilen. An einer Laterne hängt noch ein Stück bunter Stoff - vermutlich von der Kleidung eines der Toten: des Politikers Dr. Wolfgang Kliegel, dessen Leiche noch nicht gefunden wurde, oder des Polizisten Oliver Roberts.

Ich hämmerte auf die Sitzlehne.

Erste Ermittlungen ergaben, daß die Täter, vermutlich linke Terroristen, Plastiksprengstoff benutzt haben. Er war am Wagen angebracht und mit der Autotür gekoppelt.

Ich starrte die Zeilen an. Scheiß Linke! Wenn irgend jemand die Dreistigkeit besessen hätte, mir zu sagen, daß ich zu den Rechten gehörte, hätte ich sofort widersprochen. Okay, ich wählte zwar von jeher konservativ, hatte mich aber nie sehr für die Politik in Bonn, Düsseldorf oder Köln interessiert.

Bis zu diesem Zeitpunkt hatte ich nicht gewußt, daß der Lärm von Kindern und Betrunkenen die Nerven beruhigen kann. Als es jetzt allerdings aufhörte, und der Speisewagen sich leerte, hatte ich ein Gefühl der Leere, und ich brauchte einen Moment, bis ich es überwand. Aus der Zugküche klomm zum Glück ein elektrisches Summen die Tonleiter hinauf und entschwand nach 15 Sekunden wimmernd aus dem Hörbereich der Menschen.

Auf den Düsseldorfer Staatssekretär ist bereits vor zwei Jahren geschossen worden. Damals wurde er nur leicht verletzt. Der Täter konnte nicht gefaßt werden. Bei der Kölner Polizei ist anonym am Freitagabend ein weiteres Attentat auf ihn angekündigt worden. Ganz konkret hatte der Anrufer von einer Autobombe gesprochen.

Meine Augen lösten sich für einen Moment von den schrecklichen Zeilen. Der Waggon füllte sich langsam wieder. Reisende kamen zu zweien oder dreien herein, ohne die anderen Leute zu beachten, wie auf dem Flur vom Arbeitsamt.

Für die Kölner Polizei ist es ein Rätsel, warum ihr Kollege Oliver Roberts die Autotür geöffnet hat, obwohl er von dem Hinweis wußte.

Die dazugehörigen Bilder, auf denen man Leichenteile sehen konnte, erinnerten mich an das Schrecken. Einige Leser werden heute nicht herzhaft zu Mittag essen, dachte ich. Auf einem kleinen Foto war Oliver mit einem Segelboot zu sehen. Die Unterzeile lautete:? Ich bin penetrant sparsam wie ein Schwabe. Wenn der Wind mich umsonst treibt, warum soll ich dann Geld für Benzin ausgeben. Unter einem kleinen Bild stand: Dr. Wolfgang Kliegel lebte seit zwei Jahren von seiner Frau getrennt.

Ich öffnete bereits meinen Mund zu einem "Mein Gott", als es aus dem Lautsprecher schepperte: "Meine Damen und Herren, der nächste Halt ist Hannover".

Ich fragte mich, ob meine Armbanduhr schon immer so laut getickt hatte.

***

Es war genau zwölf, als der Zug sanft abbremste. Ich erhob mich schwankend und sah aus dem Fenster. Die Bilder zogen an uns vorbei, wie eine Fernsehsendung über Modelleisenbahnen.

Ein Schaffner von kleiner Statur und einer Menge Gewicht mit sich herumschleppend drängelte sich vor, als der Zug anhielt. "Angenehmen Aufenthalt in Hannover", sagte er mit routinemäßiger Höflichkeit und half den anderen Leuten beim Aussteigen. Ich richtete meine blaue Sonnenbrille an ihn, und mein Gesichtsausdruck machte ihm klar, daß ich nicht auf ihn angewiesen war.

Dafür aber auf meine Sonnenbrille. Die Mittagssonne hing wie ein glühender Feuerball über der Stadt, und ihre grellen Strahlen spiegelten sich in den Glaswänden von Unterständen. In "Punkt! am Sonntag" hatten die Meteorologen steif und fest behauptet, es sei der wärmste Sommer seit 1953, aber wer will denen schon glauben? Ich jedenfalls mußte die Augen zukneifen, als ich mich in die Schar von Reisenden einreihte, die zur Treppe eilten. Langsam ging ich die Stufen hinunter und mischte mich unter die Leute, die auf der Treppe herumwirbelten wie Fliegen auf dem Rest einer halbverzehrten Obsttorte.

11

Der Hauptbahnhof von Hannover ist zweifelsohne einer der wichtigsten Bahnhöfe Deutschlands. Nach dem Köln natürlich. Er liegt am Knotenpunkt der Strecken Ruhrgebiet - Berlin und Hamburg - München. Aber heute erlebte das Mittelding zwischen einem uralten Einkaufszentrum und einer neuzeitlichen Festung seinen D-Day, die Landung der Punker. Sie waren hier eingefallen, um an diesem Tag ihre "Chaos-Tage" zu feiern. Allerdings fehlte der Segen von oben, auf den ehrbare Landwirte gehofft hatten. Auf Sonnenschein war kein Regen gefolgt - sondern ein neuer unerträglich heißer Tag mit viel Sonnenschein.

Und darunter litt ich, als ich so umherschlenderte - ein Jedermann, dessen Aussehen sich niemandem einprägte.

Aber dann schaute ich mich um und spürte sofort, wie eine unberechenbare Nervosität von mir Besitz ergriff.

Viele Läden hatten geschlossen. Vor den anderen entdeckte ich eine große Zahl von Polizisten in makellosen Uniformen, die die Anwesenheit der Staatsmacht offen zur Schau trugen. Sie schwitzten vor sich hin und kontrollierten zurecht Bunthaarige, aber auch alle möglichen anderen Reisenden. Man konnte ja nie wissen ...

Aachen? ... Auf meiner Stirn spürte ich die Schweißperlen.

Ein wenig fürchtete ich mich, von den wenigen Skinheads, die irgendwie in den offenbar gesperrten Bahnhof gekommen waren, grün und blau geschlagen zu werden, ganz ohne Grund, einfach nur so.

"Perverse Geschmacksverirrung", knurrte ich, als ich unkontrolliert an der Stelle vorbeikam, wo eine osmanische Kebabbude vor sich hin brutzelte und dazu die Frechheit besaß, sich "Niedersachsen Kate" zu nennen. Auf der Theke stieß ein billiges Radio ein heiseres Röhren aus. Ich hatte grundsätzlich für Snack-Alternativen zu Bratwurst und Frikadellen nichts übrig. Heute aber machte ich eine kleine Ausnahme und verdrückte ein Gummischinkenbrötchen. Dann blickte ich mich um. Vor dem Klo neben der Treppe zu Gleis 11 stand niemand. Erleichtert betrat ich die Herrentoilette. Der Raum stank barbarisch nach Pisse und sah aus, als wäre er aus Anlaß der Amtseinführung von Gerhard Schröder zum letzten Mal gereinigt worden. Ich wollte gerade urinieren, als ein dicker Alter mit Hasenzähnen hereinkam. Jetzt pinkeln? Ich fühlte Panik in mir aufsteigen. Unter der Handfläche brach mir der Schweiß aus. Hastig zog ich den Reißverschluß hoch und ging zum Spülstein und wusch solange meine Hände, bis der Fleischklops gegangen war. Dann linste ich zur Tür und ging die lange Reihe der Toilettentüren entlang. An der letzten blieb ich stehen, warf einen Fünfziger in den Schlitz und öffnete sie. Der Schweiß stand mir auf der Stirn. Ich zog die Tür ins Schloß und war erleichtert. Endlich konnte ich in Ruhe pinkeln! Die Gewißheit, nur durch eine dünne Wand von den anderen Reisenden getrennt zu sein, hatte es mir schon unmöglich gemacht, im "Stolzenfels" aufs Klo zu gehen. Außerdem klappte neuerdings das Wasserlassen nur, wenn ich vorher genügend lange preßte. Womöglich hätte jemand im Zug ungeduldig gegen die Tür gepocht..

Wieder draußen, warf ich einem kleinen Mädchen einen eisigen Blick zu, das direkt vor der Rolltreppe zum Gleis 3 still von sich hin mit Steinen spielte. Die steinerne Treppe daneben konnte ich fast nicht nehmen. Eine Gruppe von schlappen Pimmeln stand auf den Stufen und schnorrte die wenigen Passanten an. Mein mürrischer Blick wies sie in die Schranken. Oben plärrte eine schneidige Stimme mit Hamburger Akzent aus dem Lautsprecher, daß der "ICE Rudolf Harbig nach München über Göttingen, Fulda, Würzburg und Augsburg fünf Minuten Verspätung haben wird". Ich seufzte vor Ungeduld.

Ein paar Augenblicke später befaßte sich die Lautsprecherstimme mit ganz anderen Dingen: "Der auf Gleis 4 eingefahrene Interregio aus Wilhelmshaven endet hier". Ich kickte eine leere Fanta-Dose in Richtung des dreckigen Zuges.

Das ging nur zwei Meter gut. An einem Stand holte ich mir etwas zum Durstlöschen, doch das Dosenbier schmeckte so schrecklich, daß ich es mit einem Klaren strecken mußte. Gelangweilt blickte ich anschließend nach oben. Der Himmel über Hannover war so blau wie ein soeben erst zusammengelegtes Puzzle.

Dann schaute ich auf die Uhr am Bahnsteig: 12.25 Uhr,

Zeit, sich auf das Treffen in Göttingen einzustellen.

Eine Gänsehaut bahnte sich ihren Weg über meinen Rücken.

Trotzig pfiff ich "Morning Sky" von Freddy Quinn, plötzlich erstarb der Ton auf meinen Lippen.

Es war der Augenblick, in dem jedes meiner 38 Lebensjahre sich zu Wort meldete und "Hilfe! Hilfe!" brüllte, und auch dieses Bild sollte sich in mir auf ewig einprägen.

12

Eine lange Reihe ineinandergeschobener Kofferkulis ratterte direkt auf mich zu.

Meine erste Reaktion war besinnungsloses Entsetzen. Dann machte ich einen gewaltigen Satz zur Seite und fiel voll auf die Schnauze. Sterne tanzten vor meinen Augen, das Blut schoß mir in den Kopf. Ich spürte, wie mir der Mund trocken wurde.

Die Karrenreihe erwischte eine alte Frau an der Hüfte, stieß sie zu Boden und brach sie in zwei Teile auseinander. Ein überraschend trockener, knirschender Laut war zu hören. Der Torso krümmte sich wie in Zeitlupe zusammen, zuckte noch eine Weile wie im Krampf, dann lag er still da und wirkte wie ein blutiges Bündel.

Übrig blieb nur ich, allein mit dem, was einst ein Mensch gewesen war.

Jemand gab einen erstickten, wimmernden Laut von sich. Ich stand wie gelähmt da. Das war mehr als ich ertragen konnte, aber ich konnte die Augen nicht von dem grauenhaften Anblick nehmen, der sich mir darbot. Als sei ein Alptraum noch nicht genug. Mein Blick klebte an dem Kopf, der aus mehreren Wunden blutete, so daß die Gesichtszüge nur noch verschwommen zu erkennen waren. Ich vermutete, selbst ein eingefleischter "Bild"-Leser würde jetzt erkennen, daß die Frau tot ist. Wie wild sprangen meine Gedanken umher. Und ich begriff, daß mein Leben kaum noch einen Pfifferling wert gewesen wäre, wenn mich die Wagen erfaßt hätten.

Aus!

Vorbei!

Eine Welle der Angst fuhr durch meinen Körper, als erwache ich aus einem schrecklichen Alptraum und wüßte nicht, was jetzt Realität war und was nicht.

Da war nur der Rumpf der Frau, der plötzlich zu zittern begann. Schimmernde, weit aufgerissene Augen sahen mich an. Einen schrecklichen Augenblick lang dachte ich sogar, sie würde noch leben. Doch dann reagierte endlich mein gesunder Menschenverstand: Sie ist tot ... Tot ... Tot ... Tot.

Der Boden war mit Blut überschwemmt, als hätte jemand eine ganze Flasche Ketchup für einen Horrorfilm entleert.

Es war noch nie vorgekommen, daß ich eine solche Szene gesehen hatte, und obwohl es Sommer war, empfand ich plötzlich eine eisige Kälte.

Ich konnte - neunzig Minuten oder länger - an die langbeinige Heldin eines Films glauben, die Gedanken lesen und so jeden noch so verzwickten Fall lösen, ich konnte aber nicht an Himmel oder Hölle glauben, in die man kommen sollte, wenn man tot war. Allerdings: irgendwo mußte die Frau ja jetzt sein.

Ohne Vorwarnung rasselte in meinem Kopf ein eiserner Vorhang der Panik nieder und blockierte alles. Was von meinem Denkvermögen nicht betäubt war, bemühte sich aber verzweifelt, von hier weg zu kommen.

Doch ich war unfähig, aufzustehen. Meine Beine fühlten sich so an, als seien sie auf dem Bahnsteig festgenagelt.

Das ist nicht wirklich geschehen, redete eine innere Stimme mir ein, während eine andere flüsterte:

Bitte, lieber Gott, laß mich nicht sterben.

Dann malte ich mir genau aus, wenn ich getroffen worden wäre. Ich fragte mich, wie weh es tun würde, bevor der Schock die Schmerzen betäubt und der Tod alles völlig ausradierte. Und was passierte dann???

Irgendwelche Schreie wurden immer lauter, aber noch nicht laut genug, um das Klirren von Rädern und Kupplungen und meinem dröhnenden Herzschlag zu übertönen.

Einen Herzschlag später: "Alter, steh auf. Dir ist doch nichts passiert."

Ich riß die Augen auf und war wie geblendet, als hätte ein Blitz in mein Bewußtsein eingeschlagen. Sofort jagte Adrenalin durch meine Adern wie ein Stromstoß. Aber eine zitternde Stimme, die nicht die meine sein konnte, fragte: "Was zum Teufel ist hier passiert?"

Ein kleinwüchsiger, breitschultriger Mann mit grünen Haaren und Ringen in Nasenflügeln und Lippen hielt mir seinen tätowierten Arm hin: "Keine Ahnung, Alter. Steh endlich auf, sonst verpaßt Du noch Deinen Zug!" Dann erst schaute er zu der Toten hin, und sein Unterkiefer klappte herunter, als hätte er auf einmal jede Kontrolle darüber verloren. "Verdammte Scheiße", sagte er mit einer Stimme, die nur ein Krächzen war.

Plötzlich lief mir der Schweiß die Stirn herunter. Endlich konnte ich mich auch wieder bewegen, und er zog mich hoch - ins Leben zurück.

Einen Augenblick fühlte ich mich wie benommen, wie jemand, der nach einigen Boxschlägen zu Boden gegangen ist und sich mühsam wieder aufrappelt, während ihn schon wieder Hiebe treffen. Dann schnellte der eiserne Vorhang wieder hoch, und mir wurde schwindlig vor Erleichterung. Das Blut, das mir in den Kopf geschossen war, machte mich jetzt benommen und meine Beine wollten mich nicht mehr tragen. Wie ein Betrunkener torkelte ich über den Bahnsteig.

Ganz ruhig, ermahnte ich mich. Ruhig bleiben!

Ich achtete nicht auf meine Magenkrämpfe und die Taubheit, die meinem Rücken hinaufkroch. Das Entsetzen war größer. Direkt vor meinem inneren Auge lag der Rumpf der Toten. Die alte Frau hatte ich nicht gekannt, noch vor wenigen Sekunden hatte sie gelebt, dann wurde sie grausam zerstückelt.

Und ich erkannte, daß die Distanz vom Leben zum Tod geringer war, als ich mir je vorgestellt hatte.

Ein paar Meter vor mir trabte der Punker zur Rolltreppe. Plötzlich blieb er stehen und drehte sich um: "Demnächst kannst Du mich mal zum Döner einladen, was?" Meine Lippen bewegten sich ein wenig, aber ich brachte keinen Ton heraus.

Dann wollte ich ihn umarmen, aber meine Hände waren gelähmt.

Ich wollte lächeln, aber mein Gesicht war erstarrt.

Dafür lächelten meine Augen und umarmten ihn.

13

Wie durch ein Wunder erreichte ich mein Ziel - die lange Schlange mit den roten Streifen, die längst am Bahnsteig lauerte. Beim Einsteigen dröhnten die Worte *Verdammte Scheiße* und *Steh endlich auf* in meinem Kopf.

"Meine Damen und Herren, der Zug fährt gleich ab. Die Türen schließen automatisch", tönte es aus dem Lautsprecher.

Ich sprang in einen Waggon, ohne noch einmal zurückzublicken. Mit einem leisen Seufzer schloß sich die Tür hinter mir. Ich atmete tief durch, damit niemand bemerkte, wie aufgeregt ich war. Mein Mund fühlte sich an, als hätte ihn jemand mit "Kleenex" ausgestopft. Und es dauerte nur einige Herzschläge, bis mein Kreislauf in den Keller ging und die Füße trotz der tropischen Temperaturen eiskalt wurden. Die Zeitmaschine auf Schienen fuhr ganz langsam an der furchtbar zerstückelten Leiche vorbei. Ich stand noch im Gang und stütze mich an einem Fenster ab. Ich war irgendwo - nirgendwo. Ich sah den Rumpf, wie er am Boden lag - wie die Knochen sich durch das Fleisch bohrten. Galle stieg in meiner Kehle auf, und ich würgte.

Doch rein äußerlich war ich bestimmt einer der gelassensten Reisenden im "Stolzenfels". Aber in meinem Innern fühlte ich mich so tot wie nur möglich.

Der Zug ratterte über das Gewirr von Weichen, während ich halb benommen, wie in einem bösen Traum gefangen, zu dem Teil des Waggons stolperte, in dem ein Großraumabteil war. Hier war noch einiges frei.

Kaum hatte ich mich hingesetzt, schloß ich die Augen ... Es war alles so schrecklich. Erst Marienburg, dann Hannover ... Dieser Gedanke ließ mein Herz rasen. Ich umklammerte, in der Hoffnung, daraus neue Kraft zu schöpfen, meine Armlehne. Langsam ließ der Blutandrang nach und mein Kopf wurde wieder klarer.

Wie bei einer Kaffeefahrt zuckelte der Zug plötzlich durch den Sommertag. Während ich meine Lungen mit Sauerstoff füllte und langsam wieder ausatmete, öffnete ich die Augen und setze meine Brille auf. So wie noch nie genoß ich den Blick aus dem Fenster. Es spiegelten sich die Gesichter der anderen Leute aus dem Waggon. Alle waren unverdächtig.

Doch der Geschmack des Lebens war berauschend, und ich fühlte mich sturzbetrunken.

Endlich drückte der Lokführer wieder aufs Gaspedal und im Tiefflug zog der "Reddigan-Möbelmarkt" vorbei.

Ich nahm meine Sonnenbrille ab und fing an, die Gläser zu putzen, obwohl sie überhaupt nicht dreckig waren. Hinterher mußte ich feststellen, daß meine Knie zitterten. Der Druck meiner Hände konnte sie nur mühsam beruhigen.

Plötzlich hörte ich vielsagendes Papiergeraschel neben mir. Ich öffnete die Augen einen Spalt und warf verstohlen den Blick auf einen Blaustrumpf in einem anthrazitgrauen Hosenanzug neben mir. Die Frau strahlte ungefähr soviel Erotik aus wie eine Kaffeemaschine von "Krupps". Sie wühlte in ihrem Aktenkoffer und holte dann die "Bild am Sonntag" heraus. Er sah den grausamen Anschlag - Ist er auch ein Terrorist? schrie die Balkenüberschrift. Ich riß die Augen ganz weit auf und sah mein Foto auf der Titelseite: in der Nacht aufgenommen, zum Glück sehr unscharf, aber das war ich. Adrenalin schoß mir durch den Körper, aber es gelang mir, ein unbeteiligten Gesicht aufzusetzen.

Ich hatte es dem Glück zu verdanken, daß ich das Attentat und den Anschlag überlebt hatte, und wie es aussah, hatte mich das Glück jetzt verlassen. Die Terroristen wußten dank des Durchlauferhitzers aus Hamburg, wie ich aussah, brauchten nicht mehr in ganz Köln nach mir zu suchen. "Kann ich ... kann ich die Zeitung haben", stotterte ich. Meine Kehle war wie ausgedörrt, und ich fühlte mich noch immer krank vor Angst.

"Wenn ich sie gelesen habe, gerne", sagte sie und erlaubte sich ein verkniffenes Lächeln.

"Herrgott", tobte ich, "die kriegen sie ja zurück." Mit letzter Willenskraft bewahrte ich mich davor, loszutoben. Ich entriß der Frau das Blatt und suchte hastig den Bericht zu der Schlagzeile. Er nahm die Seiten zwei, drei, vier und fünf in Beschlag. Die Leser erfuhren, daß ein Pornohändler den grausamen Anschlag sah - Ein Pornohändler? Er ist ein Neffe des Politikers Kliegel und hat enge Kontakte zur Terrorszene stand unter meinem Foto. Das war schlimmer als alles, was ich mir ausgemalt hatte. Was zählten da schon die Fakten?

Ich spürte schon die ganze Zeit die bohrenden Blicke der Frau neben mir. "Ja, das sind doch Sie."

"Was?" Mein Verstand trudelte wie ein angeschossenes Sportflugzeug.

"Das sind Sie doch, nicht?" Ihr Gesicht war zu einer harten Maske erstarrt.

Hau ab! schrie ich mich an. Wie eine Rakete schoß ich hoch und stolperte vorwärts, verzweifelt bemüht, mich endlich in den Griff zu bekommen. Ich mußte mich an jedem Sitz abstützen, um das Gleichgewicht zu halten.

Kann es sein, daß mich gleich der Tod erwartet?

Unausweichlich raste der Zug Göttingen entgegen. Ich schloß mich auf dem Klo ein, trat meine halbgerauchte Zigarette unter dem Fuß aus und steckte mir sofort eine frische an.

Als der Zug am Gleis 10 in Göttingen einfuhr, fühlte ich mich so wenig selbstsicher wie nie zuvor in meinem Leben. Die gut 30 Minuten auf dem Klo waren vergangen, ohne daß ich mir dessen richtig bewußt geworden war.

Dafür war mein ganzer Körper inzwischen ein Schlachtfeld der Fragen und Ängste.

14

Zu allem Übel hatte man in Göttingen an einer Rolltreppe gespart. Als ich die Rampe für Rollstühle und Kinderwagen nahm, war ich so unsicher auf den Beinen, als ob ich getrunken hätte. Ich ging wie eine Marionette, deren Fäden sich verheddert hatten. In der Halle sah ich einen Pizzastand und daneben die Tür zu einer Kneipe "Bierhaus und Grillstube". Mir drehte sich fast der Magen um. Schnell ging ich weiter.

Das Wetter in Göttingen war so, wie ich es haßte: perfekt.

Aber ich war gerüstet. Die blauen Gläser meiner Sonnenbrille schützen meine Seele vor dem perfekten Wetter. Trotzdem mußte ich die Augen zusammenkneifen, so sehr blendete mich die Sonne. Fast hätte ich nicht den Polizeiwagen gesehen, aus dem zwei Beamte kletterten und sich umsahen.

Haufenweise Bullen machen täglich Dienst, da war's normal, daß zwei davon am Göttinger Bahnhof vorbeischauten. Aber in dieser Sekunde kam ich nicht auf diesen logischen Gedanken. Ich machte mir fast in die Hose und ging zum Taxistand, eine Hand über den Augen. Fast wäre ich über einen Randstein gestolpert, aber ich fing mich wieder, und hörte plötzlich ein Grollen hinter mir. Im ersten Moment glaubte ich, ich würde gleich vom Panzer überrollt. Sofort sah ich mich um: Zehn Meter hinter mir eierte ein Skater in schlabberiger Hose und drei Nummern zu großem T-Shirt über den Bahnhofsvorplatz. Ich sprang zur Seite und forderte in Gedanken eine Abschußprämie für Skater. Dann entdeckte ich das einzige Taxi, es schien aus der Sputnik-Ära zu stammen. Der an den Armen tätowierte Fahrer hatte seinen Kopf auf das Steuer gelegt und schlief. Weit und breit war kein anderer Wagen zu sehen. Im blendenden Sonnenschein ging ich auf den Karren zu und rüttelte an dem Fenster. Der Mann zuckte zusammen und richtete sich auf, als ich einstieg. Sofort zog ich meine Jacke aus und befahl über den Motorenlärm hinweg: "Uniklinik!"

Der Wagen fuhr los. Ich holte eine Zigarette hervor und steckte sie mir hastig an. Ein Kettenraucher war ich schon lange gewesen, und seit Hannover hatte ich mich noch gesteigert, wenn es überhaupt eine Steigerung gab.

Der Verkehr auf dem Kreuzbergring wälzte sich träge dahin. Der Wagen kroch im Schrittempo am "Eis-Pavillon" vorbei und bog nach links in die Robert-Koch-Straße ab. Aber auch hier staute sich der Verkehr vor der Schnauze des Taxis. Der Fahrer nahm vor jeder Ampel, die auf Gelb stand, den Fuß vom Gas, stoppte und fuhr bei Grün im Schneckentempo über die Kreuzung. Ich mußte meine Hände auf den Sitz pressen, um dem Fahrer, der heute wohl zum ersten Mal am Steuer eines Autos saß, nicht den Hals umzudrehen. Aber ich hielt den Mund, weil ich seine Körperkräfte als den meinigen überlegen einschätzte. Die Fenster der Kiste ließ ich offen, damit der kühle Wind an mein erhitztes Gesicht dringen konnte. Trotzdem war es der reinste Schwitzkasten. Bei dem Fahrer war schon nach einigen Metern nicht auszumachen, ob er sich nach dem Duschen überhaupt abgetrocknet hatte.

So ein Anblick müßte verboten werden, dachte ich griesgrämig.

***

"Hier wird nach dem neusten Stand der Technik geforscht", sagte der Fahrer und zeigte prachtvolle dritte Zähne, als wir an alten, butterkeksfarbenen Hütten vorbeifuhren, in denen seit den Zwanziger Jahres eher alles unverändert geblieben sein dürfte - vielleicht mit Ausnahme des Personals. Wären da nicht die Schüsseln auf den Dächern gewesen, das Leben von Professor Sauerbruch hätte man nirgends besser verfilmen können.

Ich lächelte, aber dieses Lächeln kostete alle Kraft. Demonstrativer Trotz sollte meine Angeschlagenheit verbergen: "Wen interessiert´s?"

Der Fahrer schickte ein bitteren Lächeln in den Innenspiegel: "Sie wollen wohl keine Unterhaltung?"

Es war eine schreckliche Stimme, stellte ich fest, viel zu hoch für einen Mann. Mein Mund fühlte sich unbehaglich verkrampft an: "Sie sagen es."

In der darauf folgenden Stille starrte er einige Male verwundert in den Innenspiegel. Die Straße war jetzt einigermaßen frei. Aber der hinfällige Wagen kroch weiter so dahin.

Nach zehn Minuten waren wir am Ziel und ich stieg aus. Jeden Moment rechnete ich damit, Birke auftauchen zu sehen, etwas heruntergekommen und zottig wie ein stromernder Köter.

Vielleicht ist das eine Falle, dachte ich. Aber nicht jede Falle schnappt auch zu.

***

Trotz Sonnenbrille mußte ich wieder die Augen leicht zusammenkneifen, um meine Netzhaut vor dem grellen Licht zu schützen. Obwohl der Sommer mir zu schaffen machte, hatte ich mit einem Mal Angst vor dem Herbst und dem Winter. Mir sackte der Magen durch bei dem Gedanken, daß die Tage kürzer, die Nächte kälter und dunkler sein werden ... Ich vertrieb meine trüben Gedanken, indem ich jedes Detail meiner Umgebung in mir aufnahm: Die Uniklinik Göttingen war gut 20 Jahre alt und ächzte unter ihrer Hoffnungslosigkeit. Das Land Niedersachen schien damals die Gebäude bei dem Architekten der Berliner Mauer bestellt zu haben. Über dem Eingang stand zum Glück "Uniklinik". Gut, dachte ich, spätestens hier kann sonst jedermann das Ding vom Verwaltungsgebäude einer Würstchenfabrik unterscheiden.

Rechts von den Bettenhäusern lag ein kleiner Park mit einer vertrockneten Wiese und gestutzten Bäumen. Dort führte jemand seinen Köter spazieren. Ich drehte mich wieder um und betrachtete die Uniklinik, als hätte ich den Kölner Dom vor mir, naja, oder zumindest den Reichstag in Berlin. Ich schwitzte an den Händen. Auch meine Beine waren naß. Einige Leute kamen gerade aus dem Gebäude, ohne sich aber umzudrehen. Nur zwei Kinder winkten fröhlich. An der Bushaltestelle standen einige Schwestern in schweigenden Grüppchen, wie Streikposten vor einem Fabriktor. Ich beachtete sie nicht weiter und ging in drückender Hitze die paar Meter bis zum Eingang wie auf Eiern. Unterwegs blieb ich einen kurzen Moment stehen. Vielleicht ist das doch eine Falle - dachte ich. Dann spürte ich so etwas wie Zärtlichkeit für sie, aber gleichzeitig auch Angst, ihr gegenüberzutreten. Schließlich gab ich mir einen Ruck und stakste los. Eine Sekunde später zuckte ich schon zusammen. Im Glas der Drehtür spiegelten sich meine Augen. Sie waren blutunterlaufen. Sofort rieb ich mir die Wangen, um wenigstens meinem Gesicht etwas Farbe zu geben.

Ich wußte nicht, wie ich mein Horror-Erlebnis von vorhin erzählen sollte, ohne den Eindruck zu machen, ein Waschlappen zu sein. Um meine Nervosität zu verbergen, setzte ich eine abweisende Miene auf. Daß ich etwas spät dran war, störte mich nicht. Somit konnte ich gleich die Hackordnung auf dem Spielfeld klarstellen.

Im Reich der Schmerzen sah alles freundlich aus, viele Pflanzen machten die Fabrikatmosphäre wett. Hier wimmelte es von Menschen, solchen, die zu den Aufzügen rannten, anderen, die froh waren, daß sie die Besuche hinter sich hatten. Außerdem war die Halle von Männern und Frauen in Rollstühlen bevölkert, die stolz ihre funkelnagelneuen Gipsbeine vorführten. Die Luft war erfüllt vom Jodgestank und vom Hauch des Heimwehs nach Was-weiß-ich-wo-auch-immer-hin, das jeder Patient in seinem Herzen trägt. Außerdem machte mir der beißende Geruch nach Krankheiten und Operationen das Atmen schwer. Ich blieb stehen, und nervös schossen meine Blicke hin und her. Links vor mir waren sechs Telefonboxen. Ein Mann mit vollem, aber schon angegrautem Haar lehnte an ein bodentiefes Außenfenster und wurde von einer Art Heiligenschein aus Sonnenstrahlen umgeben. Er war Mitte bis Ende Fünfzig, hatte ein gutgeschnittenes, fast hübsches Jungengesicht und trug ein freundliches Vertreterlächeln zur Schau . "Haben Sie zufällig eine Telefonkarte?" sagte er in einem ausdruckslosen, nasalen Ton.

Erfolgreich forschte ich in meinem Gehirn nach einer passenden Antwort, schließlich runzelte ich die Stirn und schnitt eine Grimasse. "Tut mir leid", sagte ich, aber es sollte nicht so klingen, als tue es mir wirklich leid. Für einen Moment schaute ich an ihm vorbei. Direkt hinter ihm bewegte sich eine Frau, der man auch keinen schweren Mantel umhängen möchte, mit einer vierfüßigen Gehhilfe im Schneckentempo vorbei. Ich blickte weg. Das Lächeln des Mannes war verschwunden, und sein Blick wurde jetzt auch kalt. Ich blickte zu dem Typ neben ihm, dessen Hände in den Taschen seines Bademantels steckten. Er trug einen verwegenen Drei-Tage-Bart, sah aber mit seinen vielleicht zwanzig Jahren schon arg mitgenommen aus. Jetzt schaltete er sich ein. "Sie haben bestimmt recht, Doktor", sagte er mit einem Respekt, den er in Wahrheit bestimmt nicht empfand. Dann lächelte er, aber das Lächeln war ein bitteres Krächzen im Hals. Ich hatte nicht vor, mich von irgendwelchen Arschgeigen anmachen zu lassen. Ich betrachtete ihn mit einem angewiderten Blick und streckte meinen rechten Zeigefinger in seine Richtung: "Du willst mich wohl verarschen? Da mußt Du früher aufstehen!" Ich sagte es so deutlich, daß selbst der Glöckner von Notre Dame es kapiert hätte. Nun pfiff er durch die Zähne.

Ich drehte mich weg und warf einen sorgsamen Blick auf die anderen Leute in der Halle. Es waren viele Kids darunter, die gerade alt genug waren, um um die Wette zu qualmen. Ich wollte mich vergewissern, daß niemand unser Treffen erwartete. Aber es war sehr schwer festzustellen. Denn überall standen Patienten herum und trösteten einander und beobachten dabei alles, was es zu beobachten gab: einen großen Fleischklops mit hellgelber Hautfarbe, der plötzlich seine Arme reckte und laut gähnte, eine Frau in mittleren Jahren mit leicht gebeugtem Körper, als laste eine Operation auf ihren Schultern, einen Mann mit einem Pizzagesicht, der unmittelbar vor dem offiziellen Ableben stand. Obwohl auch ich sie alle im Geist registrierte, waren sie für mich nicht auffällig.

Zu meiner Linken war ein orangefarbener Blumenpavillon, vor dem einige Leute herumstanden, die sich gedämpft unterhielten. Rechte Hand war eine Garderobe für Besucher, die aber jetzt im Sommer keine Saison hatte.

Mitten in der Halle war ein gelbangemalter Auskunftsschalter, der Mann dahinter lächelte, trotzdem wirkte er wie der Pedell eines Jungeninternats in Baden-Württemberg. Zum Glück mußte ich ihn nicht ansprechen. Kurz blickte ich in seine Richtung: Über seinen PC-Monitor ruckelte ein lustiger Pausenfüller: Return To Handarbeit. Hinter der Bude entdeckte ich zwei weitere kleine Häuschen. Eins für Zigaretten und Zeitungen, eins für Kaffee, Kuchen und andere Härtetests - aber nur an Werktagen.

Ich steckte mir mit meiner Hand, der ich die Nervosität anmerkte, eine Zigarette an und bewältigte ziemlich bleiern die gut dreißig Meter. Schließlich war ich auf das Schlimmste gefaßt. Noch hatte ich nicht einmal unseren Treffpunkt erreicht, aber schon hämmerte mein Herz wie eine Maschinenpistole. Ich beschloß, Birke aus meinem Leben hinauszuwerfen.

Patienten wie Besucher schlingerten an den Automaten, die rund um die Bude standen, Käsebrötchen hinunter und bedauerten, daß sie an Sonntagen nicht der Bockwurst an die Pelle gehen konnten. Einer mit einem verloren Ausdruck im Gesicht machte den Härtetest und aß labberige Brote, und schüttete sich grimmig mit Cola zu. Das Krankenhausleben ist ganz großer Mist, dachte ich spontan.

Schon von weitem hatte ich Birke gesehen. Jetzt musterte ich sie von oben bis unten. Sie saß alleine an einem Tisch und hielt den Kopf gebeugt, und ihr Gesicht wurde zusätzlich von einem Strohhut leicht beschattet. Ich fand, daß sie damit noch blöder aussah als sonst. Auf ihrer Stirn hatten sich tiefe Falten unter einem feinen Film von Schweiß eingegraben. Ich konnte nur einen Teil ihrer düsteren Miene sehen. Birke sah bleich und verspannt aus, und die Wimperntusche war ihr über das Gesicht gelaufen. Es war ungeschminkt, sah nackt und gequält aus. Ihre Gesichtsfarbe, normalerweise von gesundem Rosa, war heute aschfahl. Da war überhaupt kein Kampfgeist mehr, keine Kraft, nichts. Ihre Wimpern waren von Tusche verklebt, und das rotgeränderte Auge, das nicht im Schatten lag, zeugte von wenig Schlaf und zu vielen Tränen. Sie mußte sich auch schon oft die Nase geschneuzt haben, denn auch die war rot. Zwischen den Fingern hielt Birke eine Zigarette. Offenbar hatte sie wieder angefangen zu rauchen. Etwas, was sie vor einiger Zeit aufgegeben hatte, aber jetzt brauchte sie wohl wieder etwas zum Festhalten. Birke trug ein freches gelb-schwarzes T-Shirt, dessen Ausschnitt von einer Reihe Straßsteine gesäumt wurde, ohne daß aber die Rundungen ihres Körpers betont wurden. Ich war richtig froh darüber. Ihre Beine steckten in einer hautengen schwarzen Lederhose, an den Füßen trug sie hochhackige Plateausandaletten ohne Socken. Irgendwie hätte ich sie lieber in Sack und Asche gesehen.

Trotzdem schickte ihr Anblick eine heiße Woge durch meinen Körper.

Ein Automat spuckte im Tausch gegen zwei Mark eine Cola aus. Mit dem Daumen fuhr ich am Rand der Flasche entlang, dann hielt ich sie an meine Stirn und schloß die Augen ... Du bist Leichtgewicht, und ich bin Schwergewicht. Aber du wolltest den Kampf ... Nach einer Minute öffnete ich langsam wieder die Lider und füllte meinen Mund mit Cola und wischte mir mit dem Handrücken über den Mund.

Dann schaute ich wieder in ihre Richtung, um zu sehen, ob sie immer noch da war. Sie war es. In meiner Brust spürte ich ein Flattern wie von Hunderten pelziger Mottenflügeln. Es war eine heraufziehende Panik -

eine für mich ziemlich ungewohnte Reaktionsweise.

Ich zog meinen Bauch ein, ging auf weichen Beinen auf die Kaltmamsell der Weltuntergangspropheten zu. Mir war noch immer hundeelend zumute, aber ich hatte mich im Griff. Ruhig, sagte ich mir. Ganz ruhig. Natürlich war ich auf dieses Treffen vorbereitet, aber nicht auf das Vibrieren in der Magengegend. Ich rieb mir den Nacken. Bohrende Schmerzen stiegen in meinem Hinterkopf hoch. Ob ihr meine Nervosität auffiel? ... Hoffentlich nicht.

***

Vielleicht war doch etwas dran an der These, von der ich einmal gehört hatte und die besagt, daß man es spürt, wenn einen jemand ganz direkt anguckt, denn obwohl ich noch nichts sagte, hob Birke plötzlich den Kopf und lächelte.

Ich dagegen fixierte sie wie die Schlange das Kaninchen. Wie ein Dampfhammer krachte meine rechte Hand auf ihre Schulter, und ich beugte mich über sie und linste sie aus zwanzig Zentimeter Entfernung an: "Wer hat Dich denn heute morgen angezogen? Oder willst Du nicht darüber reden?" Ich hatte schon immer den Ruf gehabt, verdammt ehrlich zu sein; aber wie die meisten Menschen mit diesem Ruf war ich nur ehrlich, wenn ich austeilen konnte.

Und die Richterskala war nach oben offen.

Birke sagte zunächst nichts. Einen langen Moment sahen wir uns nur an. Allen Tiefen, die es zwischen uns gegeben hatte, zum Trotz, hatte ich plötzlich ihre Nähe gern, und ich befürchtete sofort, daß sie es wußte. Lange genug hatte ich gebraucht, um mir den Panzer zuzulegen, hinter den ich meine Gefühle in Sicherheit bringen konnte. In diesem Moment fiel mir ein, daß die Treffen mit ihr gefährlich waren. Wenn man sich mit ihr unterhielt, sagte man meistens mehr, als man wollte. Vorsicht!

Plötzlich umspielte ein gewinnendes Lächeln ihre Mundwinkel, als hoffe sie, so mein Mißtrauen zu zerstreuen. "Guten Tag, Bär." Die Frau erhob sich artig wie eine Klosterschülern und strahlte mich an, als hätte ich die Sinaiwüste durchqueren müssen, um nach Göttingen zu kommen.

"Tach." Meine Stimme klang gleichmütig, aber so war mir nicht zumute.

"Nina, oder wie sie heißen mag, hat auch nicht gerade einen positiven Einfluß auf Dein Erscheinungsbild ausgeübt", sagte Birke und strich sich mit den Fingern über das Kinn.

Ich schwieg - und merkte, wie ich ihre Finger beobachtete und dachte, wie es sich wohl anfühlen würde, wenn sie mit ihrer Fingern über meine Augen fahren würde ... Verdammt! "Du meinst wohl Nicole", berichtigte ich sie mit schroffer Stimme.

Birke bedachte mich mit einem mitfühlenden Blick, dem ich entkam, indem ich meine Fingernägel inspizierte.

Aber sie verstand nicht den Wink mit dem Zaunpfahl. "Mal wieder zu spät, Ronny?" Birke lächelte kurz auf eine derartig herausfordernde Art, daß mir ganz warm wurde..

"Scheiße", erwiderte ich verunsichert und bemühte mich um das Lächeln eines kleinen Junge, "hab ich doch glatt vergessen, bei dem ganzen Streß meine Uhr auf die Sommerzeit umzustellen." Ich war jemand, der stets wahnsinnig viel zu tun hatte. Oder zumindest so tat, als ob.

Birke bedachte, wie es sich geziemt, meinen schwachen Versuch, witzig zu sein, mit einem höflichen Lächeln und zog an ihrer Zigarette: "Na, da hätte ich mir gar keine Sorgen machen müssen."

Eine Weile sagte ich gar nichts. Das dauernde Läuten eines Telefons, das Brummen des Cola-Automaten und das gleichmäßige Geklapper von zwei Druckern vereinigte sich zu einem hämmernden Lärm, der erbarmungslos auf mich eindrosch.

"Schön zu wissen, daß Du um mich besorgt bist", bemerkte ich schließlich sarkastisch und wischte mir eine imaginäre Fliege aus dem Gesicht. Ich will, daß mich alles nichts angeht, hämmerte ich mir ein. Ich sehnte mich nach Köln - nach einem Nest, in das ich mich verkriechen konnte, um meine Wunden zu lecken.

Aber vor allem sehnte ich mich danach, möglichst schnell den Abflug zu machen.

Ich sah sie an - und war mir meiner Sache nicht mehr sicher.

Schweigen machte sich breit.

"Seit wann hast Du angefangen zu rauchen?" fragte ich schließlich.

"Dreimal darfst Du raten", sagte sie und hatte den aufgerissenen Blick des Angsthasen. "Mein Gott, Deine Augen sind ja ganz blutunterlaufen. Alles in Ordnung?" Birke setzte sich wieder. Und ihre Einsamkeit griff nach mir.

Etwas in mir krampfte sich zusammen. Einen Moment konnte ich nichts sagen, mein Blick war in ihr Auge gefallen, und ich hatte wegsehen müssen. Schließlich fand ich meine Worte wieder: "Natürlich." Natürlich war alles in Ordnung, bis auf die Tatsache, daß ich gerade beinahe hopsgegangen wäre.

Birke schien nicht auf Anhieb die richtigen Worte zu finden und sagte schließlich: "Die Sache mit Oliver ist Dir aber auch schwer an die Nieren gegangen." Zweifellos stand sie unter der Wirkung eines Beruhigungsmittels, ihre Sprechweise war deutlich lahmer als sonst.

Meine Knie zitterten leicht, als ich mich hinsetzte und ein Bein über das andere schlug. Sofort bedeutete ich ihr mit einer Handbewegung, etwas leiser zu sprechen. Etwas verunsichert stellte ich meine Cola-Flasche auf den Boden. "Das waren weiß Gott keine guten Tage", sagte ich, reckte die Hand aus und warf ordentlich Pathos in meine Stimme: "Birke, ich denke mal, jetzt solltest Du mir erst mal zum Geburtstag ... " Ich brach ab und hätte mich am liebsten selbst in den Arsch getreten, weil ich mich so albern benahm. Aber so wie Birke mich anschaute, war sie bereit, mit mir das Frühstücksmüsli zu teilen.

Und ich erst.

Verdammt lange hatte ich so etwas nicht mehr erlebt.

Nein!!! Ich darf mich nicht von meinen Gefühlen leiten lassen, ermahnte ich mich. Ich muß einen klaren Kopf behalten.

"Gratulieren? ... Heute?" Ihre hektischen Augenbewegungen verrieten eine Beunruhigung.

Ich lächelte vage, die Augenbrauen in der stummen Frage hochgezogen, ob ich auch ihre ganze Aufmerksamkeit habe. Ich hatte sie. Da war ich mir ganz sicher. Ruckartig kippte ich den Kopf nach hinten und studierte sie durch meine halbgeschlossenen Lider. In ihrem Gesicht war ein schuldbewußter Ausdruck, als hätte man sie beim Schwarzfahren in der U-Bahn erwischt. "Ja, heute", sagte ich mit den geballten Emotionen eines Bankpräsidenten auf der Zürcher Bahnhofstraße. Dabei hatten sich die Erinnerungen an das scheußliche Erlebnis von Hannover, wo für mich fast die Englein gesungen hätten, in meinem Kopf eingebrannt. Ich spürte auch, Birke würde sich nichts vormachen lassen "Du, mir ging vorhin der Arsch auf Grundeis", sagte ich schließlich leise und begann in allen Einzelheiten zu berichten. Mir gefiel ihre Art zuzuhören - mit völliger Konzentration.

Immer wieder lugte ich über ihre Schultern.

Links hinter ihr saß ein würdig aussehender Mann mit Hörgeräten an beiden Ohren und hackte etwas in ein Notebook. Sofort beschloß ich, noch leiser zu sprechen. Der Mann blickte von seinem Display hoch und fixierte mich mißtrauisch, als erwarte er, daß ich eine Pistole herausholen und die Empfangshalle in einen Schießstand verwandeln würde. Er schien eigentlich von High-Tech-Spielsachen unberührt, wie weiland Konrad Adenauer vom Internet. Sein Gesichtsausdruck änderte sich, er war jetzt der eines Bullen, der einen anhält und sich erkundigt, ob man etwas getrunken habe. Meine Gehirnzellen schlugen Alarm. Ich umkrampfte unwillkürlich die Lehnen meines Stuhls und spürte, wie sich mir die Kehle zusammenzog. Schnell sah ich weiter. Rechts von uns wienerte ein anderer Mann mit kreisenden Daumenbewegungen seine Goldrandbrille am Krawattenzipfel. Seine Begleiterin, eine Frau mit vorstehenden Augen, erbarmte sich einer "Schuhsohle im eigenen Saft". An den anderen Tischen saßen sich einige Leute in Bademänteln gegenüber und blickten nur einander an. Das Schweigen vereinte sie wie ein gemeinsamen Hobby.

Nach meinen Ausführungen war Birke zu Tode erschrocken. Ich sah das Weiß in ihren Augen. "Mein Gott", sagte Birke und schaute zur Decke, obwohl es mehr als unwahrscheinlich war, daß der liebe Gott sich nach Göttingen verirren würde.

"Du glaubst doch nicht im Ernst, daß jemand mich umbringen lassen wollte?" erwiderte ich. "Egal, es ist ja noch mal gutgegangen." Ich brachte es fertig, diesen Satz wie einen ziemlich abgenutzten Gemeinplatz klingen zu lassen.

"Du hast wohl noch immer ... " Birke sprach den Satz nicht zu Ende.

"Ja, ich hab noch immer ... " brach auch ich ab und fühlte den Drang in mir, sie zu berühren, meinen Arm um sie zu legen, aber ich bekam mich wieder in den Griff. In meinem ganzen Leben war ich bisher von keiner Frau auch nur im geringsten so verunsichert worden . Sicher, im "Pomp" redete ich viel. Aber nur über Tatsachen, höchstens über Vorhaben, nie über Gefühle. Wie kommt das, daß ich hier Dinge sage, von denen ich immer wußte, daß ich sie für mich behalten mußte?

Birke war sofort klar, was ich hatte sagen wollen. " ... schreckliche Angst?" vollendete sie. Als sie ein klein wenig lächelte, kehrte in ihre Augen das Leben zurück. Sie strahlte mich regelrecht an, als hätte ich ihre Lebensqualität um hundert Prozent verbessert: "Ich kenne das."

Ich nickte - und wir lächelten uns an.

Nach einigen Augenblicken sprach ich von dem schrecklichsten Abend meines Lebens. Niemals würde ich den furchtbaren Moment vergessen, als die Bombe in Marienburg hochging. Es war, als stürzte ich in ein tiefes Loch. Ich spürte, daß ich sie nicht mit meiner Traurigkeit konfrontieren konnte. Aber ich spürte auch, daß ich nicht mehr lange meinen Schmerz alleine ertragen könnte.

Birke hörte mir mit geschlossenen Augen zu.

Nach zehn Minuten war ich fertig. "Ich hätte ihn doch nicht an der Fahrt hindern können, nicht?" fragte ich und blickte nach vorne. Direkt vor dem Kaffeeautomat hockte jetzt eine Frau, die auch nicht mehr die Jüngste war. Sie war damit beschäftigt, die mittelmäßige Sammlung von Narben am Arm ihres Gegenübers zu bewundern, dessen Körper aussah wie der einer Schlange, die soeben ein Nilpferd verspeist hat. Für ihn war es eine gute Gelegenheit, berühmt zu werden, und er gedachte nicht, sie ungenutzt zu lassen. Die Frau hatte Volumen und das entsprechende Organ: "Wir müssen's nehmen wie's kommt." King Kong nickte wie ein Schuljunge: "Ja, ja. Das Leben ist schon ungerecht." Die beiden waren von einer Tragik umgeben, als wüßten sie genau, was auf sie zukommt

Birke öffnete wieder die Augen, sagte aber nichts. Aber ihre Miene verriet, daß sie der Meinung war, ich hätte das sehr wohl tun können.

Sofort war ich versucht, ihr an die Wäsche zu gehen. Aber ich widerstand und beobachtete wieder die Leute. Nein, ich durfte nicht noch mehr Schwächen zeigen. Etwas in mir suchte nach einer Gelegenheit, endlich Dampf abzulassen. Mein unruhiger Blick wanderte zum Katzentisch. Dort saß ein schwer gebauter Mann mit traurigen Augen und abwesendem Blick, der den Anschein machte, alle Hoffnungen aufgegeben zu haben. Sein Mund formte einige Male lautlose Silben ... Ich beobachtete die Leute genau. Im Beobachten kannte ich mich aus, denn zu oft war ich dazu verurteilt, dem Geschehen zuzusehen anstatt an ihm teilzuhaben ... Wie lange noch?

Einige endlose Sekunden vergingen.

Ich legte mein "fizz" auf den Tisch.

"Du hast jetzt die Wahl", reagierte sie, "die Bullen anzurufen, oder es bleiben zu lassen."

Ich zog die Augenbrauen hoch - und steckte das Handy wieder ein.

"Danke."

Ich starrte sie durchdringend an und sagte nichts.

"Woran denkst Du, Bär?" fragte Birke plötzlich.

Ihre positive Ausstrahlung färbte sich mit einem Mal auf mich ab, was ich mir nur schwer eingestehen wollte. "Ich? Ich habe gerade dann gedacht, daß diese Abenteuer lebensverkürzende Nebenwirkungen haben können."

Birke rieb sich mit einem Finger das Ohr, als hätte sie nicht richtig verstanden. "Entschuldige", sagte sie, "ich meinte eben verstanden zu haben, Marienburg sei ein Abenteuer gewesen."

Ich schüttelte den Kopf: "Das hast Du schon richtig mitbekommen." Plötzlich erzählte ich ihr ganz ohne Grund von dem Polizeiverhör und Paul Kratzenstein im strafverschärfenden Duett mit Mister 100.000 Valium.

"Mannomann", sagte sie spitz, als ich fertig war.

"Was willst Du damit sagen?"

"Ich nehme an, Du wolltest Dir wieder mal beweisen, daß die ganze Welt unrecht hat und nur Ronny Berghagen im Recht ist."

Ich schluckte die zornigen Worte, die mir einfielen, herunter.

"Ach, Ronny, Du findest immer einen Goliath, an dessen Waden Du dich festbeißen kannst."

Pipifax! Ich reagierte diesmal nicht.

Wir schwiegen uns wie ein altes Ehepaar an, das sich überhaupt nichts mehr zu sagen hat.

Eine mahnende Stimme tauchte in meinem Innern auf und rief mir zu: Vorsicht, Ronny, Vorsicht! Ängstlich schaute ich mich um.

Die Halle füllte sich in beängstigender Weise. Eine Gruppe von Leuten, die nichts Besseres zu tun hatten, als am Sonntag hier aufzukreuzen, tröpfelte peu à peu ein. Sie ließen sich schwatzend an den freien Tischen nieder. Ihre Gesichter waren bleich und fahl, als ob sie seit Jahren nicht mehr richtig gelacht hätten. Die meisten hatten Kuchen mitgebracht und schauten sich mit feierlichem Ernst an. In dieser Umgebung fühlten sie sich offensichtlich heimisch. Fast gleichzeitig fingen sie an hineinzuschaufeln, was sie nur auf die Gabel kriegen konnten. Typisch für die Schwachsinnigen, dachte ich gehässig. Keine Gefahr! Ganz allmählich versank ich in einen Dämmerzustand, der immer dann eintritt, wenn man erkennt, daß die Nervosität des Gegenübers unendlich viel größer ist als die eigene, und die eigene Hektik schrumpfen läßt. Sicherheitshalber biß ich mir in die Wange und schmeckte mein eigenes Blut. "Es ist verdammt laut hier", sagte ich schließlich ganz ruhig. "Ich frage mich, warum die Leute nicht Zuhause bleiben." Wo kam plötzlich dieser Alte-Männer-Tonfall her? Ich hörte mich an wie siebzig.

"Na ja, an so einem Ort ist immer was los. Fast wie in der Lobby vom Hyatt." Für einen kurzen Moment lächelte sie, aber schnell wurde sie wieder ernst.

Ich musterte sie ruhig: "Da hast Du recht."

"Komisch", wunderte sich Birke und runzelte die Augenbrauen, "ich habe anscheinend immer dann recht, wenn ich überhaupt keinen Wert darauf lege."

Ich sah sie scharf an, und als Zeichen meiner wiedererwachten Geringschätzung zog ich meine Stirn kraus: Hinter mir krächzte jemand: "Ich bin bald am Verhungern." Ich hörte eine Frau aufspringen und dabei sagen: "Ich kümmere mich darum." Sie sagte es so, als wäre der Hunger eine Frage auf Leben und Tod. Ich drehte mich um. Gerade ging ein Ruck durch den Körper des Mannes: "Danke schön." Die Göttinger, besonders die Kranken, waren halt höfliche Menschen.

Dann berichtete ich, was Oliver mir über die Umstände der Trennung gesagt hatte. Ich sagte es, um das Gespräch in Gang zu halten. Birke kaute an ihrem Fingernagel, während sie mir zuhörte. Sie sah wirklich ziemlich erledigt aus, aber es tat mir nicht mehr leid. Darüber sollten sich Wer-weiß-ich-auch-immer oder Luzifer Gedanken machen.

Birke blinzelte, vermutlich um Tränen zu unterdrücken, und räusperte sich. Schließlich sagte sie: "Ich wußte gar nicht, wohin ich sehen sollte, als ich ging. Oliver stand einfach da und tat keinen Pieps. Ich wartete auf irgendeine Reaktion, aber es kam keine." Ich bewegte die Lippen, setzte zu einer Zwischenfrage an, doch Birke redete einfach weiter. "Ein paar Stunden vorher hatten wir uns noch über einen Film unterhalten, den wir uns im "Rex" ansehen wollten, und plötzlich sagte Oliver, wie aus heiterem Himmel: Birke, Du solltest wissen, daß ich nach Kassel umziehen werde. Natürlich war ich total überrascht, das zu hören." Eine Träne kam aus ihrem Auge, und sie wandte sich kurz ab. Sie suchte in ihrer Tasche nach einem "Tempo", schneuzte sich und fuhr dann fort: "Ich meine, ich hatte keine Ahnung von seinen Plänen. Ich wußte erst nicht, was ich Oliver dazu sagen sollte."

Meine erste Reaktion war ein Seufzer, mit einem leisen pfeifenden Geräusch strömte die Luft aus meiner Lunge. Dann erst klappte der Kiefer herunter. "Moment mal, Oliver wollte von Köln weggehen?" fragte ich in scharfem Tonfall, obwohl ich fix und alle war.

Birke narkotisierte mich weiter: "Ja. Er wollte kündigen. Er wollte ganz weg von der Polizei." Sie atmete heftig, als sei sie drauf und dran, ihre Fassung zu verlieren. Ich biß mir auf die Unterlippe.

"Oliver", begann sie, "Oliver hat mir ganz cool gesagt, daß er kündigen wird und davon ausgegangen ist, alleine umzuziehen."

Meine Brust schmerzte. Ich sah Birke an, als könnte ich den zweiten Teil des Satzes nicht verstehen. Es war aber nicht so. "Das nehme ich Dir nicht ab." Von einer Sekunde zur anderen hatte ich die Nase voll. Aber ich verdrängte wieder meinen Gedanken, aufzustehen und Haken zu schlagen.

Birke betrachtete mich mit plötzlichem Mißtrauen: "Aber es stimmt ... "Wußtest Du, daß Oliver regelmäßig in den Fernsehclub ging?"

"Wohin?"

Traurig antwortete Birke: "In den Fernsehclub."

"Und was soll das für ein Club sein?"

"Keine Ahnung", sagte sie mit einer kraftlosen Stimme, die ich nicht kannte. Vielleicht ein Puff, war mein erster Gedanke.

Es war, als hätte Birke das mitgekriegt. Für einen langen Moment richtete sie ihre Augen auf mich, dann sagte sie: "Zumindest hat er dort Kliegel wiedergesehen?"

Ich bemühte mich, ernst zu bleiben, und fragte: "Wiedergesehen?"

Birke schloß für ein paar Sekunden ihre Augen und strich sich mit zwei Fingern den Nasenrücken. Als sie die Augen wieder öffnete, sagte sie: "Die beiden kannten sich aus Dortmund. Und im Fernsehclub trafen sie sich zufällig wieder. Hat er mir wenigstens erzählt. Und von da ab war er wie verwandelt."

Ich griff nach Birkes Hand, drückte sie krampfhaft, merkte aber sehr schnell, was ich tat, und ließ sie hastig los. "Ach, tatsächlich? ... Du, ich kenne viele Läden in Köln. Aber ein Fernsehclub ist nicht dabei." Ich warf Birke einen Blick zu, als hätte sie mir vorhin gesagt, Take That würden mit Elvis Presley am Schlagzeug ihre Comebacktournee starten.

Ihre Nasenlöcher weiteten sich vor Verachtung: "Du glaubst mir wohl kein Wort?" fragte sie.

"Falsch. Ungefähr die Hälfte, wenn man die Kommas mitzählt", lachte ich.

"Sehr witzig." Birke schnitt eine verächtliche Grimasse und uns ging für zwei Minuten der Gesprächsstoff aus.

Endlich stellte ich meine kühnste Frage. Jetzt sollte es ans Eingemachte gehen. "Birke", sagte ich und zögerte: "Geht mich ja nichts an, aber wußte er es?"

Birke machte ein nachdenkliches Gesicht. Die kurze Pause, bevor sie antworten wollte, genügte mir. Ich betrachtete ihre Miene und versuchte, ihre Gedanken zu erraten. Vergeblich. "Komm rede: Wußte er es?" hakte ich darum nach.

"Ob er was wußte?"

"Du meine Güte", stöhnte ich und sah sie an, als wäre sie eine läufige Hündin.. "Daß Du was mit diesem Kliegel gehabt hast?"

Birke starrte mich an. Es lag etwas in ihrem Blick, was ich nicht einordnen konnte. Etwas Verträumtes und Entsetztes. Plötzlich brach sie in Lachen aus. In viel zu lautes Lachen. "Ich mit diesem Arsch von Kliegel?"

Ich nickte: "Ich weiß aus sicherer Quelle, daß Du an dem Abend bei ihm warst."

Birke schwieg.

Nach einigen Sekunden streckte ich die Arme aus: "Hat Oliver jemals etwas gesagt, daß er sich vor jemandem fürchtet?" Wieder überkam mich die Trauer. Mit aller Kraft verdrängte ich die Gedanken an Oliver.

"Nein." Birke überlegte einen Moment, ehe sie fortfuhr: "Ab und zu kriegte er schon so komische Anrufe von Leuten, die der Meinung waren, er habe gerade den Falschen erwischt."

"Und? Hat er diese Gespräche aufgenommen?" fragte ich, ohne sie aus den Augen zu lassen.

"Nicht daß ich wüßte."

Dann schwiegen wir beide.

Es blieb nicht mehr viel zu sagen übrig, und ich befürchtete eine Explosion von Gefühlen.

Birke schien es auch zu spüren. "Soll ich Dich gleich zum Bahnhof fahren?" fragte sie in einem Tonfall, der mir liebevoll, ja fast zärtlich vorkam.

Ich lächelte, aber es war kein freundliches Lächeln. "Nein! Ich bin ein großer Junge." Für einen ganz kurzen Moment kam mir das Gefühl, ziemlich dummes Zeug zu faseln. Zum Glück verflog es wieder. "Und große Jungen finden allein zum Bahnhof", fuhr ich ziemlich barsch fort. Die Wahrheit war, daß ich mich wieder zu ihr hingezogen fühlte, und das machte mich verdammt nervös. "Wir treffen uns ja bald wieder."

Birke machte plötzlich ein Gesicht, als schmeckte ihr die Welt nicht mehr. "Mir ist überhaupt nicht zum Witzemachen zumute." Dann seufzte sie so tief, daß ihr Busen zitterte.

Ich empfand sogar so etwas wie Wärme für sie, die mich zwang, besonders cool zu reagieren. "Mir aber. Vorhin hast Du einen Witz gemacht. Jetzt war ich dran." Hastig nahm ich meine Cola-Flasche vom Boden und hielt sie in ihre Richtung. "Möchtest Du was trinken?"

Birke schüttelte den Kopf, sie spürte wohl, daß ich im Begriff war abzuzwitschern, und schien mir den Arm tätscheln zu wollen. Aber ich schreckte zurück, Birke ließ den ausgestreckten Arm sinken und sagte: "Was für einen Witz?"

"Den mit der Kündigung."

"Das war kein Witz. Ehrlich." Dann berührte sie kurz meinen Arm, ich verspürte ein Kribbelns, das sich bis in den Nacken fortsetzte.

"Ich möchte gerne wissen, wo Du stehst", lächelte sie.

Zu meiner Verwunderung ließ das Lächeln mein Herz höher schlagen. Ich wollte Birke noch sagen, daß ich gerne in Göttingen war, aber die Worte kamen mir nicht über die Lippen. "Wo ich stehe?" fragte ich statt dessen und zwang mich zu einem schiefen Lächeln. "Natürlich auf eigenen Beinen, Birke."

"Bitte verpfeife mich nicht. Und paß gut auf Dich auf, Bär."

Ich hörte die Besorgnis in ihrer Stimme. Sie hatte meine beiden Horrorerlebnisse nicht vergessen.

Ich auch nicht.

***

Ich spürte, wie Birke mir nachschaute und den Kopf schüttelte, als ich mich auf die Polster eines Taxis sinken ließ und mir einen Seufzer der Erleichterung erlaubte. Ich hatte wieder schreckliche Kopfschmerzen. Seit meiner Kindheit hatte ich nicht mehr so an Kopfschmerzen gelitten. Könnten es Nachwirkungen des Treffens sein? .... Der Gedanke machte mich wütend - wütend auf Birke, weil ich wütend auf mich selbst war. Ich hatte das Gefühl, daß ich mich vor ihr zum Idioten gemacht hatte.

"Wohin wollen Sie denn, mein Herr?"

"Was? ... Schnell zum Bahnhof!" befahl ich, sah, wie sehr mir die Hände zitterten, und zählte in Gedanken meine Mäuse. Obwohl ich im Moment finanziell gesehen aus dem letzten Loch pfiff, leistete ich mir den Wagen. Ich wollte nicht unter Birkes Augen auf einen Bus warten ... Ich horchte tief in meine Seele hinein. Ja, ich mochte und haßte sie gleichzeitig. Was Birke wohl empfand? Ich konnte es mir nicht vorstellen. Aber der Gedanke schmerzte. Ein bißchen fühlte ich mich zu ihr hingezogen, weil ich spürte, daß zwischen uns das Gemeinschaftsgefühl von Menschen herrschte, die eine tiefe Einsamkeit durchleiden. Ich fühlte mich wie jemand, der beim Tauziehen genau in der Mitte des Seiles steht: Mal wird er nach der einen, mal nach der anderen Seite gezogen.

Die Frau am Steuer wußte, was sich geziemt und schwieg. Ich musterte sie. Sie gehörte zweifelsohne zu der Sorte Frau, deren größte Freude es ist, in Zeitschriften nach Warenproben Ausschau zu halten. .

Sofort startete sie den Motor, gab Gas und die Schluffen hinterließen einen Gummistreifen auf der Fahrbahn. Ich schaute ungewollt zum Eingang hin, wo Birke jetzt stand, das Kreuz leicht durchgedrückt. Sie winkte. Ich winkte mit einem gezwungenen Lächeln zurück, dann verschwand sie aus meinem Gesichtsfeld.

Nachdem ich das Klinikum nicht mehr im Auge hatte, normalisierte mein Herzschlag sich, und ich bekam auch wieder Luft.

Während wir zum Bahnhof rollten, starrte ich Löcher in die Luft. Ich fragte mich, wie es Birke gelungen war, mich zum Erzählen zu bewegen ... Ich schluckte nervös und nahm mir vor, den Beweis zu finden, daß Birke in die Sache verstrickt war. Ich mußte nur ganz profimäßig drangehen, dann würde ich schon den Beweis für ihre Schuld finden.

Und wenn nicht? Ja, was dann?

Mein Magen verkrampfte sich noch etwas mehr.

Ich grübelte über den Fall nach, allerdings diente es mir nur als Krücke, nicht weiter an Birke zu denken. Vor allem durfte ich mein Vorhaben nicht Kratzenstein & Co. mitteilen, sagte ich mir, während ich geistesabwesend in die rasch vorüberfliegende Göttinger Landschaft blickte ... Oliver wollte kündigen. Wenn das stimmte, dann ... Langsam wurde mir klar, daß ich mich in Oliver geirrt hatte. Daß er nicht so war, wie ich gehofft hatte. Mit einiger Heftigkeit schoß mir ein Gedanken immer wieder durch den Kopf. Warum? Warum? Warum?

Aus dem Radio klang Joe Cocker, der den Klassiker "Summer In The City" von Lovin´ Spoonful meuchelte. Ich war gnädig und schwieg.

Ich kam immer mehr ins Grübeln und eine Auswahl zusammenhangloser Gedanken zog durch meinen Kopf. Ich hatte Oliver immer bewundert, aber nun bekam das Bild, das ich von ihm hatte, einen ersten Riß ... Hatte er ein zweites Gesicht? ... Was ist mit dem Fernsehclub? ... Kriege ich in Hannover gleich Anschluß nach Köln ... Klar, ich wußte jetzt etwas über Olivers Intimleben. Aber über den Anschlag wußte ich genau so viel, wie ich ein paar Stunden zuvor gewußt hatte.

Nämlich nichts.

Am Bahnhof stieg ich aus und blickte auf meine Uhr. Sie zeigte 15 Uhr 20. Zehn Minuten bis zur Abfahrt des ICE "Göttinger Sieben", den ich mir schon bei der Ankunft rausgesucht hatte.

Ich mußte dringend pinkeln. Drinnen im Bahnhof gab es ein Klo. Zum Glück waren die Kabinen frei.

Vor Hannover würde es keinen Aufenthalt geben, sagte mir anschließend der Fahrplan. Von mir aus.

Die Uhr am Gleis 9 zeigte 15.41 Uhr, als wir mit Verspätung zurückfuhren. Die 33 Minuten bis Hannover verliefen fast ereignislos. Ich hatte einen Fensterplatz und starrte blicklos nach draußen. Nichts nahm ich in mir auf.

Das Leben des Mannes Oliver muß ich mir ansehen, nahm ich mir vor. Das Leben des Menschen Oliver.

Bestimmt liegen die Pressefuzzis längst in den Schützengräben, hoffte ich, als ich mein Radio aus der Tasche holte und es einschaltete. Es war so. Der Norddeutsche Rundfunk machte mit seinen Kriegsberichten aus Hannover mehr Radau als die gesamte Waschmittelreklame von Persil & Co. Mein Magen krampfte sich zusammen, als ich mitkriegte, daß das Treffen der Punker und die Katastrophe im Hauptbahnhof die Themen der Sendung waren. Die Reporter Hermann Schmidberg und

Manfred Breuckhoff waren in die Kampfanzüge geschlüpft und stellte immer wieder die gleiche Frage: Wo ist der Mann geblieben, der so knapp dem Tode entronnen ist?

Der Mann drückte die Aus-Taste vom Radio und sagte sich leise: Ich muß in Hannover höllisch aufpassen! Meine Nerven waren gespannt wie Klaviersaiten und ich fühlte, wie der Schweiß an meinem Körper herunterlief. Übelkeit stieg in mir auf.

Vereinzelte Regentropfen klatschten auf die Scheibe. Ich sah interessiert hin. Nach einiger Zeit entdeckte ich auf der Ablage das "Göttinger Tageblatt", das so dick war wie ein Bleistift. Ausgerechnet die Kulturseite der Schlafwandler war aufgeschlagen. Ganz oben stand eine vernichtende Kritik über eine Theaterpremiere: Sein oder Nichtsein in der Provinz.

Das "Göttinger Tageblatt" bestätigte mich in der Annahme, daß alle Intellektuelle Spinner sind. Ungelesen legte ich das Blatt zur Seite.

"Wegen Bauarbeiten zwischen Lüneburg und Harburg ... ", tönte es aus dem Lautsprecher.

Ich hörte nicht richtig zu. Meine Gedanken sprangen wild umher ... Ich hatte Birkes Augen gesehen, als sie aufgestanden war. Sie hatte "Ich muß jetzt alleine sein" gesagt. Aber ihre Augen vermittelten eine ganz andere Botschaft: Ich habe Angst vor dem Alleinsein.

Ich hatte auch ihre Angst gehört, als sie vom Fernsehclub sprach. Ist der Fernsehclub das Geheimnis von Oliver gewesen? Furcht kroch in mir hoch, als der ICE durch die Außenbezirke von Hannover auf den Hauptbahnhof zurollte. Die Sonne mogelte sich zwischen zwei Wolken hindurch. Ich dachte wieder über Oliver nach und fragte mich, ob ich ihn wirklich gut gekannt hatte, wie ich bis vor einigen Stunden noch annahm? Als ich den Versuch machte, die Augen zu schließen, sah ich sofort Birkes Gesicht vor mir. Ich war gezwungen, sofort wieder die müden Augen zu öffnen. Endlich rollte der Zug in Hannover ein und hielt. Schnell zog ich meine Sonnenbrille aus der Brusttasche und setzte sie auf. Der Schweiß trat mir aus allen Poren und meine Handflächen waren feucht, als ich mich an der Tür festhielt.

Aber in Hannover nahm niemand von mir Notiz. Um mich herum wimmelte es von Menschen, die durch mich hindurchsahen und mich sogar als lebendiges "Tamagotchi" nicht zur Kenntnis genommen hätten..

Am Gleis 13 stieg ich wieder in den IC "Stolzenfels", der pünktlich aus Berlin kam. Meine Beklemmungen, die mich seit einigen Stunden quälten, ließen endlich nach, als der Zug anfuhr. Auch meine Nerven spielten nicht mehr verrückt und meine gespannten Muskeln entkrampften sich wieder.

Schwacher Pfeifenqualm hing in der Luft des Großraumabteils. Gräßlich! Während ich meine Gegenwart unter Kontrolle zu haben schien, holte mich die Vergangenheit wieder ein und ich dachte nach, was bei mir haften geblieben war. War es die tödliche Gefahr in Hannover? Oder Birkes Sätze über Oliver? Nein, es war mehr ihr Gesichtsausdruck, als sie von ihm gesprochen hatte. Er hatte die Widersprüche erklärt, aus denen Oliver wahrscheinlich zusammengesetzt war.

Aber meine innere Stimme warnte mich wieder, vielleicht ist sie doch die Mörderin. Und ich sagte "lauwarm",

bis es mich richtig wütend machte.

15

Die Digitalanzeige auf meiner Armbanduhr zeigte 17.35, als der Zug hielt.

"Willkommen in Dortmund", tönte es von draußen.

Dortmund? Dortmund? Ich sprang von meinem Sitz und rannte zur Tür, ohne genau zu wissen, was ich überhaupt hier wollte. Mir war es so gut wie gelungen, Birke aus meinem Kopf zu verbannen, vielleicht war die Erinnerung an sie aber nur vergraben wie ein Gestrüpp halbvergessener Eindrücke, die in meinem Kopf ein verschlungenes Kapitel bildeten. Mein fester Wille, nicht in mir selbst hineinzuschauen, war aber nichts anderes als ein oft schweißtreibendes Training, den Schmerz zu verdrängen. Ich trank, ich arbeitete, ich vögelte, so spielte sich mein tägliches Leben ab. Was willst du auch noch mehr? Was könnte man überhaupt mehr wollen? In diesem Gefühl, ohne Ziel und Verantwortung zu leben, schritt ich über den Bahnsteig. Ich hatte größte Schwierigkeiten, das Gleichgewicht zu halten.

In einer Zelle blätterte ich das Telefonbuch von Dortmund durch: B. Roberts - das mußte die Mutter von Oliver sein: Na, klar - Barbara Roberts. Ich prägte mir die Adresse ein: Altenderner Straße 14.

Ich ging in die Halle. Den Sonntag nahm hier fast niemand zur Kenntnis In jeder Ecke standen Gruppen von Leuten zusammen und glotzen auf eine Großbildfäche, wo sich irgendwelche Bikinibräute der Sonne hingaben.

Vielleicht hätte ich normalerweise inne gehalten, aber heute lief ich weiter. Links vom Eingang standen die Taxen. In Gedanken zählte ich wieder mein Geld, ich brachte es nicht fertig, auf den Stadtplan zu gucken und womöglich mit der U-Bahn quer durch diese Scheiß Stadt zu zockeln.

Nein!!!!

Der erste Wagen am Taxistand war ein "Opel Omega". Ich stieg ein und setzte mich neben den Fahrer und nannte mein Ziel. "Was kostet das?"

Der Fahrer war ein Mann mittleren Alters, der nach nichts aussah. Er musterte mich scharf, dann lachte er mit einem heiseren Rasseln: "Gut 25 Mark, damit müssen Sie schon rechnen." In seiner Stimme klang ein schwerer polnischer Akzent mit. Er sprach sehr leise, als wollte er ihn verbergen.

Ich wußte inzwischen, was es hieß, ein Manko vor der Welt verbergen zu müssen.

25 Mark waren keine Lappalie. Ich überlegte. "Okay. Aber es muß schnell gehen."

Der Fahrer sah mich an, als wäre ich ein Bauer aus dem Sauerland, der gerade aus dem Personenzug ausgestiegen war und die große Stadt zum erstenmal entdeckte. Kopfschüttelnd startete er den Motor. Wir rollten aus der Bahnhofszufuhr, ich blickte zurück. Meine Augen brannten, Schweiß war mir in die Augenwinkel gelaufen. Ich wischte ihn mit dem Handrücken weg. Dann betrachtete ich das rote Reklameschild auf dem Bahnhofsgebäude, das mir einreden wollte: WAZ - die Großstadtzeitung.

Nach einigen Kurven fuhren wir stadtauswärts, die Großstadt erweckte einen recht armseligen Eindruck.

"Die Häuser entstanden wohl, als die Dinosaurier noch die Erde bevölkerten", lachte ich, aber es klang selbst in meinen Ohren nicht ganz echt.

Der Fahrer machte hartnäckig auf taubstumm.

Ich war für sein Schweigen dankbar. Offenbar hatte er begriffen, daß er einen Mann mit Durchblick fuhr.

Ich zündete mir eine Zigarette an und meine Hand mit der Kippe fuhr hoch, so daß eine dünne Rauchfahne in dem Wagen hing.

"Rauchen verboten", sagte der Fahrer mit quengeliger Stimme. Sein Zeigefinger wies auf das Schild am Armaturenbrett.

"Ja, ich weiß", antwortete ich, wollte nicht meinen Lungenschmacht im Zaum halten und tat einen kräftigen Lungenzug. Solche Verbote waren etwas für die anderen, für die Arschlöcher und Schlappschwänze. Erfolgsmenschen machten sich ihre eigenen Gesetze!

"Entweder Sie hören auf oder Sie steigen aus!"

"Okay, okay", antwortete ich und warf die Zigarette aus dem Fenster. "Das ist doch das Allerletzte!"

Der Mann auf dem Fahrersitz lachte, leise genug, um nicht zu provozieren, aber laut genug, daß ich ihn hörte.

Ich schwieg und die weitere Fahrt nach Norden verlief schweigend.

Ab und zu sah ich in den Außenspiegel, ob jemand uns folgte. Aber ich konnte nichts entdecken.

Ich blickte schnell auf die Uhr, als an einer Ecke ein Bauernhaus verfiel und wir von einer Hauptstraße nach rechts und sofort wieder nach rechts abbogen: zehn Minuten vor neun.

"Wir da", sagte der Fahrer und fuhr langsam bis zur Mitte eines langen Häuserblocks, der nicht alt war, vielleicht dreißig oder vierzig Jahre. Aber er wirkte wie eine zu Stein gewordene Bankrotterklärung Dortmunder Architektur. Eine Reihe von Umbaumaßnahmen hatten den Häusern Garagen, Wintergärten und Unterstellplätze für Fahrräder gebracht, sonst sah jedes Haus wie das andere aus. Überall waren Satellitenschüsseln angebracht, jene einfarbigen Babyöhrchen, die ständig auf der Lauer nach Nichtigkeiten von hoch droben sind. Die verschiedenen Auffassungen von Geschmack drückten die Mieter in der Farbe der Haustüren aus. "Hier Nummer 14", sagte der Fahrer. Dann lenkte er den "Omega" an den Straßenrand und wendete auf der Straße, so daß sein Wagen wieder in die Richtung wies, aus der wir gekommen waren.

Dann bestand er die Herausforderung seiner Talente: "Genau 24 Mark." Ich hielt ihm das Geld hin. Es ärgerte mich, daß meine Hände zitterten. "Warten Sie auf mich", sagte ich beim Aussteigen und spürte, wie mein Herzschlag sich beschleunigte. "Wenn die Frau, die ich treffen will, nicht da ist, fahre ich wieder zurück."

Der Mann am Steuer nickte.

Eine alte Frau saß auf einer Bank vor dem Haus. Sie war den Sechzig näher als den Fünfzig und hatte den Kopf leicht gesenkt und ließ durch nichts erkennen, daß sie mich sah. Entweder war sie tief in Gedanken versunken oder eingeschlafen. Sie sah aus wie ein Gespenst. Ihr faltiges Gesicht war leicht gerötet. Sie war etwas betrunken, so, wie sie wirkte, war sie das nicht erst seit wenigen Stunden. Unter den geröteten Augen hatte sie geschwollene Tränensäcke. Das graue Haar war strähnig, im Nacken zu einem Knoten zusammengebunden.

Ich ging langsam, mit unsicheren Schritten, auf sie zu. Unterwegs legte ich mir in Gedanken zurecht, was ich sagen würde. Erst als ich nur noch zwei Meter vor ihr stand, zuckten die Schultern, und sie wandte sich mir zu.

"Frau Roberts?" fragte ich mit einer Entschlossenheit, die ich gar nicht empfand.

Die Antwort stand ihr ins Gesicht geschrieben. Ihre Augen hinter den dicken Gläsern ihrer Brille starrten mich an - starrten mich an, als wäre mein Erscheinen ihnen total gleichgültig.

"Wer sind Sie?" Ihre Frage wurde mit gebrochener Stimme gestellt.

"Ronny Berghagen." Ich streckte ihr die Hand hin und war total überrascht, als sie sie ergriff. Dann nickte sie, als wäre heute mit meinem Besuch zu rechnen gewesen.

"Herzliches Beileid. Ich war ein Freund von ... ", sagte ich und spürte die Schweißtropfen auf meinem Kinn..

" ... Von wem?" unterbrach sie mich mit einem Singsang ohne eine erkennbare Melodie.

"Von Oliver." Ich musterte ihr Gesicht. Es ist bestimmt einmal sehr schön gewesen, dachte ich.

Die Frau, die so erschreckend dünn war, lachte ein gespenstischen Lachen.

Eine endlose Pause trat ein.

"Mir tut der Tod von Oliver leid", sagte ich schließlich und beschloß, sie mit Samthandschuhen anzufassen.. "Kümmert sich jemand um Sie?"

"Witwe", antwortete sie, als würde das alles erklären.

Ich konnte ihre Trauer körperlich spüren und nickte, um ihr einen Gefallen zu tun.

"Ja, ich war dabei, als Oliver starb", sagte ich und hörte hinter mir die Taxe wegfahren.

"Ach, Sie sind das. Ich habe das Foto in der Zeitung gesehen." Ihr Blick war ständig rechts oder links über meine Schulter gerichtet, selten sah sie mich direkt an, und ich hatte den Eindruck, daß sie drauf wartete, daß gleich etwas Wichtiges passierte, so als könnte sie nicht glauben, was passiert war.

"Ja. Alle Zeitungen beschäftigen sich damit."

"Immer wieder stelle ich mir ..." Die Frau ließ den halb zu Ende gesprochenen Satz in der Luft hängen und schien auf eine Antwort zu warten.

Ich räusperte mich.

" ... die Frage: Warum? ... Kriegen Sie es heraus, wenn Sie sein Freund waren", sagte sie und hatte mich damit voll erwischt.

Ich zuckte die Achseln, aber in Wahrheit war ich ihr verdammt dankbar. "Ich werde es versuchen."

Frau Roberts blickte zu mir hoch und nickte. Ihre Tränen wischte sie mit dem Ärmel weg.

Ihre Augen zogen meine Aufmerksamkeit auf sich: "Ja, zu viele Fragen sind noch offen."

Für einen Moment wurden die glasigen Augen der Frau ganz starr, richtig feindselig. "Und es wird jede Stunde schlimmer, je öfter ich über sie nachdenke." Dann sagte sie noch irgend etwas, aber ich kriegte es nicht mit.

"Bitte?"

"Hat er Ihnen nichts gesagt?"

"Was soll er gesagt haben?" fragte ich und kniete nieder: "Oliver ist zuletzt sehr verschlossen ... "

Mit einer Handbewegung unterbrach mich die Frau. "Zuletzt?" fragte sie mit einer energischen Stimme. "Ich weiß nicht, was mit ihm geschehen ist."

Ich mußte wieder aufstehen, mein Rücken schmerzte. Dabei vergaß ich ganz meinen Fragenkatalog.

Olivers Mutter nickte grundlos und versank wieder in ihren Gedanken.

Einen Moment stand ich unschlüssig herum. Unter dem Quietschen nicht geölter alter Angeln flog die Tür auf und ein Mädchen kam aus dem Haus. Es beachtete uns nicht und lief davon

Ich wartete einige Sekunden, bis es mir allmählich dämmerte, daß diese Unterhaltung sich dem Ende neigte. Als ich dann die ersten von nicht mehr rückgängig zu machenden Fragen stellte, war ich ziemlich nervös. "Kennen Sie einen Fernsehclub?"

"Fernsehclub?" fragte sie zurück. "Was soll das sein?"

"Ein Club, den Oliver besuchte."

"Wer sagt das?"

"Mir hat er das mal erzählt", log ich. "Aber wir waren nie zusammen dort."

"Ich kenne keinen Fernsehclub, den mein Sohn besucht hat."

"Wußten Sie", wechselte ich das Thema, "daß Oliver bei der Polizei kündigen wollte?"

"Nein ... Aber ich kann´s verstehen. Oliver war zuletzt oftmals überarbeitet. Wenn´s regnete, hat er geweint."

"Oliver?" erschrak ich.

"Ja, Oliver. Er hatte sich mächtig verändert."

Ein paar Sekunden schwiegen wir uns an.

"Haben Sie eine Vorstellung davon, warum er sich verändert hat?"

"Sie fragen verdammt viel", antwortete sie und Tränen der Wut standen in ihren Augen.

"Auch Kliegel kam doch hier aus Dortmund. Kannten die beiden sich?"

"Ja, sie waren bekannt, mehr nicht." Sie sah mich durch ihre Tränen an und stieß die Worte heraus, als bereiteten sie ihr Schmerzen.

"Was wissen Sie von Kliegel?"

Ihr Gesichtsausdruck wirkte wie aus Plastik, die Stimme klang wieder ausdruckslos: "Ich? Jeder hat ihn hier bewundert, weil er Karriere gemacht hat."

"Jeder?" fragte ich zurück. "Jeder offenbar nicht."

Plötzlich loderten ihre Augen. "Er ist ein arroganter Mensch gewesen."

"Warum?"

"Kliegel war der Sohn eines einfachen Bergmanns. Aber er hat alle Spuren seiner Herkunft unterdrückt und sich als Sohn eines selbständigen Handwerks bezeichnet."

Ich hustete in die hohle Hand: "Wo hat er hier in Dortmund gewohnt?"

"Drüben in der Dionysiusstraße. Aber ... " Mitten im Satz brach sie wieder ab und starrte mich an, als ob auf einmal etwas ganz wichtiges aus ihrem Langzeitgedächtnis emporgestiegen wäre. "Seine Frau ist in Derne geblieben. Sie wohnt noch immer da."

Ich steckte mir eine Zigarette an und zog die Augenbrauen hoch: "Seine Frau wohnt noch immer hier?"

"Ja", erwiderte sie ruhig. Viel zu ruhig.

Ihr Anblick bewegte mich. "Kennen Sie Frau Kliegel?" Ich hielt inne und inhalierte den Rauch meiner Zigarette. "Kennen Sie sie näher?" fragte ich und schaute auf meine Armbanduhr.

Ich wollte ihr noch eine Frage stellen, aber Frau Roberts hob abwehrend die Hand. Sie schien meine Gedanken lesen zu können. "Sie können ruhig zu ihr gehen. Für die Frau gibt es weder Tag noch Nacht."

***

Für Tessa Kliegel gab es wirklich weder Tag noch Nacht.

Sie war blind.

"Was wollen Sie?" fragte sie ziemlich barsch, während Lonard Cohens karge Stimme aus der Wohnung drang: Lover, lover, lover.

Ein warmes Gefühl strömte sofort durch meine Eingeweiden, und ich starrte mit Röntgenaugen auf die Frau. Sie sah aus, als wäre sie soeben dem Werbeprospekt einer teuren Schönheitsfarm entsprungen.

Mannomann!

Wenn ich ihr Alter hätte schätzen müssen, dann hätte ich wahrscheinlich gesagt, irgendwas zwischen dreißig und vierzig, eventuell ein wenig älter. Die Frau duftete nach etwas, was ich nicht erkannte. Sie war hochgewachsen, gut und gerne 1,75 Meter groß, und hatte eine olivfarbene Dauerbräune. Ihre schlanke Figur und die hochstehenden Apfelbrüste wurden von einem schwarzen Kleid umschmeichelt. Dazu trug sie jene von den Socken hauenden schwarzen, hochhackigen Schuhe. Auf dem Kopf hatte sie eine schwarze Ledermütze, unter der das Haar, eine Art Aschblond, hervorschaute. Ein einzelner goldener Ohrring verlieh ihr einen Hauch von Extravaganz. Eine große Sonnenbrille verbarg mehr schlecht als recht ihre leeren Augen. Ihr Mund war herzförmig gemalt. Die Fingernägel leuchteten perfekt korallenrot. Mein Blick ging nach unten. Ihre wohlgeformten Beine schienen eines ihrer Markenzeichen zu sein. Wahrscheinlich nahm sie jede Gelegenheit wahr, sie auch vorzuzeigen. Ihre Ausstrahlung war zurückhaltend und wuchs mit jeder Sekunde in meinen Augen, wie die Brotlaibe nach der Bergpredigt im Neuen Testament. Hier in Dortmund, wo die meisten Menschen mit der Langlebigkeit ihrer Koksheizung prahlten, wirkte sie wie ein Exot. Ich vermutete sogar, daß sie im Schicki-Micki-Leben des gesamten Regierungsbezirks Arnsberg eine äußerst gefragte Frau ist.

Da stand ich also, an ihrer Haustür; auf der Suche nach Antworten auf viele Fragen, die sich mir plötzlich nicht mehr stellten. Das Pochen in meiner Brust war wie der Klang eines immer schneller werdendes Trommelwirbels. Meine Augen hingen mit starrem Blick an ihr, als wären sie hypnotisiert. Ganz schnell fühlte ich mich beim Jubilieren ertappt, schob meine Brille ins Haar und fragte verwirrt, wie betäubt: "Sind Sie ... äh ... Frau Kliegel?"

Die Frau wirkte atemlos, als wäre sie von weither zur Tür gerannt. "Ja", sagte sie, die Augenbrauen hochgezogen. Ihre Nasenflügel blähten sich bei jedem Atemzug. Sie hatte ihren linken Arm an den Türrahmen gestützt, so daß sich die Muskeln abzeichneten wie bei einer ehemaligen Spitzensportlerin aus Brandenburg.

."Ja, also ... ", begann ich nach einer halben Ewigkeit. Meine beiden Uhren, die eine des nüchternen Geistes und die andere der Emotionen, waren offenbar heute zur selben Zeit aufgezogen worden. Gar nicht dumm.

Sie schien eine blitzschnelle Reaktion erwartet zu haben. "Wer sind Sie?" Hinter ihr waren jetzt die Geräusche einer schrecklichen Gameshow im Fernsehen zu hören.

Wieder mußte ich mehrmals tief durchatmen, um mich zu sammeln. "Ja, Ronny Berghagen." Wie wir so dastanden, fühlte ich die Augen von Hunderten von Nachbarn auf uns ruhen.

"Sind Sie ein Bulle?"

Ich gab ihr meine Visitenkarte, wobei mir ziemlich schnell in den Sinn kam, daß das ziemlich blöd war. "Ich war ein Freund von Oliver und war bei der Sache in Köln dabei. Ja ... Äh ... Jetzt konne ich gerade von seiner Mutter. Ja, ... Sie kannten Oliver doch gut ... "

" ... Und?" unterbrach sie mich.

"Ja," begann ich und erzählte ihr von den Beobachtungen seiner Mutter. "Haben Sie auch etwas an ihm festgestellt?"

Die Frau überlegte und schien sich einen Ruck zu geben. "Zuletzt hatte er sich immer weniger leiden mögen, wenn er in den Spiegel geschaut hat."

"Wie meinen Sie das?"

"So hat er es mir gesagt. Erst habe ich gedacht, er würde mich verarschen. Dann hat er es noch mal wiederholt. Ich war richtig schockiert, weil ich dann merkte, daß er es ernst meint."

Nach einigen Schweigesekunden wechselte ich das Thema. "Hören Sie, mein Beileid zum Tod Ihres Mannes. Was für eine schreckliche ... Sache." Ich sagte es auf, als hätte ich es auf dem Bildschirm eines mitgebrachten Laptops gelesen.

Da wurde ihr Gesicht auch schon hart, und sie schien nicht dazu zu neigen, die Dinge zu beschönigen. Nach einigen Sekunden rückte sie das Kinn vor, lachte höhnisch auf und traf mich damit bis ins Innerste: "Verschonen Sie mich mit diesem Geschwätz", schnauzte sie.

Meine rechte Handfläche lag in der linken, und ich begann sie zu massieren. Dabei durchflutete mich eine warme Welle der Verunsicherung und Zärtlichkeit. "Mein lieber Gott", erwiderte ich. Es war das einzige, was mir einfiel.

Ihr Gesicht sah plötzlich sehr finster aus. "Was glauben Sie eigentlich", fuhr sie fort, "was hier gelaufen ist? Mein Mann hat mich vor zwei Jahren im Stich gelassen. Ich habe das Leben mit ihm längst ad acta gelegt. Meine Trauer hält sich also in Grenzen", sagte sie und zeigte zwei Reihen blitzendweißer Zähne. Ihre Lippen waren offenbar trocken und sie fuhr sich mit der Zunge darüber, als sei sie gerade dem heißen Sand eines Mittelmeerstrandes entkommen. Dabei zuckte sie ganz leicht die Achseln, als wolle sie sagen, daß jeder Urlaub mal zu Ende gehe.

Offenbar befand sie sich zuletzt auf dem Kriegspfad mit ihm. Dann hat sie auch die Nachrufe auf ihren Mann mit einer gewissen Freude gehört, ging mir durch den Kopf. Schnell wurde mir klar, daß hinter ihrer hauchdünnen Fassade möglicherweise die Narben einer unschönen Vergangenheit liegen. Ich blieb stumm, da war nichts, was ich hätte sagen können.

Das folgende Schweigen lastete schwer an dem Eingang.

Immer wieder sagte ich mir: Mit Emotionen darfst du dich nicht aufhalten. Emotionen stören nur den Killerinstinkt!

"Und?" fragte sie schließlich und fuhr sich mit der Zunge über die Unterlippe. Doch dann senkten sich ihre Mundwinkel, von dem angedeuteten Lächeln zu einer fordernden Frage: "Und?"

Ich atmete geistig tief durch, ehe ich losplapperte: "Wo haben sich Oliver und ihr Mann kennengelernt?" Ich fühlte mich ziemlich unwohl in meiner Haut, meine ganze Entschlossenheit schien mir abhanden gekommen zu sein. Mühsam fuhr ich fort: "Im Fernsehclub?"

Aus einem Fernseher drang Beifall, den sie übertönte, "Wie soll der heißen? Fernsehclub? Kenne ich nicht."

Es hatte wenig Sinn, ihr etwas vorzumachen, fand ich. Also erzählte ich ihr das meiste, von dem, was ich an dem Abend erlebt hatte. Während ich sprach, kratzte ich mich an der Nase, holte tief Luft, kratzte mich am Kinn und blinzelte ein paarmal. Sie stellte keine Zwischenfrage. Die ganze Zeit kämpfte ich mit meiner Unsicherheit, bis ich mich in eine Frage flüchtete: "Stört Sie's?"

"Was?"

"Daß ich rauche?"

"Keineswegs." Dabei spielte ein zartes Lächeln um ihre Lippen.

Einen Moment hielt ich den Atem an und starrte sie an. Waren es ihre Haare? Oder ihre Blindheit? Waren es die hohen Wangenknochen? War es vielleicht Mitleid, oder war ich einfach down und für den Anblick einer attraktiven Frau dankbar? Ich wußte es nicht, ich wußte nur, daß ich diesen Kliegel nicht verstand. Ich bekam es mit der Angst zu tun. Nein, ich wollte nicht eine Frau begehren, die mir etwas bedeuten könnte. Da zog ich doch lieber Nutten vor. Schnell unterdrückte ich diese Gedanken und steckte mir eine Zigarette an. Nach dem ersten Zug schluckte ich heftig und meine Stimme umwölkte sich gedankenvoll: "Ich..ich ... war mit Oliver eng befreundet", stammelte ich und blies eine Rauchwolke aus.

Ihr Mündchen spitzte sich zu einer garstigen Schnute: "Das haben Sie vorhin schon mal gesagt."

"Habe ich wohl vergessen."

"Kann schon mal passieren", entgegnete sie. "Sie sehen mich schon die ganze Zeit so an, aber ich glaube nicht, daß sie mich sehen."

Ich stand da wie vom Blitz getroffen. Mein Kopf zuckte nach vorne: "Was meinen Sie damit?" Zum Glück schaffte ich es, nicht zu stottern.

Sie schwieg und war in Gedanken versunken. Schließlich tauchte auf ihrem Gesicht ein unverschämtes Grinsen auf, als wolle sie sagen: Sie sollten besser auf sich aufpassen.

Ich lächelte - und bekam eins auf die Mütze. "Was wollen Sie eigentlich von mir?" fragte sie schroff.

Ich verkniff mir eine spontane Antwort und führte eine neue Zigarette an die Lippen. Das war eine Verlegenheitsgeste, denn ich hatte überhaupt nicht vor, schon wieder zu rauchen. Es kam mir in den Sinn, daß ich zuviel rauchte. Endlich besann ich mich wieder auf den Grund meinen Herkommens. "Also gut, ... äh ... hat die Polizei schon mit Ihnen gesprochen?"

"Sie hat gestern morgen hier geklingelt und mir gesagt, was passiert ist. Aber da waren die Nachrichten schon voll damit." Jetzt sah sie aus, als sei ihr kalt und sie warte nur darauf, daß sie jemand wärmen würde.

Ich hatte den Eindruck, daß sie ein wenig mit mir spielte. "Ich nehme an, daß Sie schon wissen, daß ... "

Der lächelnde Ausdruck verschwand aus ihrem Gesicht: "Daß was?"

Ich nahm einen langen Zug aus meiner Zigarette: "Daß seine Leiche noch nicht gefunden wurde." Ganz spontan kam mir ein Gedanke. "Glauben Sie, daß er noch lebt?" Im Geist trat ich mir in den Hintern.

"Sie fragen zuviel, alles klar?" fragte sie und drückte mir einen langen Fingernagel auf die Brust. "Bei dem bloßen Gedanken daran, daß er noch leben könnte, kommt mir die Galle hoch."

Der letzte Satz kam derart entschlossen, daß ich instinktiv einen Schritt zurückwich. "Ich weiß nicht ... Wußten Sie, daß gegen Ihren Mann an dem Abend eine Attentatsdrohung vorlag?" Zwischen den Worten stieß ich aus dem Mundwinkel eine Rauchwolke aus.

"Gegen meinen Ex-Mann." Die blinde Frau runzelte die Stirn und hob ihre zarten Finger ans Gesicht, eine Geste stummer Überlegung. Im nächsten Moment nahm sie eine Verteidigungshaltung ein, sie kreuzte ihre Arme vor dem Körper. "Was wollen Sie damit sagen?" fragte sie, und es lag ein Hauch von ... Scham in ihrer Stimme.

Für ein paar endlos lange Sekunden tauchte hinter Tessa Kliegel ein Mann auf, der um einige Jahre jünger wirkte als sie. Seine wachsamen Augen musterten mich von oben bis unten. Ich fixierte ihn ebenfalls. Sein gebräuntes Gesicht war von einer frischen Rasur leicht gerötet. Seine Oberlippe zierte ein sorgsam gestutzter Schnurrbart. Das lockige Haar war noch feucht. Aber die Frisur ließ erkennen, daß er es alle zwei bis drei Wochen stylen ließ. Der Mann war groß gewachsen und stämmig. Trotzdem war es eine jugendliche, attraktive Gestalt. Alles an dem Typen wirkte muskulös. Ich nahm an, daß er sofort zuschlagen würde, wenn nur jemand den richtigen Knopf drückt. Für sein Outfit hätte ich bestimmt zwei Monatsmieten hinlegen müssen. Er war gekleidet mit einem schwarzen Anzug, der nach dem Stall von Armani roch, und dessen Schnitt seine breiten Schultern zu betonen wußte. Sein weinrotes Hemd stand ihm am Hals offen. Von Kopf bis Fuß war er der Typ reicher Immobilienmakler. In der Hand hielt er einen Pilotenkoffer, vielleicht zehn Jahre alt, wenn nicht noch älter. Ein breites Grübchen-Lächeln erschien auf seinem Gesicht, als er einen durchdringenden Blick in meine Richtung schickte. Einen langen Moment sahen wir uns an wie Botschafter aus zwei Ländern, die mindestens zehn Zeitzonen voneinander entfernt liegen. Als er dann seiner Freundin über das Haar strich, wurde mir klar: Der Gorilla bot ihr bestimmt Hilfe und Trost rund um die Uhr an und mußte nicht mit seiner Abberufung als Samariter rechnen.

Dieser Gedanke versetzte mir einen Stich. Am liebsten wäre ich zu ihm hingegangen und hätte ihn umgebracht. Aber das ging nicht.

Ich fuhr mir mit den Händen durchs Haar. "Äh." Ich war an sich keiner, der Probleme mit der Wortwahl hatte. "Nichts ... Äh ... Aber inzwischen habe ich erfahren, daß die beiden befreundet waren", sagte ich mit schmollendem Unterton.

"Wer war befreundet?" Es war, als würde auch der westfälische Knallkörper am Pranger stehen.

"Mein Freund und ihr Ex-Mann," sagte ich energisch. Denn ich hatte nicht vor, mich von meiner Neugierde abbringen zu lassen.

Die Frau kicherte in sich hinein und ihre Stimme bekam eine andere Farbe: "Befreundet? ... Ja, so kann man es auch sagen." Nach einer Pause stützte sie beide Hände in die Hüften und fragte: "Was wissen Sie über Wolfgang Kliegel?"

"Wir haben persönlich nie miteinander gesprochen." Ich wollte nur zu gerne wissen, was für ein Typ von Frau das war, der sich mit einem Politikfuzzi eingelassen hatte.

"Hab ich mir gedacht."

Meine Augen saugten sich in der schwachen Flurbeleuchtung an ihrer Kommode fest. Das Möbelstück ging fast in einem Dschungel von Gummibäumen und Farnen unter. Oben lagen in einem ovalen Weidenkorb die "Ruhr Nachrichten". Was macht eine Blinde mit einer Zeitung??? Doch bevor ich sie fragen konnte, hörte ich sie schon reden: "Jetzt haben Sie genug von meiner Zeit in Anspruch genommen."

Einen Moment schwieg ich, dann wollte ich wissen: "Wie komme ich von hier wieder weg?"

"Weg?" fragte sie erstaunt. "Haben Sie kein Auto?"

"Nicht mehr."

"Dann tun Sie wenigstens etwas für die Umwelt. Nehmen sie den Zug. Links um die Ecke geht es zum Bahnhof. Aber ich habe keinen Fahrplan hier."

"Macht nichts, Frau ... " Ich hielt inne, als müßte ich im hintersten Winkel meines Gehirns ihrem Namen nachjagen. "Kliegel, nicht wahr?"

Sie ließ sich nicht aus der Fassung bringen: "Genau, Ronny. Genau."

Die Frau machte mich an. Und tat mir auch leid. Eine eigenartige Mischung.

Etwas hilflos verabschiedete ich mich, und Tessa Kliegel schloß sanft die Haustür hinter mir und ich trabte davon.

Ich war wütend, ohne zu wissen weshalb.

***

Ganz in der Nähe war ein kleiner Vorortbahnhof. Mit einem Nahverkehrszug zuckelte ich um 19.18 Uhr nach Dortmund zurück, aber meine Gedanken waren noch in Derne, wo das Puzzle begann Gestalt anzunehmen. Ich dachte zuerst an Olivers Mutter. Mütter sind eine gute Informationsquelle, hatte ich mal gelesen. Nicht nur mit dem, was sie sagen, sondern auch mit dem, was ihr Gesicht sagt ... Ich starrte aus dem Fenster, sah ein gefleddertes Stahlwerk vorbeiziehen und ließ meine Gedanken freien Lauf ... Warum wollte Oliver nicht, daß ich ihn begleite? Eine Frage, die ich mir noch nie gestellt hatte. Jetzt war sie mir plötzlich eingefallen, und sie war mit einem Mal von großer Bedeutung. Alles in allem war das eine völlig neue Situation für mich. Wie auch das Treffen mit der Witwe. Erstens war ich Blinden nur selten begegnet. Und zweitens waren meine

Erfahrungen mit tollen Frauen auch äußerst begrenzt ... Ich schlug einige Male mit der rechten Faust in meine linke Handfläche und schob diese Gedanken vor mir her.

Jetzt wirbelten in meinem Kopf die Erinnerungen an Birke, Oliver, seine Mutter, die Blinde und ihren Lover durcheinander. Dazu kam noch die schreckliche "Bild am Sonntag". Ich wollte mich ablenken und schlug den Sportteil der "Westfälischen Rundschau" auf, die auf einem Sitz lag. Aber da stand nichts über das Freitagabendspiel, bei dem das Schalker Kollektiv die Kölner Laienspieltruppe wieder einmal auseinandergenommen hatte.

Eine Zeitlang saß ich nur da und starrte in die Luft. Dann machten sich die Anstrengungen des Tages mit aller Wucht bemerkbar. Ich fühlte mich matt und ausgepowert und kniff die Augen so fest zu, daß ich Lichtblitze sah.

16

Alles in allem ist es verdammt gut gelaufen, wesentlich besser, als ich erwartet hatte, dachte ich schließlich, als der IC "Kieler Förde" um 19.41 Uhr von Dortmund nach Köln abfuhr. Ein Sommerregen trommelte gleichmäßig gegen die Scheibe ... Was ist mit dem Fernsehclub? ... Du darfst nicht an diese Tessa denken, befahl ich mir ständig -

und dachte an sie.

Ich mußte auch an ihren Lover denken, wie er mit einem dreckigen Grinsen, so breit wie der Rudolfplatz in Köln, durch den Flur gestiefelt war. Ich würde ihm gar zu gerne den Boden unter den Füßen wegziehen wollen.

Nach einigen Sekunden spürte ich, wie ich immer unruhiger wurde. Ich schob die Gedanken beiseite und es wurde mir schnell klar: Die Schwärmereien sind im Grunde nur ein Formbrief. Wie jeder Formbrief war er nicht an einen bestimmten Menschen gebunden, sondern nur an die Vorstellung von einem Menschen. Ich kroch in mir zusammen vor dieser Erkenntnis. Das war die Wahrheit, die ich nicht länger verdrängen konnte.

Bei dem Versuch, eine "Gitanes" herauszuholen, verstreute ich die ganze Packung auf dem Boden. Ich mußte mich bücken, um die Zigaretten wieder einzusammeln. Ich setzte mich wieder hin - und vergaß das Feuer in meiner Tasche.

Neben mir saß inzwischen eine schlicht aussehende Frau mit angegrautem Haar, die in die "Westfalenpost" vertieft war wie ein Meßdiener in das Gesangbuch.

Schließlich fand ich das Feuer und steckte die Zigarette an. Kaum hatte ich einen Zug gemacht, tippte mir jemand auf die Schulter. Blitzschnell drehte ich mich um, so daß die Finger, die mir jetzt an den Hals klopfen sollten, in meinem Gesicht landeten. Hinter mir hockte ein Mann mit Knollennase und einem dümmlichen Grinsen. Das Gesicht hatte den selbstgefälligen

Blick eines Menschen, der sich selbst viel zu wichtig nimmt. Eine große wabbelnde Masse hing über den Bund seiner "C&A"-Hose. Er zeigte auf das Schild über meinem Platz. "Hier ist das Rauchen verboten!" sagte er und bewegte das wabbelige Fleisch in seiner Visage. Versoffene, streitsüchtige Augen bohrten sich in meine. Dieser Anblick und sein 40prozentiger Atem ließen ahnen, daß er noch einiges in petto hatte.

Einen Moment lang herrschte Stille, während der Mann mit den Fingern knackte und auf mein Handeln zu warten schien.

Du Arsch! Mühsam schluckte ich es hinunter. Wahrscheinlich hatte die Zunft der bahnreisenden Arschlöcher seinen Aufnahmeantrag angenommen. "Korrekt", sagte ich frostig.

Der Typ glotzte mich an, als ob ich nicht alle Tassen im Schrank hätte.

Ich fixierte ihn aus kühlen Augen und fügte "Sehr freundlich" hinzu, aber jeder konnte mir ansehen, daß bei mir in diesem Moment Freundlichkeit nicht angesagt war.

In seinem Gesicht spiegelte sich Erstaunen: "Sind Sie nicht der aus der Zeitung?"

"Nein!" Ziemlich wütend nahm ich die Zigarette aus dem Mund und wollte sie nach draußen werfen. Doch das Fenster ließ sich nicht öffnen. Die Frau neben mir ließ ihre Gazette sinken und zeigte auf den Aschenbecher, denn ich dann benutzte.

Der Mann wandte sich mit empörter Miene ab.

Ich nahm mein Notizbuch zur Hand, schrieb "Dr. Kliegel" auf einen Zettel und unterstrich den Namen zweimal. Vielleicht hat ihn irgend jemand erpreßt! Ich war mir fast sicher, daß mein Instinkt mich nicht trog. Er sagte mir, daß ich ganz nahe an der Wahrheit war. Meine Gedanken gingen auf Wanderschaft. Dann sah ich eine nackte Frau vor mir und spürte ihre warmen, drängenden Lippen. Ich fühlte ihre Arme, die sich um meinen Hals schlossen. Wer war diese Frau? Ich konnte ihr Gesicht nicht sehen - und wollte es auch nicht.

174

Gelangweilt blickte ich aus dem Fenster. Mit jedem Kilometer wurde ich müder, aber es wuchs auch meine innere Unruhe. Draußen flog ein Sprengel namens Wattenscheid vorbei. Kurz danach klang der Lautsprecher. Ich hörte ihn nur ganz verzerrt. Einige Wolken türmten sich vor der blasser gewordenen Sonne, als wir Essen erreichten. Ich schloß die Augen und preßte die Lider zusammen und spürte, daß sie schon wieder ein wenig feucht waren. Es waren diesmal Tränen der Müdigkeit. Der Schlaf fing an, sich einzustellen.

Ich gab der Erschöpfung nach.

Um 20.50 Uhr drang eine mütterlich klingende Stimme durch den Waggon: "Meine Damen und Herren, der nächste Halt ist Köln. Die Anschlußzüge entnehmen Sie bitte der Lautsprecherdurchsage ." Mit einiger Anstrengung, wie jemand, der eine Barriere durchbricht, gelang es mir, wach zu werden und mich zurechtzufinden.

Ja, ich war wieder zu Hause.

Aber da war kein Gefühl der Heimkehr. Keine Freude über die Aussicht, wieder in der eigenen Wohnung zu sein. Ich zitterte, mein Gesicht in der Scheibe war aschfahl. Ich wollte nach weiß der Teufel wohin gehen.

Ich war ausgefüllt mit ... Leere

Mühsam stand ich auf und verließ den Zug.

Die Bahnhofsvorhalle war längst von einer Kollektion von Obdachlosen, Nutten und Stadtstreichern in Beschlag genommen. Ich tat so, als würde mich das alles nichts angehen. Ich fragte mich, was die Leute eigentlich an Köln so toll finden.

Ich ging nach draußen. In der Luft stand ein leichter Hauch von Abfall - es stank ziemlich unangenehm. Es nieselte ganz leicht, dazu war es ziemlich kühl. Eine Nacht, so wie Krimischreiber in aller Welt sie mögen.

Aber ich nicht.

Der Gedanke an das Alleinsein nagte an mir wie eine halbverhungerte Ratte. Wie von Geisterhand gesteuert ging ich mit unsicherem Schritt zurück in den Bahnhof und steuerte "Beim Zappes" an. Der Laden war ziemlich voll. Aus dem Lautsprecher eines alten Radios in der Ecke lief: "Bei mir ziehst Du das große Los" von Melina Mercouri. Niemand hörte wirklich hin, aber alle hatten eine prima Entschuldigung, möglichst wenig zu reden. Ein Typ wie ein Gefrierschrank glotzte mich an. Monster gibt es auch im Rheinland. Ich schaute weg. Ein Pärchen verließ mit erwartungsvollen Blick den Laden, als ich mich gerade an die Theke hockte. Die beiden waren ein lebhafter Kontrast. Das Mädchen war höchstens zwanzig Jahre alt und hatte seine langen kastanienbraunen Haare mit einem Gummi zusammengebunden. Es trug ein schwarzes Röhrenkleid, das gerade mal zwei Zentimeter oberhalb ihrer Brustwarzen anfing und fünfzehn Zentimeter unterhalb ihres Schrittes endete. Mir gingen sofort die Lampen an - doch dann musterte ich ihren Begleiter genauer. Er war etwa vierzig Jahre alt und mit dem bodenständigen Flair eines Postzustellers in Wanne-Eickel gesegnet. Der Typ hatte eine Adlernase, sein graues Haar war bereits sehr dünn und sein freudloser Konfirmationsanzug stammte von der Stange. An der Tür drehte er sich noch einmal um und nahm dankbar die Huldigungen der weniger Erfolgreichen entgegen. Wut kroch in mir hoch. Ich dichtete den beiden ein paar perverse Vorlieben an. Natürlich ließ ich mir meine Eifersucht nicht anmerken. Ich tat so, als ob mich die übrigen Gäste des Ladens, die gefüttert und getränkt wurden, wahnsinnig interessierten. Aber im Augenwinkel beobachtete ich die beiden. Plötzlich spürte ich etwas wie Verlangen - nicht nach dieser Frau, sondern nach einem zu mir gehörenden Menschen, der mich lieben konnte.

Ich merkte, wie ich dabei noch wütender wurde und rang nach Luft. Sofort bereitete sich in mir eine seltsame Unruhe aus.

Zum Glück entdeckte ich dann im Spiegel ein ausgetrocknetes altes Paar, das rechts von mit saß und ab und zu feindselige Blicke wechselte.

176

Ich nahm meinen Blick vom Spiegel und sah mich an der Theke um. Links neben mir trank ein Mann Kaffee, rauchte eine "Players"" und schnippte die Asche in die Untertasse. Ganz langsam arbeiteten sich meine Augen an ihm hoch. Er war um die Siebzig, hatte eine Stirnglatze und ging leicht in die Breite.

"Auch nicht schlecht", sagte ich.

Er guckte mich an, als wäre ich nicht ganz dicht im Kopf. Mit dramatisch gefalteter Dackelstirn musterte er mich und fragte: "Du arbeitest für sie, was?"

Ich konnte mir beim besten Willen nicht vorstellen, was er meinte. "Hä?"

"Du arbeitest für sie", wiederholte er.

Ich blickte auf seine Hose, die so mit Farbe vollgeschmiert war, daß ich nicht mehr erkennen konnte, was für eine Farbe sie ursprünglich gehabt hatte. "Für wen?" fragte ich.

"Weißt Du," sagte er im whiskeybeseelten Koma, "Zeugen Jehovas, Domforum oder Bild-Zeitung sind alle eins."

Das brachte mich für einen Moment total aus dem Konzept, denn ich wußte nicht, was er meinte. Also schenkte ich mir eine Antwort und drehte mich weg. Ich spürte selbst, daß ich die Zähne aufeinander biß. Mit "Red Bull" wollte ich mich ablenken, aber ich mußte auf Whiskey ausweichen, da hier noch nicht die Neuzeit ausgebrochen war. Hinter der Theke stand eine plumpe, matronenhafte Frau, die ihren fetten Körper in ein blaßblaues Sommerkleid gezwängt hatte. Ich mußte aufpassen, daß ihre Wabbelarme mich nicht zum Lachen brachten, und ich zwang mich, an etwas Trauriges zu denken. Das Traurigste, was mir in den Sinn kam, war Oliver. Meine Gedanken flogen nach Marienburg, sprangen nach Hannover, und ich bemerkte eine stechende Angst. Plötzlich brummte die Dicke in meine Richtung: "Was?" "Einen Whiskey will ich!" Etwas gelangweilt nahm sie ihre brennende Zigarette aus dem Aschenbecher, inhalierte tief und legte sie an ihren Platz zurück. Ich trommelte nervös mit den Fingern. Seelenruhig ließ sie ein paar Eiswürfel in ein Glas fallen, stellte ein Glas vor mir ab und schenkte das Zeug ein.

Meine Hand zitterte, als ich das Glas hob und den "Jim Beam" in einen Zug hinunterschüttete. Der Alkohol begann schnell zu wirken. Meine Muskeln entspannten sich, und ich bestellte noch einen. Warmes Feuer rann durch meine Kehle. Ich trank hastig, obwohl ich wußte, daß mir in ein paar Stunden schlecht sein würde. Endlich war die melancholische Stimmung ausgeschaltet. Ich drückte meine halbaufgerauchte "Gitanes" aus und nahm mir gleich die nächste. Neben mir dösten jetzt zwei Typen, von Kölsch und billigem Fusel betäubt, vor sich hin. Ich schmunzelte - dann beging ich einen Fehler und schaute zur Tür. In dem Glas spiegelte sich mein Gesicht. Zum ersten Mal war ich mir nicht mehr sicher, ob ich ein attraktiver Typ war oder nicht vielmehr einer, dessen Züge im einzelnen gut geschnitten, letztendlich aber doch nicht zusammenpaßten wie die nicht sorgfältig zusammengelegten Teile eines Puzzles. "Ärgerlich", brummte ich und befeuchtete meine Lippen. Sie fühlten sich so trocken an, als würden sie jeden Augenblick reißen. Ungewollt fiel mir alles ein, was ich an diesem Tag erlebt hatte. "Scheiße," brummte ich und führte sofort meine Hand zum Mund.

"Was meinst Du damit?"

Ich war in meinen Gedanken so weit abgehoben, daß ich erst gar nicht schnallte, daß ich gemeint war. Nach einigen Sekunden blickte ich zur Seite. Neben mir stand nun ein massiger Mann mit breiter Brust. Ende dreißig vielleicht. Den Kopf nach vorne gebeugt, sah er aus wie ein Köter, der zum Sprung ansetzen will.

Ich war einfach nicht in der Stimmung für eine solche Konversation. "Nichts", zischelte ich ihm zu und widerstand der Versuchung, mir noch etwas zu bestellen. Auch war die Pinte inzwischen erfüllt von einer Unruhe, die so beängstigend wirkte, daß ich beschloß, hier bald die Mücke zu machen. Immer mehr junge Leute schlängelten an mir vorbei, als ob es keine andere

Kneipe in ganz Köln gäbe. Hinter mir hörte ich eine Fistelstimme fragen: "Weißt Du eigentlich, wie es ist, wenn man einsam ist?"

Ja, ich wußte es nur zu genau.

Ich legte die Handfläche um das Glas, in dem nur noch wenige Tropfen der braunen Flüssigkeit waren. Meine Gedanken wanderten weiter. Es gab noch einen Menschen in meiner Kreisbahn, der völlig alleine war. Eine Frau. Jetzt war für sie nur noch eine gähnende Leere da. Irgendwie hing sie mit meiner zusammen ...

Und genau aus diesem Grund muß ich die Finger von ihr lassen, beschloß ich wieder einmal. Und wußte im nächsten Moment: Wenn sie mich treffen wollte, würde ich nach Wer-weiß-auch-immer fahren.

***

Auf steifen, gefühllosen Beinen ging ich ein paar Minuten später zur U-Bahn. Mittelschwere Gewichte schienen an meinen Knochen zu hängen. Alles lief in Zeitlupe ab, so als würde ich unter Wasser gehen.

Nach zwei Minuten hielt eine "18": Barbarossaplatz.

Und genau dort landete ich.

17

Das Mondlicht hatte inzwischen einen warmen Vanilleton, aber in mir war längst stockfinstere Nacht, als ich die Bahn stolpernd unter den mißtrauischen Blicken der Leute auf dem Bahnsteig verließ. Von der Haltestelle ging ich in Richtung Westen, überquerte den Hohenstaufenring und bog nach links ab. Krampfhaft versuchte ich, geradeaus zu gehen. Plötzlich schien mir alles weh zu tun. Alles - mein Rücken, meine Beine.

Außerdem tränten meine Augen, und ich sah den nassen Asphalt der Luxemburger Straße nur verschwommen. Eine angstvolle Spannung begann sich wie ein Ring um mein Herz zu ziehen. "Vobis", "Locus", "Il Piatto" - die Reklameschilder zogen unscharf an mir vorbei.

Einige Meter vor meinem Haus blieb ich stehen, horchte.

Nichts.

Niemand.

Blitzschnell drehte ich mich um. Niemand ist hinter dir her, meldeten meine Augen. Aber ich spürte den Blick, der auf mich gerichtet war.

Du spinnst! sagte ich lautlos und ging weiter.

Um Viertel nach elf stand ich vor meiner Haustür und holte den Schlüssel aus der Tasche.

"Ronny Berghagen?"

Langsam, vom Alkohol merklich gebremst, drehte ich mich um: "Ja?". Im Halbdunkel erkannte ich nicht viel mehr als die Silhouette eines Mannes. "W-w-w-as i-i-ist?" Ich hatte noch nie gestottert, aber jetzt fing ich an.

"Halten Sie sich da raus! ... Haben Sie mich verstanden?"

"Ja", bestätigte ich mit einer mühsam beherrschten Stimme. "Was meinen Sie überhaupt?" Das Sprechen strengte mich an, und ich kriegte nur zu gut mit, wie meine Stimme anschlug.

"Das wissen Sie genau", sagte er und lachte tief und gutural.

"I-i-i-ch d-d-denke, d-d-daß Sie den F-f-falschen meinen."

Aber darüber dachte er nicht nach, sondern handelte und trat mir ins Knie. Ich schrie auf vor Schmerz und Angst. Ein greller Schmerz schoß durch meinen Körper, und ich fiel hin, dabei schlug mein Kopf hart gegen die Scheibe. Kaum hatte ich dem Boden die Ehre gegeben, bohrte sich ein Knie in mein Kreuz.

"Was wollen Sie?" keuchte ich mit einer sich überschlagenden Stimme.

Alles ging so schnell, daß ich nur unbestimmt bemerkte, was passierte.

Eine Pistole bohrte sich in meine Schläfe. Dann bekam ich einen Schlag auf den Kopf. Aber ich empfand zunächst keinen Schmerz, da ich mich in einem Schockzustand befand.

"Wenn Du weiterhin umherschnüffelst, verpasse ich Dir einen zweiten Nabel", war das letzte, was ich hörte, bevor ich außer Gefecht gesetzt wurde. Grell weiße Blitze zuckten für Bruchteile von Sekunden in meinem Kopf, trafen sich hinter meinen Augen, erloschen jäh und zogen mich mit in die Dunkelheit hinab.

Als ich wieder wach wurde, hatte ich rasende Kopfschmerzen und führte zunächst meine Ohnmacht darauf zurück, daß mir nach dem Whiskey schlecht geworden war. Mir tat alles weh. Meine Rippen stachen und ich schmeckte Blut. Dann dämmerte mir, was passiert war. Ich bekam es mit der Angst zu tun und rappelte mich mühsam auf. Wieder Schmerzen, dazu eine Übelkeit. Im nächsten Moment erbrach ich Galle und Whiskey. Endlich huschte ich in den Hausflur und rieb mir das Gesicht. Mein ganzer Körper war in Schweiß gebadet, und mein Herz warf sich gegen meine Rippen.

Erst hinter der sicheren Tür holte ich Luft und zögerte einen Moment, ich fühlte mich einfach nicht bereit, hinaufzugehen. Ich bestand nur noch aus Angst. Und meine Gedanken fuhren wieder Achterbahn. In meinem Hirn dämmerte Frust, gepaart mit schrecklicher Neugierde.

Wer war das vorhin?

Schließlich ging ich doch hinauf.

Auf der Treppe schlugen meine Kiefer klappernd aufeinander, und kalter Schweiß lief mir ins Genick.

So weit so gut, hämmerte ich mir beim Aufschließen der Tür ein. Ich lebe noch.

Mein Blick war verschwommen, als ich den Anrufbeantworter sah, der neben dem Telefon stand. Das aufgeregt aufblinkende rote Licht zeigte an, daß sich acht Nachrichten auf dem Band befanden. Ich drückte die Wiedergabetaste und sah mich um. Meine Wohnung sah leer und leblos aus wie eine Gefängniszelle. Meine Augen füllten sich mit Tränen, und ich begann zu schluchzen

"Hier ist Werner Schlagehuhn von Bild. Ich rufe Sie wegen der Geschichte in der BamS an. Das sind Sie doch, Herr Berghagen?` Wir würden uns gerne mit Ihnen unterhalten. Bitte rufen Sie uns an." Der Anrufbeantworter gab einen Piepston von sich. "Lieber Herr Berghagen, hier ist Brigitte Rappel vom Express. Wir kennen uns doch gut Rufen Sie das Brigittchen zurück?" Nein! Ein Piepston, dann: "Hier ist der Friedhelm Dormagen. Ich arbeite für adn. Wir müssen miteinander reden. Es ist dringend, es ist ganz dringend. Bitte rufen Sie mich sobald wie möglich zurück ... " Ich schaltete den Kasten ab und den Fernseher an. Jetzt würde sogar Heulsuse Schreinemakers eine Chance bekommen. Aber nicht so ein Scheiß alter Film. Schnell drückte ich wieder die Aus-Taste.

So sehr ich mich auch bemühte, ich fand keine Antwort auf die eine brennende Frage: Wer?

Minuten vergingen und vergingen und vergingen.

Im Dunkeln holte ich aus dem Schrank eine halbvolle Flasche "Garvey". Vor lauter Angespanntheit leerte ich sie in einem Zug, ohne darüber nachzudenken. Der Sherry gurgelte in meiner Luftröhre, und ich wurde von einem Hustenanfall geschüttelt. Keine "alte Dame" klopfte mir fürsorglich auf den Rücken.

Niemand.

Ich fühlte mich schrecklich einsam und dachte daran, ich könnte viel glücklicher sein in einem alten Haus in der Eifel, umgeben von blühenden Obstbäumen und endlosen Wäldern. Aber das hatte nur Sinn für eine richtige Familie. Nicht für einen Single. Die Vorstellung, daß ich in einigen Stunden wieder Fischfilet Broccoli in den Backofen schieben würde, machte mich krank. Das Essen war nicht schlecht, aber es tröstete mich nicht darüber hinweg, daß ich es allein genießen müßte,

höchstens in Gesellschaft des "Mittagsmagazins" vom WDR.

18

Der Montag war regnerisch und kühl. Mit einem schweren Schädel wurde ich wach und wußte, daß ich heute starke Kopfschmerzen bekommen würde. Die Blessuren an meinem Körper spürte ich kaum noch, aber die emotionalen Blessuren hatte ich über der Frage, was die Bullen wohl am Aachener Hauptbahnhof gemacht hatten, nicht vergessen. Ich blieb noch etwas liegen, vergaß die Bullen und mußte plötzlich daran denken, daß ich vor ein paar Stunden fürchterlich geheult hatte.

Wann hatte ich zuletzt geweint? fragte ich mich. Es mußte Jahre her sein, vielleicht auch schon Jahrzehnte. Ich konnte mich nicht mehr daran erinnern. Und an den Grund schon gar nicht. Aber gestern war einfach zuviel auf mich eingebrochen.

Ich hörte mich atmen. Es war ein asthmatisches Atmen der Angst, wie ich es noch nie gehört hatte.

Aber ich war überhaupt nicht bereit, dem neuen Tag ins Auge zu sehen. Das gesamte Blut meines Körpers hatte sich in meinen Füßen gesammelt.

Überhaupt war ich ein Mensch, der nur allmählich zu sich kam, und den Mantel der Nacht sehr langsam auszog, um den Schock der kalten Wahrheit etwas abzumildern. Und an einem Tag wie heute tat auch noch der Kater das Seine.

Es war entsetzlich.

Schließlich kam ich doch noch hoch und ich schluckte eine Valium. Nach dem Duschen konnte ich meine Turnschuhe nicht finden. "Verdammt", schrie ich und warf mich wieder auf die Matratze.

Wer hat es auf mein Leben abgesehen?

Nach einigen Momenten verebbte der hysterische Anfall, und ich kam auf die Idee, endlich mal wieder etwas für mein leibliches Wohl zu tun. Ich stand auf und trank zwei Tassen schwarzen

Kaffee, rührte aber kein Stück Brot an. Der Gedanke an Frühstück schnitt mir den Magen ab und machte mich noch hektischer.

Doch meine Wohnung war zum Auf- und Abgehen viel zu klein. Ich stellte mich ans Fenster und fühlte mich lethargisch und schwer. Das kam vom Sherry.

Klar, der Sherry war schuld.

***

Die nächste Stunde verbrachte ich am Telefon mit Erkundigungen nach dem "Polo". Um Viertel nach elf trug ich meinen dröhnenden Kopf auf die Luxemburger Straße hinaus. Ich mußte nach Bickendorf fahren. Es kam mir merkwürdig vor, daß ich ganz alltägliche Dinge noch immer tat, obwohl mein Leben so aus den Fugen geraten war.

Irgendwie fühlte ich mich eigenartig entrückt, als trennte mich eine dicke Glasscheibe von meiner Umwelt. Es war, als hörte ich das Klingeln der Straßenbahnen am Barbarossaplatz nur gedämpft, als sähe ich die Reklame von "Vobis" durch einen Schleier.

Ich trug wie fast immer Jeans und ein dünnes T-Shirt - und war viel zu leicht angezogen, aber ich kriegte gar nicht mit, wie frisch es war. Das Valium hatte mich in eine warme Decke gehüllt. Aber den Kopfschmerz konnte es nur unzureichend eindämmen. Er wurde stärker, und in meinem Schädel herrschte längst ein dumpfes Dröhnen.

Als ich an der "Stadtsparkasse" vorbeikam und in die Scheibe blickte, erschrak ich über meinen Anblick; wie blutleer meine Lippen waren, wie bleich mein Gesicht war. Das Angewiesensein auf Straßenbahnen war aber nicht das einzige, was mir Sodbrennen bereitete. Langsam, aber stetig, kämpfte sich ein nagendes Gefühl in mir hoch. Wie ich meinen Job haßte ... Ich haßte es, Anweisungen von Schwachköpfigen entgegenzunehmen und dabei noch freundlich zu lächeln. Ich haßte es, mit Vollidioten zusammenzuarbeiten. Ich fand meinen Job so attraktiv wie den des Kassierers im Hallenbad von Köln-Chorweiler. Aber ich war auf ihn angewiesen. Vor ein paar Tagen hatte ich noch das Gefühl gehabt, mein Leben laufe ohne jede Perspektive. Jetzt hatte ich eine - und die hieß: Überleben!

Ich stieg in eine "15" ein. Als ich plötzlich einen Druck auf der Blase spürte, überfiel mich auf der Stelle wieder dieses Gefühl der Beklommenheit, das mir neuerdings immer zu schaffen machte, wenn ich aufs Klo mußte.

Beim Umsteigen am Friesenplatz wurde ich richtig sauer: Ich mußte eine Etage hoch, aber die Rolltreppe lief nicht, und einen Aufzug gab es nicht. Also mußte ich die Treppe nehmen. Zum Glück gab es einen Handlauf, an dem ich mich festhalten konnte. Ich schwankte, fast als sei ich betrunken. In Wirklichkeit hatte ich seit der Schreckensnacht Mühe, meine Bewegungen richtig zu koordinieren. Ich gab mir alle Mühe, die verwunderten Blicke der Leute auf dem Bahnsteig zu ignorieren. Außerdem vermied ich es, hier, zur Toilette zu gehen. Ich hatte kein Kleingeld für eine Kabine dabei. Was sollte ich tun? Eigentlich brauchte ich gar nicht mehr zu pinkeln. Gut so! Ich kaufte mir "Punkt!". Von der Titelseite sprang mir Birkes Foto in die Augen. Hat diese Frau zwei Menschen auf dem Gewissen? lautete die Schlagzeile. Eine seltsame Hitze ergriff von meinem Kopf Begriff, als ich am Kiosk die Story überflog.

Auf dem Bahnsteig mußte ich mich wieder bemühen, irgendeinen Punkt genau zu fixieren, um nicht vom Schwindel übermannt zu werden. Nach einigen Minuten kam eine Bahn. Es war in der "4" ziemlich stickig, doch ich fror plötzlich und stöhnte. Ich schaute aus dem Fenster und blickte in die Dunkelheit. Das störte mich nicht. Ich war soundso nicht darauf erpicht, irgendwelche Bilder in mir aufzunehmen. Ich fühlte mich wie ein Fußballprofi, der eine Saison auf der Reservebank zubrachte ... Sollte ich Kratzenstein anrufen? Wer hat mich in Hannover fast vor den Zug geworfen und vor meiner Haustür zusammengeschlagen?

Wäre ich doch nur aufs Klo gegangen ...

***

Um fünf nach zwölf zog ich die beigebraune Karte, auf der mein Name stand, aus dem grauen Kasten, der einmal in der Minute tickte wie ein alter Wecker, und schob sie in einen Halter daneben. Dann drehte ich mich um und ging mit einem Korb in der Hand die Treppe runter. Aus einem Raum, indem ich ziemlich fror, holte ich das, was ich vorhin bei meiner Inspektion vermißt hatte. Nervös zählte ich in Gedanken auf, um was ich mich alles zu kümmern hatte. Zuerst mußte ich alles über die Terroristen rauskriegen, die für Marienburg und womöglich auch für Hannover verantwortlich waren. Dann mußte ich versuchen, etwas über Kliegel und diesen Fernsehclub zu erfahren. Ich seufzte. Ich konnte nicht sämtliche Fragen dieser Welt auf einmal beantworten. Denn ich mußte mir auch noch einen neuen Wagen besorgen, wenn ich nicht ständig mit der U-Bahn fahren wollte. Und dann hatte ich auch noch einen Job ...

Ich wendete mich den acht Tischen zu, wechselte einige Tischdecken aus, faltete die Servietten und füllte die Pfeffermühle nach.

Plötzlich spürte ich jemand hinter mir und drehte mich um. Es war Enrico Conti, mein Chef.

Enrico, mit dessen Namen einige erfolglose Ermittlungen wegen Steuerhinterziehung und Körperverletzung verbunden waren, war so um die Fünfzig und Italiener. Über 30 Jahre hatte er schon das Pflaster von Köln getreten. Diese Stadt kannte er inzwischen wie seine Westentasche. Er und sein Halbbruder Enzo hatten den gleichen Vater, besaßen aber keine allzu große Ähnlichkeit miteinander. Alles an Enzo war dicker und unförmiger, als wäre er vom Tisch gesprungen, während an Enrico noch weiter modelliert worden war. Enrico hatten ab 1965 in der "Ford-Kantine" gekocht, dann zwanzig Jahre an sieben Tage in der Woche als Taxifahrer gearbeitet. Enzo dagegen verbrachte einen gehörigen Teil seines Lebens in mietfreien Unterkünften von Vater Staat. Die Zeit hinter italienischen Gittern nutzte er für ein Fernstudium in Informativ. Damit ausgerüstet, bestieg er den Zug nach Köln und eröffnete mit seinem Bruder einen Freßtempel. Abend für Abend fuhren sie auf, was Küche und Keller so hergaben. Schon ein halbes Jahr später brummte ihr Laden und die Brüder verdienten sich ganz legal eine goldene Nase. Und das lag nicht nur am guten Essen. Schnell hatten Enrico und Enzo die Denkweise der Gäste analysiert. Sie wollten schlichtweg hofiert werden und zahlten dafür sogar etwas überhöhte Preise. Wenn noch die Qualität des Essens stimmte, mußte man nur noch ein bißchen mehr tun als sie erwarteten. Zum Beispiel einen Schnaps auf Kosten des Hauses servieren. Gab es irgendwelche Probleme, wie einen defekten Kühlschrank im Keller, so behielt man das am besten für sich, Geschäftsleute, die nur jammerten, mochte niemand. Auch sagte die beiden nie: "Das steht so nicht auf der Speisekarte", statt dessen lächelte Enrico sein jungenhaftes Lächeln und versprühte aus allen Poren Charme: "Für meine liebsten Gäste werden wir es schon hinkriegen." Meistens klappte es auch. Und wenn nicht, holte Enzo die Schnapsflasche. Diese Einstellung war kein Zufall. Die beiden stammten aus einer Gastronomenfamilie aus Parma. Deutsch konnten sie von der Schule her, und inzwischen hatten sie auch den rheinischen Singsang drauf. Die Wahlkölner waren bewundernswert fleißig - oder vielleicht nur mißtrauisch. Enrico und Enzo waren im Lokal, wenn ich mittags zur Arbeit kam, und sie waren noch immer da, wenn ich längst gegangen war.

Wenn jetzt Enricos Gesicht ein Barometer war, dann stand mir schlechtes Wetter bevor.

Ich fühlte mich wie ein Schuljunge im Zimmer des Rektors. Angst stieg in mir auf, und ich kniff die Augen zusammen. "Hi, Chef", sagte ich locker und bleckte kurz lächelnd die Zähne. "Was gibt's?" Dabei wollte ich meine Sonnenbrille hochschieben, merkte aber, daß ich sie überhaupt nicht trug, und ließ die Hand wieder sinken.

"Ach, nichts Besonderes," bemerkte der blauschwarzgelockte Zwerg mit einem sadonischen Lächeln. Er hatte ein eigenwilliges Lächeln, in dem er seine kalten Augen zusammenkniff und den Mund breit auseinanderzog. Wie auf den Fotos, mit denen die Wand hinter ihm übersät war. Alle zeigten Enrico oder Enzo in Begleitung irgendwelcher Typen, von denen ich niemanden kannte. "Ich ... Ich wollte nicht stören."

Ich merkte, daß ihm nicht ganz wohl in seiner Haut war. "Du störst nie. Du bist der Boß," sagte ich, ohne es wirklich zu meinen.

"Wenn Du es sagst", sagte Enrico, "muß ich mich darauf einstellen, daß Du jetzt immer später kommst?"

"Herrgott, es tut mir leid. Ich habe im Moment kein Auto", gab ich zurück. Sein Auftauchen hatte bewirkt, daß mir ein kalter Schauer über den Rücken lief. Du bist spät dran. Ich bekam das Gefühl, daß diese Worte nicht zufällig gewählt waren. "Ich stehe ein bißchen unter Druck."

"Das ist nicht zu übersehen", meinte der mit dem Charisma eines Garderobenständers gesegnete Mann. Das unbewegliche Gesicht und seine sich nur ganz langsam bewegenden Augen zeugten von einer Entschlossenheit. "Du siehst völlig erschöpft aus, richtig erledigt. Aber nach allem, was ich weiß, ist das kein Wunder."

Ich schluckte nervös und gab mir Mühe, mir meine Überraschung nicht anmerken zu lassen. "Du machst mir richtig Mut", sagte ich sarkastisch. Mit einem mißglückten Versuch, witzig zu sein, ergänzte ich: "Ich kann mir ja demnächst eine Rikscha nehmen."

Meine Bemerkung wurde zunächst mit einem schiefen Lächeln beantwortet. "Eine Rikscha", wiederholte er dann und ließ einen merkwürdigen Unterton mitschwingen - als sei er davon überzeugt, daß ich einen Sprung in der Schüssel hätte. Im nächsten Moment preßte er die Lippen aufeinander, wodurch er noch unnahbarer erschien als sonst.

Endlose Sekunden vergingen.

Seine üble Laune kann nicht alleine von meinem Zuspätkommen herrühren, dachte ich. Wahrscheinlich hat er Zoff mit seiner Alten! "Zeitungen schreiben manchmal dummes Zeug", sagte ich wenig überzeugend und mußte sofort daran denken, daß er gar nicht davon gesprochen hatte. Scheiße! Nur zu gerne wäre ich in diesem Moment ein Chamäleon gewesen, das mit seiner Umgebung verschmilzt.

Enrico zeigte ein bitteres Grinsen ohne den leisesten Anflug von Humor. Schließlich zuckte er mit den Schultern und versetzte kühl: "Ach ja?"

Ich lächelte ohne Erheiterung. Außerdem wollte ich ihm nicht die Befriedigung verschaffen, Gefühle zu erkennen. Meine waren ihm gegenüber soundso zwiespältig. Ich verdiente mit einem Stundenlohn von 16 Mark mehr Geld als die meisten meiner Zunft, allerdings gab es diesen Spitzenlohn natürlich nicht umsonst. Man lieferte knochenharte Arbeit ab und die Bereitschaft, jederzeit auf ein freies Wochenende zu verzichten.

Enrico kratzte sich am Kopf, als überlege er angestrengt, was er sagen solle, dann begann er stockend: "Ja ... Okay", sofort hielt er inne, als wolle er seine Gedanken übersetzen, "reden wir also Tacheles." Er spuckte das Wort förmlich aus. " Ja, ich habe Zeitung gelesen."

Hier also lag der Hund begraben, dachte ich. Das war also der entscheidende Punkt ... Ich versuchte, cool zu bleiben: "Du, es sieht ganz so aus, als wären meine Möglichkeiten im Moment beschränkt." Ich zitterte bei dem Gedanken an die "Bild am Sonntag" und mein Foto ... Natürlich stand kein Richtertisch hier und es wurde niemand als Zeuge gehört, doch mir war von einer Sekunde zur anderen klar, daß die Gerichtsverhandlung bereits stattgefunden hatte, in der Enrico als Richter, Beisitzer und Staatsanwalt fungiert hatte, der Tenor der Urteilsfindung war: Im Zweifel gegen den Angeklagten!

Enricos Blick besagte deutlich, daß Sprüche jeder Art unangebracht waren. Nach einigen Sekunden studierte er die Decke seines Lokals. Als ich ihn noch einmal ansprechen wollte, erwiderte er: "Du kannst Dir diese Sprüche sparen, Ronny." Dann lächelte er grimmig, sagte weiter nichts. Schließlich funkelte er mich an. "Ich will wissen, was für ein Spielchen Du treibst."

Das zornige Wort "Spielchen" hing knisternd in der Luft und schwebte einen Augenblick über uns wie ein gefährlich nahes Gewitter.

Ich kam mir vor wie jemand, der die chinesische Mauer mit bloßen Händen einzureißen versucht. Vorsichtig wagte ich ein Lächeln, aber ich hatte große Angst und fühlte Enricos Blick auf mir ruhen.

Enrico sah mich an, als hätte ich ihm eine Ohrfeige verpaßt: "Rede schon!"

"Wovon redest Du überhaupt?" Arschloch! - ich schluckte des Wort hinunter.

"Davon", sagte Enrico in dem beherrschenden Tonfall, den ich so entnervend fand und holte das Scheiß Blatt aus seiner Jacke: "Kannst Du mir das erklären?" Seine Stimme war wie immer leise und gleichmäßig.

Mir klappte die Kinnlade herunter. In einer Geste der Verzweiflung hob ich die Arme und ließ sie schnell wieder fallen. Dann fuhr ich mir mit der Zungenspitze über die Lippen. Schließlich erzählte ich stockend von Marienburg und Hannover, ahnte jedoch, daß ihn das nicht beeindrucken würde.

Mein Chef hörte aufmerksam zu. "Moment mal, Ronny. Nicht ganz so schnell", ging er einmal dazwischen. Sein Blick machte deutlich: Ich bin hier der Boß!

Ich hatte plötzlich einen solchen Haß auf Enrico, daß ich ihm am liebsten in die Eier getreten hätte. Ich zwang mich, ruhig zu bleiben und ergriff wieder das Wort. Das Treffen mit Birke erwähnte ich nicht. Ich wollte noch ein paar Pfeiler im Köcher behalte. Mehrmals mußte ich mir mit einem Taschentuch die Stirn abtupfen. Je mehr ich redete, desto stärker schwitzte ich. Ich hätte mir meine Erklärungen sparen können, dachte ich. Ebensogut hätte ich ihm den Fahrplan der Bahn herunterleiern können.

Enrico sah mich zweifelnd an und senkte automatisch den Tonfall: "Tja also, die Polizei war schon hier. Und ich glaube, daß sie wiederkommen wird."

Hier? durchfuhr es mich. "Soll sie doch", erwiderte ich einige Sekunden später und versuchte, einen leichten Ton anzuschlagen. "Du glaubst doch nicht, daß ... "

" ... Ich weiß überhaupt nicht mehr, was ich glauben soll." Enrico sah mich an und zuckte die Achseln. Ein Schatten fiel über sein Gesicht. "Ich werde auch weiterhin nicht versuchen", fuhr er fort, "Dir Knüppel zwischen die Beine zu werfen.."

Was soll das schon wieder heißen? "Tatsächlich nicht?" fragte ich und war nicht imstande, ihn anzusehen.

Aus Enricos Blick sprach plötzlich Verachtung: "Und jetzt sage mir, was Du mit dieser Sache zu tun hast."

"Mit welcher Sache? Etwa mit der in Marienburg? Nichts! Ich bin unschuldig, Ehrenwort." Sofort hätte ich mich ohrfeigen können. Das war in etwa das, was jeder Schuldige gesagt haben würde.

Enrico kicherte in sich hinein, er schien das gleiche zu denken. "Ach, tatsächlich?" Auch seine Miene zeigte deutlich, daß er auf mein Ehrenwort pfiff.

Ich wünschte, ich wüßte, was ihm durch den Kopf ging.

Enrico runzelte die Stirn: "Dann kannst Du mich, Ronny." Jetzt verstieß er gegen seine eigene Prinzipien und gestattete sich, um einiges lauter zu werden.

Die Kacke war am Dampfen, und ich sah keinen Ausweg. Wahrscheinlich gab es auch keinen. Nach einer Weile begann ich hysterisch zu lachen und betrachtete wie aus weiter Ferne die Szene. Meine nächste Reaktion war Trotz: "Dann hat es keinen Sinn mehr."

"Das sehe ich auch so." Ich sah, wie seine Pupillen sich zu Stecknadelköpfen verengten, als er fortfuhr: "Du scheinst nicht zu begreifen, daß heute ... Dein letzter Tag in meinem Lokal ist."

Ich starrte ihn mit offenem Mund an. Wenn er mir ein Messer in den Rücken gestoßen hätte, hätte er mir nicht größere Schmerzen zufügen können. Ich flüchtete mich in Nichtverwundbarkeit und zuckte die Achseln: "Naja, soll wohl ein Scherz sein?"

"Nein, das ist mein voller Ernst." Enricos Stimme klang stahlhart. "Für mich ist klar, daß Du ein Problem darstellst. Und ich mag keine Probleme. Verstehst Du, was ich meine?"

Ich verstand nur allzu gut und mußte um Fassung kämpfen: "Das ist eine Ungerechtigkeit, Enrico."

"Die Welt ist schlecht, Ronny", fuhr Enrico fort. "Verschwinde, das ist für uns alle das Beste. Besonders für Dich."

Wortlos ging ich raus. Auf der Venloer Straße versuchte ich, noch einmal wie in den guten alten Tagen ein Lächeln aufzusetzen. Aber es wollte nicht klappen. Mir war, als wäre ich soeben von einer Straßenbahn überfahren worden.

In großen, schwarzen, flimmernden Buchstaben stand plötzlich an der Fassade eines Hauses vor meinen Augen das Wort für Ronny Berghagen: VERSAGER! Ich versuchte mich auf andere Dinge zu konzentrieren. Die überlaufene Schildergasse in Köln, der verdreckte Rhein, die verstopfte Rodenkirchener Brücke und der riesige Hauptbahnhof. Aber ein anderer Gedanke drängte in meinen Kopf, und ich konnte ihn nicht abwehren: VERSAGER!

Mehrfach trat ich gegen einen Papierkorb, bis mir der Fuß wehtat und ich aufhören mußte. Ich war sauer. Ich haßte es, wenn Entscheidungen über meinen Kopf hinweg getroffen wurden. Das haßte ich noch mehr, als ohne Auto zu sein. Ich hasse mich, sagte ich mir selbst. Ich war dermaßen aufgewühlt, daß ich beschloß, schwarz zu fahren, bevor mir einfiel, daß ich vorhin eine Tageskarte gelöst hatte, mit der ich 24 Stunden lang in Köln hin und her fahren konnte. Schwankend verschwand ich nach einigen Minuten in der U-Bahn-Station Äußere Kanalstraße. Die Heftigkeit der Ereignisse hatte mich wieder völlig aus dem Gleichgewicht gebracht. Auf der Treppe hieb ich mir die rechte Faust so hart in die linke Handfläche, daß es weh tat.

Ich war draußen.

Ich gehörte nicht mehr dazu.

19

Aber das Nichtstun war gar nicht so schlecht. Am Dienstag schlief ich bis zwölf Uhr, wollte nachmittags zum Arbeitsamt gehen. Zum Glück rief ich vorher an.

"Sie müssen bis 12.30 Uhr vorbeikommen", sagte ein ziemlich unfreundlicher Pförtner "Nachmittags sind unsere Mitarbeiter auf Außendienst.".

Eigentlich hätte ich mich pudelwohl fühlen müssen.

Ich konnte es aber nicht.

Ich wollte mich gerade über Fischfilet Broccoli hermachen, als Ruth Häkeler vor der Tür stand - eine kleine, gertenschlanke Frau von bald 45 Jahren, die aus irgendeinem geheimnisvollen Grund nie geheiratet hatte. Sie bat mich, auf ihren "Nicki" aufzupassen. Das formulierte sie so prächtig, daß es wie eine Auszeichnung klang. Ich hatte bisher nur einmal für zehn Minuten mit ihr gesprochen, das heißt, ich hatte zugehört, verdammt ungeduldig zugehört, während sie mir von ihrem Herzanfall erzählte und daß sie im Krankenhaus in Herdecke gelegen habe, also das sei ja nicht zu glauben, wie man ein Krankenhaus ohne ein einziges Fernsehzimmer bauen könnte. Erst runzelte ich konzentriert die Stirn, dann brummte ich etwas und verschwand. Als jetzt der Köter in meiner Wohnung die Zettel fraß und mit den Filzstiften spielte, ging mir auf, daß das Hüten eines Hundes doch eine merkwürdige Beschäftigung für mich war, und ich fragte mich, wie um alles in der Welt ich mich zu so etwas hatte überreden lassen. Ich starrte mein Scheiß Telefon an. Ich wurde von niemandem angerufen, es schien überhaupt niemand zu wissen wollen, daß es mir beschissen ging.

Es war zum Verrücktwerden.

Ich hatte vorher in Köln-Weiden gewohnt, dort in fünf Jahren keine fünf Worte mit den Nachbarn gewechselt. Wir nickten uns nur zu und sparten uns so die Worte. Und jetzt mußte mir so etwas passieren ...

Wütend schleuderte ich mein Glas quer durchs Zimmer. Es prallte gegen den Türrahmen und zersplitterte. Der Whisky hinterließ einen hellbraunen Fleck auf dem Holz. Ich starrte darauf, während der Alkohol ganz langsam den Rahmen herunterlief. Schließlich bückte ich mich und machte mich daran, die Scherben aufzusammeln, um nicht noch zum Tierarzt zu müssen. Anschließend wollte ich eine menschliche Stimme hören und rief bei Nicole an. Aber es meldete sich nur ihr Anrufbeantworter: "Sie wissen, was Sie nach dem Pfeifton zu tun haben?"

Ich wußte es nicht - und legte schnell auf.

Nicole. Ich wußte inzwischen, was ich von ihr halten sollte. Sie hatte sich einfach anders benommen, als ich es von Frauen gewohnt war. Und damit hatte sie mich ziemlich aus dem Häuschen gebracht. Längst hatte ich auch erkannt, was Einzelhaft bedeuten muß, und ich fragte mich, wie Menschen monate-, ja, jahrelang so leben konnten.

"Du bist ein total bescheuerter Köter. Du kannst nur fressen, saufen, scheißen", sagte ich zu "Nicki". Der Köter widersprach dem nicht.

Zum Glück holte Ruth Häkeler nach zwei Stunden ihn wieder ab. Ich hatte mich fast zu Tode gelangweilt. "Ach je, du meine Güte, ist das spät geworden", sagte sie an der Tür. "Na egal, ist ja nicht so schlimm, oder?" "Natürlich nicht." Nachdem die Nervtöter weg waren, lief mein Leben endlich wieder in der üblichen Bahn, ich konnte ins "Café Pomp" gehen. Auch wenn ich irgendwie spürte, daß ich nicht mehr lebte, zumindest nicht im üblichen Sinne des Wortes.

Es war Zeit fürs Abendessen, oder war es das Mittagessen?

***

Der Laden war gut gefüllt, eigentlich wie zu jeder Zeit, aber ich hatte Glück, ganz hinten war noch etwas frei. Ich warf den Leuten einen verstohlenen Blick zu. Aber niemand wollte von mir Notiz nehmen. Wehmut zupfte an meinem Herzen, als ein zwanzigjähriger Junge mit ruhelosen Augen an meinen Tisch kam und nach meiner Bestellung fragte. Mein Herz klopfte plötzlich so heftig, daß meine Stimme ziemlich atemlos klang: "Ein Filetsteak!" Ich aß nur zwei Bissen von dem Fleisch, dem das Messer kaum gewachsen war. Ich hatte soundso keinen richtigen Appetit. Was ich in meiner Magengrube verspürte, war kein Hungergefühl.

Von einer Sekunde zur anderen fragte ich mich, was Nicole jetzt machte? Ob sie ganz allein irgendwo in einer Wohnung hockte? Oder lag sie mit einem Typen im Bett? Im Grunde konnte ich mir kaum vorstellen, daß sie in eine Kneipe ging oder jemanden besuchte.

Meiner Meinung nach war sie wahrscheinlich einsam und fühlte sich miserabel - wie ich.

Im nächsten Moment irritierte es mich, daß ich mir Sorgen um Nicole machte.

Als der Junge jetzt meinen Tisch abräumte, meinte er: "Du siehst richtig krank aus. Warum gehst Du nicht nach Hause und legst Dich ins Bett?"

Ich starrte ihn einige Sekunden lang an und giftete schließlich los: "Ich will keinen Rat bei Dir bestellen, sondern nur was trinken."

"Langsam, mein Lieber, langsam", murmelte er und ging.

Während ich dann auf meinen "Glenfiddich" mit Soda wartete, dachte ich über mein Leben nach. Es war zu einer Sackgasse geworden, und ich stand an der Mauer an ihrem Ende.

Wut stieg in mir auf.

Nicht nur deshalb, weil ich gefeuert worden war. Sondern auch wegen meiner Hilflosigkeit Enrico gegenüber.

Sofort wechselte ich zu "Dimple". Damit ging es bei mir immer am schnellsten. Ich schaute auf die Lindenstraße hinaus, in der die Schatten länger und undeutlicher wurden. Und ich begann wieder zu grübeln ... Ich näherte mich den Vierzigern, einem Alter, in dem die Überraschungen keine guten mehr sind ... Und ein Job wurde zu einer immer ferner werdenden Silhouette am Horizont ... Dabei steckte ich mir eine "Gitanes" an und inhalierte tief. Sofort würgte ich und spürte, wie alles, was ich mir vorhin genehmigt hatte, in meinem Innern herumschwappte und in mir hochkam.

Nikotin war ein Scheiß Zeug! Selbst wenn mich nicht der Lungenkrebs oder ein Schlaganfall treffen würde, konnte ich mich eventuell auf ein Raucherbein im Alter freuen.

Also beschloß ich, in den nächsten Stunden mal nicht zu rauchen.

Gegen 2 war ich müde, wollte zahlen und rief den Kellner. Längst rauchte ich wieder. Nachdem ich gezahlt hatte, stand ich auf und ging. Niemand beobachtete mich -

und hielt mir die Verzweiflung über die Einsamkeit vom Leib.

***

Draußen hielt ich einen Moment inne, mir war wieder düster zumute. Als ein Taxi vorbeikam, hielt ich es an. Wie aus reiner Selbstquälerei ließ ich mich nach Hause bringen. Wo hätte ich auch sonst hingehen sollen? Darüber schlief ich ein.

Der Fahrer mußte mich vor meiner Haustür wecken: "Die Pflicht ruft." Er sagte es mit übertriebener Munterkeit. Wortlos gab ich ihm einen Zehner, stieg aus und schwankte nach davon. Im Flur hielt ich mich an einer brennenden Zigarette fest. Oben warf ich mich auf meine Matratze, drückte die Zigarette aus und grübelte. Wie sollte ich nur das Älterwerden, mit dem ich in nächster Zukunft rechnete, ertragen???

Dabei tauchte ich ab. Aber bei jedem Geräusch kehrte die Panik zurück. Egal, ob jemand im Hausflur hustete oder der Kühlschrank ansprang, ich zuckte zusammen.

***

Mein Körper versuchte, sich mit einem weiteren Morgen im stickigen Köln abzufinden. Dabei schien es draußen angenehmer zu sein - ein Wind trieb einige Seiten vom "Kölner Wochenspiegel" über die Fahrbahn und sorgte für Temperaturen um 23 Grad.

Es war Mittwoch, zehn Uhr. Ich hätte dringend etwas Koffein gebraucht, aber die leere Dose machte mir einen Strich durch die Rechnung. Also begnügte ich mich mit Nikotin.

In der Nacht hatte ich geträumt, daß ich mich in einem weißgekachelten Raum befand, der leer war. Auf dem Boden lag nur eine Wolldecke. Ich ging ganz langsam auf sie zu und hob sie hoch. Darunter lag Oliver - sein Kopf lag neben seinem Rumpf und bewegte sich. Ich schrie und schreckte aus dem Schlaf hoch.

"Oliver."

Ich wollte noch einmal schreien, aber meine Kraft reichte nicht aus, flüsternd brachte ich heraus:

"Oliver."

Dann sagte mir mein Verstand, daß ich keine Schuldgefühle zulassen durfte, aber ich fühlte, daß sie da waren. Immer wieder sagte ich mir, daß Olivers Tod ebensogut die Folge eines

Routineeinsatzes hätte sein können. Daß es in keinem Beruf eine absolute Sicherheit gab.

Stundenlang lag ich wach, bis ich endlich in einen unruhigen Schlaf gefallen war.

Die "Gitanes" in der Hand haltend, starrte ich jetzt an die Decke ... Ich würde mich in jede neue Aufgabe stürzen, um nur ja nicht nachdenken zu müssen, über Olivers Tod, über meinen Rausschmiß, über Nicole, über Birke, über mein Torkeln, das vielleicht ein Signal ist, daß ich dieses Scheiß Leerlauf nicht mehr lange würde durchhalten können.

Mit flatternden Fingern suchte ich nach meinem Feuerzeug, um mir die Zigarette auch anzustecken. Nach einigen Zügen stand ich auf, trat im Flur zu den Briefkästen und lieh mir von Manfred Partl, den ich natürlich nicht kannte, zwei Zeitungen. Sofort blätterte ich die erste durch. Obwohl die Reporter der "Kölnischen Rundschau" nur in der zweiten Liga spielten und normalerweise ihre Leser mit Nichtmeldungen langweilten ("Züge verließen Kölner Hauptbahnhof pünktlich" oder "Kölner Dom nicht eingestürzt") hatten sie diesmal ihre Hausaufgaben gemacht! Beim Landeskriminalamt hatten sie recherchiert, daß der Tod von Oliver einige Rätsel aufgab. Bei den Bullen war an dem Tatabend ein anonymer Anruf eingegangen, daß die Bombe im Auto versteckt sei. Obwohl Oliver davon gewußt habe, habe er nicht auf das Eintreffen der Spürhunde gewartet. Der "Kölner Stadtanzeiger" kam mit einem blauen Auge davon. Wenigstens im Lokalteil stand etwas über das Inferno: Birke war für die Polizei keine Terroristin mehr, die Leiche von diesem Politiker war gefunden worden - ich wurde von dem Blatt überhaupt nicht mehr genannt. Die Attentäter hatten sich bislang noch nicht gemeldet. In den letzten Tagen hatten nur Wichtigtuer und einfach Knallköpfe bei der Polizei angerufen - ja, die Scheibe am Himmel könne sehr wichtig sein, und man werde den Bundeskanzler persönlich informieren, versicherten die Polizisten am Telefon. Für die Verrückten waren paradiesische Zeiten ausgebrochen, denn richtige Zeugen gab es nicht.

Etwas enttäuscht bückte ich mich, um einen Werbezettel vom "Pizza Express" aufzuheben, verlor das Gleichgewicht und fiel hin. Scheiß Reklame! Mühsam rappelte ich mich hoch.

Eine lange, heiße Dusche versetzte mich anschließend in die Lage, mich abzulenken. Ich mußte einkaufen gehen - Fischfilet Broccoli. Hinterher fühlte ich mich so einsam, daß ich sogar "Nicki" um Gesellschaft anflehte. Doch Ruth Häkeler hatte einfach kein Erbarmen.

Schließlich ging ich zur Luxemburger Straße 121 - und verdarb mir den Tag.

***

Das braungraue Hochhaus erwies sich als höchst triste Angelegenheit, ein Koloß von etwa fünfzehn Stockwerken zeigte anklagend zum Himmel. Erfüllt von düsteren Vorahnungen, was meine Zukunft im Wintersemester betraf, trat ich ein. Im Erdgeschoß war rechte Hand die Information. Dort saß ein Mann mit einem breiten, aggressiven Mund. Halb in seinem Drehstuhl versunken, machte er den Eindruck, daß er überall lieber wäre, als im Kölner Arbeitsamt: "Was wollen Sie?"

Ich starrte bedrückt auf meine Schuhe hinunter und sagte: "Äh ... Ich bin im Moment ohne ... Job und ..." Jetzt war ich mir nicht einmal sicher, ob meine Lippen das Lächeln zustande brachten, das ich ihnen befohlen hatte.

" ... Was haben Sie bisher gemacht?" unterbrach er mich. Schweiß stand auf seiner Stirn, und der Blick, mit dem er mich taxierte, ließ wenig Zweifel daran, welche Wertschätzung er seinen Kunden entgegenbrachte.

Immer öfter seit meiner Auszeit fühlte ich mich zerstreut und hatte große Mühe, mich zu konzentrieren. "Ich? ... Ich war in der Gastronomie."

Ich bemerkte einen Schimmer grimmigen Spotts in seinen Augen, der mir noch verriet, was für mich schon lange feststand, daß ich mit diesem Job nie und nimmer ernstgenommen würde.

"Ich verstehe". Dann wies der Mann auf den Aufzug gegenüber: "Zweiter Stock." Während ich auf den Lift wartete, ballte ich die Fäuste krampfhaft, daß die Knöchel weiß hervortraten. Die Wut setzte Energien frei. Ich spürte dieselbe Hochspannung wie ein Ringkämpfer, der sich zum Hauptkampf des Turnieres auf die Matte begibt.

Die Luft im Aufzug roch abgestanden, nach Zigarettenrauch. Während sich die Kabine in Bewegung setzte, sah ich mein Spiegelbild im polierten Edelstahl der Tür: Mir stand der Untergang der Menschheit im Gesicht geschrieben. Der Fahrstuhl entließ mich in einem langen Flur. Gut und gerne zwanzig Leute hockten auf braunen Plastikstühlen. Viele von ihnen machten ernste Gesichter. Andere versuchten so zu tun, als seien sie es nicht gewohnt, hier zu sein. Widerwillig setzte ich mich dazu, bereit, aufzuspringen und davonzupreschen. Mit meiner abgeschabten Lederjacke wollte ich wie ein Rocker wirken, der sich in der Adresse geirrt hat.

Nach einigen Minuten wollte ich das leichte Flattern meines Magens unterdrücken und holte meine Zigaretten aus der Tasche.

"Hier darfst Du nicht rauchen", sagte eine piepsige Stimme. Ich blickte zur Seite. Dort starrte ein Mann mit einem fuchsähnlichen Aussehen mich an.

Mein Stimmungsbarometer war soundso ganz unten. "Wo Sie recht haben, haben Sie recht", sagte ich frostig und steckte die Packung wieder ein. Das Lächeln auf dem Gesicht des Mannes erlosch.

Nach einer Stunde war ich endlich dran. Ich stand ein paar Augenblicke unschlüssig herum und warf den anderen einen abweisenden Blick zu..

Das Büro war ziemlich klein. Sofort schweifte mein Blick umher. Zwei Frauen hockten an weißen Schreibtischen, die mit hohen, irgendwie ordentlich aufeinandergestapelten Papieren und mit dem Tafelsilber der Behörde, einem nagelneuen Computer, beladen waren. Beide Frauen waren mittleren Alters und nicht unattraktiv. Ich musterte sie genau. Wahrscheinlich wird sich aber auf intellektueller Ebene ihr Interesse im ZDF-"Kaffeeklatsch" erschöpfen. Fragt mich doch, was ich von Slipeinlagen von "Aldi" halte, so etwas geht bei euch wahrscheinlich als Intelligenztest durch, dachte ich und gab mir Mühe, keine Miene zu verziehen.

"Ich bin Christiane Dewendt", sagte die Frau am linken Schreibtisch und wies mit ihren schlanken Fingern auf einen Plastikstuhl. Sie trug eine verblichene Jeans und ein weißen T-Shirt, das viel braune Haut zeigte. Mit ihren dunklen Haaren und den großen Augen erinnerte sie mich an Daliah Lavi. Dann klebte mein Blick stumpf an dem Aufdruck auf ihrem T-Shirt "Wer mit den Wölfen heult ... ".

Ich knetete meine Hände, rief mich innerlich zur Ruhe und sagte mit deutlich gelangweiltem Tonfall: "Ich glaube, ich bleibe lieber stehen." Dann knackte ich mit den Fingern. Obwohl ich in dem Zimmer keinen Aschenbecher entdeckte, steckte ich mir eine "Gitanes" an. Ich mußte mich an etwas festhalten. So handelte ich mir einen mißbilligenden Seitenblick von Christiane Dewendt ein.

"Wie Sie wollen. Also, was kann ich für Sie tun?" Ihre Stimme war dunkel, sehr angenehm. Aber das auf ihrem Gesicht festgefrorene Lächeln wirkte so unnatürlich, daß sie wahrscheinlich gar nicht mitkriegte, wie unbehaglich ich mich fühlte.

Das Gesicht ihrer Leidensgefährtin wirkte unter dem kupferroten Haar unnatürlich weiß. Mit gestrafften Rücken und aggressiv vorgeschobener Unterlippe tippte die Frau irgend etwas in den Computer. Das adrette kornblumenblaue Kostüm wirkte fürchterlich altmodisch, als hätte sie nach der Premiere des Films "Frühstück bei Tiffany´s" jeden Sinn für modische Neuheiten verloren..

Wieder ging in meinem Kopf der eiserne Vorhang nieder, und ich starrte sie einen Moment an. Dann sagte ich: "Ich bin zufällig hier vorbeigekommen und möchte mal hören, ja, ob sie was für mich haben. Ich brauch so eine Art Tapetenwechsel." Sofort spürte ich, daß ich dummes Zeug redete.

Wenn Christiane Dewendt meine Sätze etwas unorthodox fand, so ließ sie sich jedenfalls nichts merken. Sie nickte und wollte meinen Personalausweis sehen, dann fragte sie: "Haben Sie Ihre Papiere mit?"

"Ne, ich bin alleine gekommen", antwortete ich trocken.

Christiane Dewendt zog eine Augenbraue hoch, ihr Gesicht umschattete sich. Sie veränderte ihre Stimme, sprach jetzt eindringlich: "Also erstens: Arbeitgeberbescheinigung. Zweitens: Lohnsteuerkarte und drittens: Versicherungsnachweis. Das hätten Sie wissen müssen."

Ich trat von einem Bein aufs andere, meine Blase drückte ganz gewaltig. "Sollte ich?" fragte ich trotzig.

Christiane Dewendt beugte sich etwas vor und verzog besorgt das Gesicht: "Ja, das hätten Sie eigentlich wissen müssen. Nun, wie auch immer, waren Sie schon mal arbeitslos?"

"Ich? ... Nein."

"Haben Sie selbst gekündigt, oder ist Ihnen gekündigt worden?" fragte sie in einem Tonfall, als wollte sie um Feuer bitten.

"Hmmm." In meinem Kopf rumorte es. "Ich habe die Kündigung bekommen", fuhr ich leise fort und schnippte die Asche in die Handfläche.

Ein humorloses Lächeln überzog ihr Gesicht. Die Frau nickte und drückte mir ein graues Formular in die Hand: "Sorgfältig ausfüllen und von ihrem bisherigen Arbeitgeber unterschreiben lassen."

"Ja, ja", sagte ich geistesabwesend. Dann stieß ich einen tiefen Seufzer aus: "Von Enrico?" Reiß dich zusammen, befahl ich mir. Wie sieht das denn aus, wenn du dich hier so gehen läßt.

Die Frau zuckte mit den Schultern und umdrehte eine Haarsträhne mit den Fingern: "Ich kenne ihren bisherigen Chef nicht." Vermutlich reizte sie mein Verhalten zum Lachen. Sie biß sich auf die Lippe und schaute den Rotfuchs an.

Ich hätte sowieso nicht mitlachen können, denn so ohne Job hatte ich keinen richtigen Spaß mehr.

Christiane Dewendt schob die Unterlippe vor und zupfte mit den Fingern daran. "Wollen Sie weiter in der Gastronomie arbeiten?"

Ich nickte und blies eine Rauchfahne in die Luft. Mit jeder Minute fühlte ich mich unbehaglicher, während sie ganz entspannt wirkte. Ich senkte den Blick, um ihr nicht den Ausdruck meiner Augen zu bieten. Ich brauchte Arbeit, um meine Komplexe vergessen zu können. Aber das konnte ich so nicht sagen. "Was ich Sie noch fragen wollte, wieviel Geld kriege ich eigentlich?"

Christiane Dewendt machte ein besorgtes Gesicht und strich ihre schwarzen, langen Haare zurück: "60 Prozent von Ihrem letzten Einkommen ... Aber erst einmal müssen Sie die Formulare ausfüllen."

Ich glaubte, Mitleid in ihren Augen gesehen zu haben. Langsam sog ich an meiner Zigarette. "Gebongt ... Übrigens, wo kann ich das Geld abholen?"

"Abholen?" Christiane Dewendt zog spöttisch die Brauen hoch und runzelte die Stirn. "Das Geld kriegen Sie überwiesen."

"Ach, je! ... Kann ich mir das nicht gleich abholen?" Meine Hand zitterte, schnell schob ich sie in meine Lederjacke.

"Ich wollte, das ginge so einfach", sagte sie und zog jetzt die Augenbrauen zusammen: "Vier Wochen müssen Sie schon auf die Überweisung warten."

Ich machte einen tiefen Zug. Ehrlich gesagt, ich war gar nicht darauf bedacht, den Weibern ein paar Mark aus den Rippen zu leiern. Aber dann dachte ich an die Tatsache, daß meine Geldreserven irgendwann aufgebraucht sein könnten. Was soll's? Dann werde ich wieder was anzapfen müssen, stellte ich fest. Nur das durfte hier niemand wissen. "Vielleicht habe ich bis dahin schon im Lotto gewonnen", sagte ich ohne große Überzeugung.

Das Gesicht von Christiane Dewendt umschattete sich, während sie rauh lachte.

Das Lachen drang durch meinen Kopf wie eine spitze Nadel. Ich zitterte am ganzen Körper.

Mißbilligend schnalzte ich mit der Zunge: "Verdammt noch mal, wovon soll ich vier Wochen lang leben?"

Christiane Dewendt tippte mit einem Kugelschreiber auf ihren Schreibtisch: "Sie können ein Überbrückungsgeld beantragen."

"Was soll ich beantragen?" Ich bemühte mich, meine Frage interessiert klingen zu lassen, obwohl sie in Wirklichkeit nicht eben wichtig war.

Die Frau fuhr sich wieder durch das Haar: "So eine Art Vorschuß."

"Ein Vorschuß? Natürlich", erwiderte ich sarkastisch und spürte, daß in meinem Kopf bereits Gewitter tobten.

Ich darf nicht ausrasten, wiederholte ich im stillen, um mich zur Raison zu zwingen.

Als sich die Frau umdrehte, sah ich die Rückseite ihres T-Shirts: " ... und wird leicht selbst zum Wolf!".

Ich ging ohne Verabschiedung. Ich spürte, wie mir glühende Blicke den Rücken durchbohrten. Scheiß auf Daliah Lavi, dachte ich. Meine Beine, wie aus Gummi, schienen jemand anderen zu gehören. Beim Knallen der Tür hinter mir zuckte ich zusammen. Ich versuchte das Kinn hochzuhalten, als ich auf den Flur trat und inne hielt und mich umsah. Die Handvoll Leute kauerte noch immer auf den unbequemen Plastikstühlen. Ich fühlte mich gleich etwas sicherer, als ich auf sie herabsah. Alle schienen sich unwohl zu fühlen. Wahrscheinlich hatten sie heute auf das Frühstück verzichtet, obwohl sie ahnten, daß bald ihre Mägen knurren würden. Die Gespräche zwischen ihnen waren seltsam karg. Ihr plötzliches Schweigen war wie ein akuter Mangel an Sauerstoff. Ich wünschte, ich wäre schon draußen. Was ist, wenn sie alle Bescheid wußten? Ich fixierte die Leute, und mir war sofort klar, daß niemand auf meiner Seite stehen würde.

Ich war mir nicht einmal sicher, ob ich selbst auf meiner Seite stand.

***

Langsam öffnete ich die Augen wieder. Einige Minuten hatte ich so zugebracht, nachdem der Besuch im Arbeitsamt endlich hinter mir lag. Einen Moment überlegte ich, wieder für mehrere Stunden ins "Pomp" zu flüchten. Jeder Drink würde mir das Gefühl geben, mein Leben zu beherrschen. Aber dann dachte ich an die Striche auf meinem Deckel, an die Taxifahrt nach Hause und an die 100 Mark, die das alles bestimmt kosten würde. Und genau diesen Blauen hatte ich nicht mehr. Diese Feststellung machte mich depressiv. Scheiße! Nach einigen Flüchen beschloß ich, ins Freibad zu gehen. Zuerst hatte ich vor, ins Waldbad Dünnwald zu fahren. Aber so ohne Auto schien das zu umständlich zu sein. Ich schaute auf den Stadtplan und stellte fest, zwei Stunden wäre ich mit Bus und Bahn unterwegs. Einen Moment überlegte ich, ob ich mir nicht ein Taxi nehmen sollte. Sofort verwarf ich den Gedanken. Zu teuer. Also fuhr ich ins viel nähere Freibad am Müngersdorfer Stadion. In der

Straßenbahn spürte ich immer noch die starke Erregung und den bitteren Zorn, der im Arbeitsamt in mir aufgestiegen war.

Auf der Liegewiese schaute ich alle paar Minuten auf meine Uhr. Die Zeit wollte einfach nicht verstreichen ... Mir stehen unendlich viele Tage zur Verfügung, um zu grübeln ... Warum wollte Oliver nicht, daß ich ihn begleite? ... 38 Jahre lang hatte ich in Hektik und Eile verbracht, ständig hinter etwas her, das ich längst vergessen hatte. Jetzt war ich wie gelähmt, mußte alles ertragen - und schweigen ... .Um die trüben Gedanken zu vertreiben, wollte ich mein "fizz" benutzen. Einfach nur so. Doch es fing an zu piepsen. Hätte ich mir auch denken können, daß ich diesen Scheiß Akku nicht richtig aufgeladen habe.

Einige Sekunden betrachtete ich den Kasten, bis er endgültig wahrnahm, daß er zu wenig Strom hat und endgültig den Geist aufgab.

Das war auch das einzig Aufregende an diesem Tag. Am frühen Abend wollte ich der Grausamkeit des Lebens entkommen und ging ins "Pomp". Obwohl die Deppen vom Dancefloor sangen, fühlte ich mich wohl - abgesehen von meinem Torkeln und einem quälenden Druck auf der Blase. Das "Pomp" erschien mir wie eine Einöde der Glückseligkeit. Ich atmete tief durch, ging ich in den Keller, suchte im Klo eine von den beiden Kabine auf, öffnete den Reißverschluß meiner Jeans und gab mich dem angeblich zweitgrößten Vergnügen eines Mannes hin. Hinterher zog ich mir aus einem Automaten eine Packung Pariser - was wahrscheinlich dem Ausfüllen eines Lottoscheins gleichkam.

Kopfschüttelnd stieg ich die Treppen zum "Pomp" hoch, trat mit taumelnden Bewegungen in den Raum ein und sah mich um.

Drei topgestylte Miezen saßen an der Bar. Sie taten das, was topgestylte Miezen immer so tun, wenn sie an der Bar sitzen. Sie tuschelten und kicherten.

Ich sah zu den Tischen hin.

Zwei Typen drückten Handy´s an ihre Ohren. Einige andere Leute wirkten hier wie herrenlose, ab und zu bissige Köter, die sich niemals einem Rudel anschließen würden. So saßen sie da mit ausdruckslosen Gesichtern, aus denen nicht das geringste Interesse an einer Unterhaltung zu sprechen schien.

Mir war auch nicht zum Reden. Neuerdings verabscheute ich jeden Smalltalk und wollte auch nicht, daß irgend jemand irgend etwas über mich wußte.

Am Fenster fand ich einen Platz. Schon als Kind war ich überzeugt gewesen, daß den Leuten auf den Fensterplätzen stets größere Portionen gebracht wurden, um Leute von der Straße anzulocken.

Ich sah mich wieder um: Neben der langen Theke lag die Küche, und der Duft, der mir entgegenwehte, erinnerte mich einen kurzen Moment daran, daß ich seit gestern nichts gegessen hatte. Aber ich mußte nicht lange nachdenken.

"Etwas zu trinken?" fragte der Kellner mit der mausgrauen Hose und dem Pferdeschwanz, der plötzlich neben mir stand und mit der Aufrichtigkeit von Herrn Kaiser von der "Hamburg-Mannheimer" lächelte.

"Was?" Ich brauchte meine Kaltblütigkeit, um eine gleichgültige Miene aufzusetzen. "Von mir aus."

Der Kellner in seiner Funktion als Oberwichtigtuer sagte: "Du brauchst das Übliche. Sehe ich Dir an."

Worauf wollte er hinaus? ... Ich war wieder einmal bei meiner Lieblingsbeschäftigung gelandet, ich suchte nach dem Haar in der Suppe.. In Zeitlupe holte ich den Blick aus dem Nirgendwo und tat so, als würde ich mich darüber freuen: "Wunderbar." Es kam mir vor, als würde jemand anders reden. "Sag mal, kennst Du einen Fernsehclub?"

"Fernsehclub? ... Was soll das denn sein?"

"Dumme Frage", giftete ich, "eben ein Fernsehclub."

Der Kellner schüttelte den Kopf und trabte zum Glück davon.

Und ich beschloß, heute mal nicht über den Durst zu trinken, schob den Gedanken aber schnell beiseite und versenkte mein Hirn in feine Alkoholnebel.

***

Es war dunkle Nacht, als ich mich wieder auf die Socken machte. Die zwei Mark Trinkgeld, die ich dem Kellner gab, hielt ich für mehr als üppig. Doch er schien nicht sonderlich beeindruckt zu sein.

Draußen zeigten sich am östlichen Himmel bereits die ersten Vorboten des Morgens, endlos würden sich die Tage aneinander reihen. Ich schwankte nach Hause. Einige Male mußte ich würgen, aber es kam nichts. Immer wieder warf ich besorgte Blicke nach rechts und links, wo in jedem Hauseingang Schatten zu lauern schienen. Als ich hinter dem Zülpicher Platz einen Ex-Kollegen entdeckte, der gerade aus dem "Tag- und Nachtcafé" kam, wechselte ich sofort die Fahrbahn. So ging ich ihm und seiner Frage aus dem Weg "Na, wie läuft es so?"

Wie ein seniler Alter aus den Riehler Heimstätten, der zum Kölner Dom will und einen Tag später ohne Gedächtnis in Leverkusen landet, kam ich zur Wohnung von Ronny Berghagen, der wohl der einsamste Mensch in ganz Köln war.

Ich kam gerade zur Haustür herein, als das Telefon in meinem Apartment anfing zu bimmeln. Dann begann mein auf Band gesprochener Text, und der Anrufer legte auf. Ich warf meine Lederjacke in Richtung Garderobe und traf wie so oft daneben. Eine Minute später klingelte es wieder, und diesmal war ich schneller als die Maschine: "Hallo?" meldete ich mich, aber ich hätte genauso "Hilfe" sagen können.

"Ich bin es", antwortete sie schließlich.

Es war Birke.

Ich öffnete schon die Lippen, um irgendeine Boshaftigkeit loszuwerden, doch dann regte sich in mir Widerspruch, während der Augenblick sich dehnte, bis die Pause mir schon peinlich wurde. "Ach, Birke", antwortete ich schließlich und ließ meine Stimme ganz unten.

"Hört sich gar nicht gut an, ach, Birke", erwiderte sie.

Ich reagierte nicht. Aber etwas in meiner Brust zog sich zusammen und bemerkte ein Klingeln in meinen Ohren.

"Tut mir leid, daß ich störe", fuhr sie schließlich fort, aber ich konnte ihr sofort anmerken, daß das wohl nur eine läppische Floskel war. "Aber mir geht es ganz schön beschissen."

Wie sollte ich sie trösten, wo ich selber verzweifelt bin? "Du störst gar nicht", antwortete ich und blickte zu meinem Zeitungsstapel. Warum sammelte ich die Blätter? fragte ich mich und überlegte eine Frage: "Wo bist Du gerade?" Das Sprechen war nicht gerade einfach.

Ihr Atem ging schneller als normal, als sie sagte: "Diesmal nicht in einer Kneipe in Deiner Nähe, sondern bei einer Freundin."

Ich ließ Olivers Bild an mir vorüberziehen, und nach einer kurzen Pause erzählte ich ihr wieder von dem Bericht in der "Kölnischen Rundschau" über die merkwürdigen Umstände seines Todes. Es tat mir gut zu sprechen, auch wenn jedes Wort wie ein Nierenschlag war. Dann berichtete ich von den Gesprächen in Dortmund: "Paß auf!" fuhr ich fort und sprach von den Veränderungen, die Olivers Mutter und Tessa Kliegel an ihm bemerkt hatten.

"Wenn er sich eine neue Freundin genommen hätte", reagierte sie, "das hätte ich ja noch verstanden. Von mir aus auch die Blinde. Nichts." Ich hörte, wie sie sich eine Zigarette anzündete und dann weitersprach: "Er war schon eine ganze Zeit merkwürdig. Aber ich war so schwer von Begriff. Höchstwahrscheinlich nicht grade die beste Voraussetzung für eine Psychologin, befürchte ich", schmunzelte sie. "Dann habe ich es kapiert. Irgend etwas stimmte nicht mit ihm."

"Was meinst Du damit?" fragte ich und hatte wieder dieses beschissene Insektenspray in der Nase, das einfach nicht weichen wollte.

"Vergiß es," reagierte sie.

"Verdammt und zugenäht! Was ging mit Oliver vor?"

Birke versuchte, Ruhe in das Gespräch zu bringen: "Ich weiß es wirklich nicht, Bär."

Die Antwort klang hilflos, wirkte aber überzeugend.

Der Schmerz in meiner Brust löste sich: "Das paßt doch vorn und hinten nicht zusammen."

"Vielleicht ist auch alles ganz harmlos gewesen, und ich mache die Pferde scheu", meldete sie sich wieder zu Wort.

"Vielleicht", sagte ich kurz angebunden.

"Hast Du schon was über den Fernsehclub herausbekommen?"

"Tut mir leid", murmelte ich. "Aber was nicht ist, kann ja noch werden."

"Kannst Du was mit BfTS anfangen?" setzte Birke fort.

"Was soll denn das schon wieder sein?" Ich strich mir mit dem Zeigefinger über die Stirn und seufzte: "Mit alledem kann ich nichts anfangen."

"Ich auch nicht ... BfTS stand auf einem Zettel, den ich in einer Jacke gefunden habe. Und darunter stand: News Of Teiresias."

"News Of ... was?" fragte ich und verjagte die Dunkelheit mit meiner rosafarbenen Funzel.

"Teiresias."

"Aha ... Keine Ahnung, was das sein soll. Aber ich finde es heraus ... Ich brauche zunächst den Zettel", sagte ich mit so fester Stimme, daß ich sie nicht wiedererkannte.

"Ich schicke ihn Dir per Eilpost zu."

"Hoffentlich weiß die Post", lachte ich, "was das bedeutet."

Dann herrschte in der Leitung ein Stillschweigen.

"Hast Du schon mal daran gedacht, zur Polizei zu gehen?" fragte ich schließlich.

"Einige Male", antwortete Birke. "Aber richtig anfreunden konnte ich mich mit dem Gedanken niemals." Wieder vergingen einige Sekunden, dann sagte sie: "Ich habe schon oft in der Patsche gesessen."

"Aber nicht in so einer wie dieser", antwortete ich schnell.

"Bist Du betrunken?" kam durch den Hörer.

Einen Moment zögerte ich. "Die Welt ist voller Leute, die etwas getrunken haben", erwiderte ich schließlich und schloß die Augen, um die aufsteigenden Tränen zurückzuhalten. Nichts wäre mir schlimmer, als mich lächerlich zu machen. Aber es wollte einfach nicht klappen. Stockend erzählte ich ihr von meinem Sturz in die berufliche Talsohle.

"Und was für Arbeiten wirst Du jetzt annehmen?"

"Alle, die sich bezahlt machen", erwiderte ich. Und die eine gute Tarnung sind - ergänzte ich lautlos.

"Was hat Du eigentlich früher gemacht, bevor Du zur Zeitung gingst?"

"Nun ja", sagte ich. "Ich habe vorzeitig mit Betriebswirtschaft Schluß gemacht ... Es hat mir soviel gebracht, als wäre ich von einer Hauswirtschaftsschule abgegangen, bloß daß ich immer noch nicht die Geschirrspülmaschine bedienen könnte." Es sollte lustig klingen. Aber ich hörte selber, daß meine Stimme traurig klang. Der zweite Rausschmiß hatte eine eiternde Wunde hinterlassen. Mit dem Arm mußte ich mir die Augen tupfen: "Entschuldigung".

"Wofür?"

"Ja, ... " begann ich und brach sofort ab.

Birke bemerkte sofort meine Unsicherheit. "Was ist los mit Dir? Wofür entschuldigst Du dich?"

"Daß ich heule", stieß ich hervor und trat nach dem Sessel.

"Manchmal tut Heulen verdammt gut", kam durch die Leitung.

Es entstand eine Pause, in der ich überlegte. Schließlich räusperte ich mich: "Aber es bringt einen nicht weiter."

Schweigen setzte bei ihr ein, als ob sie die Zeit brauchte, um über meinen Satz nachzudenken.

"Birke? Bist Du noch dran?"

"Natürlich bin ich noch dran", antwortete Birke. "Das Leben ist ein riesiges Puzzle. Irgendwann wirst Du sehen, daß alle Stücke ineinanderpassen. Es wird sich alles zum besten wenden."

"Natürlich Birke", erwiderte ich, "glaubst Du eigentlich diesen Scheiß?"

"Auch wenn Du mich für eine bescheuerte Tante hältst, bei der eine Schraube locker ist: Ja, ich glaube diesen Scheiß", erwiderte sie ohne zu zögern.

Ich starrte auf die Rauhfasertapete, drückte dabei meine Finger an die Schläfen. Ich spürte plötzlich ein prickelndes Gefühl der Selbstverachtung und war mir nicht mehr sicher, daß sich das bald legen würde: "Langsam kriege ich das Gefühl, daß ich genau das verdient habe, was jetzt passiert ist."

Birke antwortete mit einem "Hmmm".

Die Einsamkeit hatte mich bitter gemacht. "Ich bin ein Versager und frage mich ... "

" ... Ich frage mich auch", unterbrach sie mich, "ob Du spinnst?"

214

Ich schloß die Augen und atmete tief durch, während sich das Selbstmitleid mit Windstärke zwölf einstellte. "Ich bin am Ende", sagte ich schließlich tonlos. "Ich weiß im Moment überhaupt nicht, was mit mir los ist."

"Verdammt, Ronny", schimpfte Birke und ihre Stimme hatte wieder diesen Gleich-lege-ich-auf-Ton. "Hör endlich auf zu jammern. Du bist nicht am Ende. Und schon gar kein Versager."

"Und warum nicht?" fragte ich, zog meinen linken Schuh aus und inspizierte meinen Socken. Sofort entdeckte ich ein Loch, durch das man einen "Mont Blanc" stecken konnte.

Birkes Lachen schallte aus dem Hörer: "Weil ich clever bin und keinen Versager um Hilfe bitte."

Zu meiner Verwunderung merkte ich, wie eine Welle heißen Blutes in meine Wangen schoß. Ganz reserviert sagte ich: "Wenn Du meinst. Aber ich habe im Moment nicht gerade eine Glückssträhne."

"Herzlichen Dank. Und was bin ich? Zähle ich nicht als Glück?" Birke antwortete in einem Ton, den sie niemals gegen Oliver angeschlagen hatte, wohl aber zuweilen gegen mich.

Ich liebte dies Lachen, kaute nachdenklich auf die Unterlippe und schwieg.

"Ich habe seine Mutter wegen der Beerdigung angerufen. Ich habe ihr gesagt, daß ich daran teilnehmen wollte."

"Und?"

"Und?" wiederholte sie. "Alles längst gelaufen. Verbrannt!" Birke stieß dieses Wort mit einem Abscheu hervor, als bezeichne sie etwas Unanständiges. "Verbrannt", wiederholte sie. "Und mich haben Sie nicht mal gefragt."

Wie auch? fragte ich lautlos. "Ich habe auch nichts davon ... "

" ... Ich muß jetzt Schluß machen," unterbrach sie mich. "Ich melde mich wieder ... " Klack.

Nach dem Telefongespräch starrte ich den Apparat an und ließ Birkes Worte noch einmal an mir vorüberziehen. Wie ein Tiger in seinem Käfig lief ich anschließend hin und her. Während draußen wahrscheinlich die meisten Menschen mit Arbeit überhäuft waren, bestand für mich das Problem darin, daß es einfach nichts zu tun gab.

Ich hatte das Gefühl, in einem Alptraum zu sein -

und ich wollte da raus!

***

Ein neuer Tag begann - wie jeder andere Tag

Am Donnerstag erwachte ich mit einem Dröhnen im Kopf. Der dumpfe Schmerz begann in meinem Nacken, verästelte sich durch mein ganzes Hirn und erreichte jeden Nerv. Sogar die Zähne taten weh. Außerdem hatten sich auf meiner Haut juckende Quaddeln gebildet, die ich kratzte, bis sie bluteten.

Die Freude über Birkes Anruf war in der Nacht dahingestorben und wurde jetzt von einer Sehnsucht nach Was-weiß-ich-auch-immer ersetzt, die mir vermutlich schon endlos lange in den Knochen saß. Ich fühlte mich saumäßig und würde mich mit fortschreitender Tageszeit noch saumäßiger fühlen.

Ich blickte zur Tür und wartete darauf, daß mein Zellenwärter reinkommen würde, aber es kam niemand.

Ich wußte nicht, was ich künftig mit meinem Leben anfangen sollte. Andere Leute bekamen laufende Meter neue Angebote, bei mir klingelte aber nicht das Telefon. Vielleicht weil ich es versäumte, mich in der Kölner Szene herumzutreiben. Ich konnte die Erniedrigung, schon wieder einmal versagt zu haben, nicht ertragen.

Es war Viertel nach elf, als ich mich schließlich ins Bad quälte.

Anschließend warf ich mich wieder auf meine Matratze und starrte die Ränder auf dem Glastisch an. Nach einigen Minuten schob ich eine Kassette von Bruce Springsteen in meinen "Walkmen", setzte mir den Kopfhörer auf und holte "Foxy Lady" aus dem Schrank. Ich wollte mich an den Bildern aufgeilen, aber nichts da. Mein Mangel an sexuellen Gefühlen deprimierte mich noch mehr.

Hoffentlich gab mir das Leben noch eine Chance, ging mir durch den Kopf.

Ich streckte mich auf dem Rücken und schlief ein.

Nach kurzer Zeit wachte ich wieder auf und meinte, daß jemand im Zimmer war.

"Oliver?"

Ich hörte aber nichts als das Rauschen meines Blutes in den Adern. Mit trüben Augen, durch die ich alles wie hinter einem milchigen Schleier sah, ließ ich meinen Blick durch meine Wohnung schweifen. Natürlich war niemand da. Trotzdem stand ich auf und sah in der Dusche und im Flur nach.

In meinen schlimmsten Alpträumen hätte ich mir so ein Höllenleben nicht vorstellen können.

Kein Wunder, daß ich schon unter Verfolgungswahn litt.

Aber als ich mich wieder hinlegte, die Augen schloß, spürte ich sofort wieder, daß jemand im Zimmer war.

"Oliver?"

Niemand antwortete. Nach einigen Minuten schlief ich ein - und schreckte irgendwann schweißgebadet hoch.

"Oliver?"

Wieder kam keine Antwort.

Endlose Sekunden vergingen.

Da kannst du ja ebensogut nach James Dean oder Jimi Hendrix schreien, dachte ich verbittert, stand wieder auf und ging zu meinem CD-Player. Ich legte "2 Become 1" von den Spice Girls auf. Wie lange soll das alles noch dauern? Gibt es nicht ein Menschenrecht auf Leben?

Nach einigen Minuten kam mir der Gedanke, daß Oliver mich sah, wie mir das Leben immer mehr aus den Fingern glitt.

Scheiße!

Augenblicke später schaute ich auf meiner "D-Info" nach: Fernseh-Dienst Frommholz ... Fernseh-Dienst Grundig ... .Fernseh-Dienst Wollfram. Kein Fernsehclub ... Vielleicht steht etwas unter Gaststätten: Feez Gaststätten und Dienstleistungs GmbH ... Filmdose ... Fleisch-Versorgung Köln, kein Fernsehclub ... Letzter Versuch unter Bars: nur acht Einträge, aber ein Fernsehclub war nicht dabei.

Scheiße!

Ich überlegte einen Moment, dann wählte ich die Auskunft an. Der Ruf ging zweimal ins Leere, dann erklang ein Band "Telekom, bitte gedulden Sie sich einen Moment", wieder kam das Freizeichen und eine Frau meldete sich: "Bärbel Koritzius. Guten Tag."

Ich gab der Telekom durch: "Ja ... äh ... ich hätte ... ja ... gerne ... "

Bärbel Koritzius schienen die Pausen zu lang zu sein: "In welcher Stadt?"

"In Köln", sagte ich und sah mich in meiner Wohnung um. Sie war voller Sachen, die wie Tretminen auf mein Gemüt wirkten. Schmuddelig und abgewohnt.

"Und der Teilnehmer heißt?" kam durch die Leitung.

Ich legte den Hörer an das andere Ohr und sagte: "Fernsehclub."

"Wie?"

Megablöd! Ich biß die Zähne zusammen und wiederholte "Fernsehclub."

Einen Augenblick hörte ich nichts als statisches Rauschen und meinen eigenen Herzschlag, dann kam wenig Ermutigendes über den Draht: "Ist so nicht verzeichnet ... Was soll das denn sein?"

"Keine Ahnung", antwortete ich, legte auf und bedachte den Zeitungsstapel auf dem Boden mit einem eisigen Blick.

Verdammt noch mal, es muß in Köln doch jemanden geben, der etwas über diesen beschissenen Club weiß!

Ich ließ in einem verschmutzten Glas "White Horse" kreisen und versuchte dabei die Fragen der Moderatoren in den TV-Gameshows zu beantworten.

Während ich so gefordert war, schaute ich aus dem Fenster und sah den Sommer.

Ich liebte die Sonne, war einmal ein begeisterter Schwimmer. Früher hatte ich regelmäßig meine freie Zeit an Baggerseen verbracht. Aber neuerdings hatte ich kein Interesse mehr an diesen Ausflügen. Sie waren mir gleichgültig. Aus Kino, Theater oder Konzerten in der Philharmonie machte ich mir überhaupt nichts.

Eigentlich interessierte mich gar nichts mehr.

In meinen Träumen sah ich neuerdings oft die Straße der Rettung vor mir. Die Pflastersteine dieser Straße setzten sich aus Rachegedanken und Bildern einer schönen, jungen Frau zusammen.

In meiner Brust breitete sich wieder das schmerzhafte Gefühl der Leere aus. Obwohl es Hochsommer war, fror ich.

Meine Traurigkeit wuchs sich langsam zu Depressionen aus.

Ich konnte mich nicht dazu aufraffen, irgend etwas zu tun, weder wollte ich ins "Pomp" gehen, noch wollte ich die blöden Gameshows bei RTL gucken. Warum sollte ich auch ins "Pomp" gehen, wo ich doch nur lächelte, allen möglichen Menschen einen ausgab, und es nicht wagte, mein wahres Gesicht zu zeigen? Ich blieb lieber Zuhause und ließ die Glotze ausgeschaltet. Im Grunde genommen wollte ich mich nur meinen Depressionen hingeben. Meine Lebensfreude brutzelte auf Sparflamme. Die Welt hatte mich nach unten gezerrt, und die Hand, die mich hätte retten können, rührte sich einfach nicht.

Einen Moment spielte ich wieder mit dem Gedanken, Nicole anzurufen. Ich war so am Boden. Ein bißchen hoffte ich, wenn ich wüßte, was sie einst an mir gemocht hatte, könnte ich diese Seite an mir ausbauen. Aber dann verlor ich jede Entschlossenheit und rührte den Hörer nicht an.

Die ganze Scheiß Welt hatte etwas Leeres. Sie war hart, kalt, tot.

Aber plötzlich spürte ich, wie neuer Mut in mir aufkeimte ... Ich mußte den Fall lösen!

Nur wie ich das anstellen sollte, war mir nicht klar.

Da blitzte in meinem Hirn eine Idee auf.

Ich mußte zu den Terroristen stoßen. Aber wie sollte ich für sie interessant werden? ... Eine Fülle von Phantasien fuhr mir durchs Gehirn. Vielleicht als Bankräuber - so etwas in der Richtung.

Es war mir klar, daß ich mich auf die Suche machen mußte. Und anschließend, so sagte ich mir, könne ich daran arbeiten, Birke aus meinem Kopf zu verbannen.

Ich riß die Augen auf, rannte zum Spülstein und drehte Wasser auf. Mit beiden Händen fing ich den eisigen Strahl auf und schwappte mir das Wasser ins Gesicht, bis ich das Gefühl hatte, richtig fit zu sein.

Ich hätte nicht sagen können, ob es die Morgen- oder die Abenddämmerung war, die in meiner Bude stand. Aber dann regte sich mein Darm und ich mußte zum Klo gehen. Also war es Morgen, auf meine innerliche Uhr war schließlich Verlaß.

Anschließend schaltete ich das Radio ein und ließ mich von "Eins Live" berieseln.

Während sich ein Teil meines Gehirns noch weiter auf das Grübeln konzentrierte, wollte doch tatsächlich ein anderer Teil bei "Samba de Janeiro" von "Bellini" mitsummen. Ich konnte es soeben noch verhindern.

Merkwürdigerweise spielte der Brief von der "Köln-Ludwigsburger Versicherung" keine Rolle mehr. Als ich mein T-Shirt auszog, bemerkte ich zum erstenmal, daß die krausen Haare auf meiner Brust zu ergrauen begannen. Sofort schaute ich weg - in einen Spiegel. Aber dort stand auch geschrieben, daß ich nicht mehr jung war: Mein Haar war schütter, das Fleisch nicht mehr straff und meine schlaffen Wangen ähnelten einem Blatt, das welk ist; bald wird es vom Baum fallen, dachte ich, und draußen geht alles weiter wie bisher, wird überhaupt einer merken, daß es nicht mehr da ist?

Ich war richtig froh, daß das Telefon mich vom Spiegel rief. Sofort stolperte ich nach nebenan und riß den Hörer von der Gabel, aber ich hörte nur ein paar Takte "Hey Jupiter" von Tori Amos, dann wurde aufgelegt.

Von wem? ... Enrico? ... Ich wußte nicht einmal mehr, ob es Enrico wirklich oder nur in meiner Phantasie gab - aber ich wußte, daß ich etwas tun mußte ... Ich könnte mich auch bei "Bild" oder "Express" andienen. Aber da lief bestimmt nur etwas auf der Und-was-haben-Sie-heute-für-einen-Knüller-Schiene. Und den hatte ich nicht.

Langsam drehte ich mich um die eigene Achse.

Am Himmel stand das dunkle Violett der ersten Morgenstunden vor Sonnenaufgang, als ich mich an meinen Computer setzte und schrieb: "Scheiße! Scheiße Scheiße!" Wieder einmal verwünschte ich es, daß ich je Gefallen an diesem Scheiß Kasten gefunden hatte. Eine Stunde später stellte ich meine Kaffeemaschine an. Während sie lief, hämmerte ich wie ein

Zombie in die Tasten meines Computers. Meinen ganzen Frust vertraute ich der Festplatte an.

Dann schaltete ich das Radio ein. Alle Sender berichteten, was es zu berichten gab, und sie berichteten immer wieder das gleiche. Die Wichtigtuer erlebten bei Radio RPR ihre große Stunde. Tag für Tag meldeten sich dort Leute zu Wort, die etwas rührseliges über diesen Politfuzzi zu berichten wußten, außerdem kamen immer wieder Experten zu Wort. Alle wunderten sich, daß nirgendwo ein Bekennerschreiben eintraf. Ich drückte auf die Aus-Taste.

Meine Eingeweide verschlangen sich zu einem gordischen Knoten, als ich danach zum Hörer griff und 0211-9395 wählte - das Landeskriminalamt in Düsseldorf. Ich habe es so satt, nur Zuschauer auf der Tribüne zu sein, wiederholte ich, um mich selbst daran zu erinnern. Entschlossen verlangte ich Harry Ostbaum. Die Antwort waren zehn Takte von "Strangers In The Night" von Bert Kaempfert, dann meldete sich jemand und sagte nichts anderes als "Ja?"

Ich straffte die Unterlippe: "Herr Ostbaum?"

"Ja." Die Stimme war unverkennbar. "Wer ist da?"

"Ronny Berghagen", antwortete ich im Flüsterton, denn es war immer wahrscheinlicher, daß meine Nachbarin Ruth Häkeler mich belauschen würde. Wenn ich telefonierte, hörte ich immer öfter im Hintergrund "Nicki" bellen.

"Ja, das ist doch schön", antwortete Ostbaum. Ich konnte das Seufzen deutlich aus dem Telefon hören.

Ich war in heller Aufregung, meine Stimme überschlug sich fast, als ich meine Pläne, in die Terroristenkreise einzudringen, in Stichworten vortrug.

"Berghagen, bevor Sie weiterreden", unterbrach er mich kalt. "Ich habe jetzt keine Zeit."

Sogar über den Draht der Telekom konnte ich feststellen, daß in den Gauen nördlich von Köln die Eiszeit auszubrechen schien.

Vielleicht läßt auch die Logik der Bullen ganz einfach nicht zu, sofort begeistert zu sein. "Aber wir müssen uns ganz schnell sehen", sagte ich und sah die Umrisse meines Plans vor Augen. Endlich hatte ich die Chance, auch mal "Big Macs" zu produzieren.

"Ich verstehe", erwiderte er, obwohl er das offensichtlich nicht tat. "Okay ... Morgen um 2 im Café Hagedorn." Dann vernahm ich ein Knacken in der Leitung und verschluckte mich fast: "Was?" Ich hielt kurz den Telefonhörer vom Ohr ab und betrachtete ihn, als wäre er ein Kunstwerk von Walt Disney, dann preßte ich ihn wieder ans Ohr. Als aber nichts mehr aus der Leitung kam, wußte ich, daß Harry Ostbaum aufgelegt hatte.

Aber ich wußte nicht, was mich nach diesem Anruf alles erwarten sollte.

20

Ich sollte mich am nächsten Tag erst um 14 Uhr im "Hagedorn" einfinden und stand bereits fünfzehn Minuten zu früh an der Einmündung Schaafenstraße Gewehr bei Fuß. Meine Jeans und das T-Shirt sahen knittrig aus, als hätte ich die letzte Nacht in voller Montur auf meiner Matratze verbracht. Die einzigen Aufwecker, die ich mir nach einem dreiminütigen Hustenanfall genehmigt hatte, waren zwei Tassen Kaffee und vier Zigaretten gewesen.

Plötzlich spürte ich, wie durcheinander ich langsam wurde, wie ich immer öfter die TV-Gameshows langweilig fand, wie ich immer unsicherer auf den Beinen wurde, und ich hüpfte einige Male auf und ab, und versuchte, so die Angst abzuschütteln. Gott noch mal. Schließlich atmete ich tief durch, wischte mir mit dem Handrücken den Schweiß von der Stirn und straffte mich.

Einen Fuß zaghaft vor den anderen setzend, als wate ich durch gefährliches Wasser, trat ich durch eine relativ schmale Glastür aus der heißen Sonne in das Café. Das "Hagedorn" erwies sich als eines jener schon seit langem bestehenden Cafés in Köln, die es seit 40 Jahren irgendwie geschafft hatten, sich vor jeder Modernisierung zu drücken. Die Kuchentheke war L-förmig, ihr gegenüber führte eine Treppe mit einem goldenen Handlauf zum eigentlichen Café. Ich hatte keinen Appetit auf Kuchen. Während ich mit gespielt selbstsicheren Schritten die zehn Stufen hochging, beschlich mich für einen Moment eine ungute Vorahnung. Ich verdrängte sie und sah mich um: Ich befand mich in einem Wartesaal der Bahn, erschlagen von bestimmt achtzig Tischen mit weißen Deckchen, auf einigen ruhte außerdem eine Vase mit zwei Plastik-Rosen (schwarz und weiß). An den Wänden klebten Blumentapeten, an der Decke hingen goldene Kronleuchter. Igitt. Es war ein merkwürdiges Gefühl, als hätte ich eine Reise zu einem Ort gemacht, wo ich nicht hingehörte. Oder inzwischen doch?

224

Ein Hauch von Uralt-Lavendel durchzog die Reihen. Mürrisch zog ich die Nase hoch beim Anblick der gut 50 Gäste jenseits des Verfalldatums. Hier konnten sie über die verlorenen Jahrzehnte und die unsichere Zukunft quatschen.

Im nächsten Moment war mir speiübel, die Knie wurden mir weich und mein Magen flatterte wie ein wildgewordener Schmetterling. Was ist nur mit mir los?

Ich dirigierte mich zu einem Platz, von dem ich den ich das Lokal gut im Blickfeld hatte. Eingehend betrachtete ich wieder die Gesichter der Leute. In einer Zehntausendstelsekunde kapierte ich, was hier ablief. Hier wurden alle Gebrechen zu einem speziellen Wettbewerb umgewandelt, und um hier mithalten zu können, mußte man schon einiges aufbieten - Krebs schien an allen Tischen anzukommen,

Plötzlich war mir speiübel: Nervosität kroch in mir hoch, während sich mein Kopf drehte. Ich preßte die Hände auf den Bauch, um mich ruhig zu stellen.

Das Schwindelgefühl hörte auf.

Aber die Angst blieb. Seit einigen Tagen hatte ich schon das Gefühl, verfolgt zu werden. Absurd? ... Ich bin einfach zu viel allein und fange an, Gespenster zu sehen, dachte ich ... Aber jetzt hätte ich schwören können, daß sich wieder zwei Augen auf mich richteten.

"Was soll's denn sein?" fragte jemand in angenehm nichtssagenden Ton.

Ich verpaßte mir fast ein Schleudertrauma, so blitzartig tauchte ich aus meinen Gedanken auf. Das aufblitzende Lächeln einer Kellnerin, die ich vorhin nicht gesehen hatte, drang sogar durch meine Sonnenbrille. Die Frau war Mitte Zwanzig, mittelgroß, vielleicht einen Meter fünfundsechzig, schlank, hatte welliges blondes Haar, und trug eine freche Nickelbrille. Die Frau hatte einen seltsamen Ausschlag im Gesicht, möglicherweise Akne.

Die Kellnerin sah mich an. Nie zuvor hatte ich so leuchtende Augen gesehen. Glaubte ich jedenfalls. Mit "Äh ... Einen Jack Daniels on the rocks" übertönte ich das Stimmengemurmel.

Die Frau kniff die Augen zusammen: "Hier wird sonst nie Jack Daniels verlangt. Kann ich sonst was für Sie tun?"

Als erstes Zeichen meiner Sympathie nahm ich meine Sonnenbrille ab. "Tun?" Dann grinste ich anzüglich und hoffte auf ein Lächeln von ihr, aber die Frau verzog keine Miene und tat so, als würde sie nicht verstehen, was ich meinte: "Was kann ich Ihnen bringen?".

"Äh ... Einen Kaffee", erwiderte ich. Meine Stimme klang mir fern und verschwommen.

Jetzt nickte die Frau und zog sich ziemlich eilig in die Küche zurück. Der Raum hallte wider vom Geklapper des Geschirrs.

Fünfzehn Minuten können eine verdammt lange Zeit sein!

Mein Blick wanderte über die Gesichter der Leute hinweg zur Eingangstür: Harry Ostbaum, der ganze Stolz von Recht und Ordnung, kam hereingeschlendert, angetan mit hellbraunen Westernstiefeln, ziemlich verwaschenen Jeans, einer fransenbesetzte Ziegenlederjacke und einem rotkarierten Hemd, aus dem schwarze, gelockte Brusthaare quollen. Es fehlte nur noch der Stetson. War es heute morgen seine Absicht gewesen, in Köln wie der junge Clint Eastwood in "Zwei glorreiche Halunken" zu wirken, so war ihm das prächtig gelungen. Er bewegte sich mit dieser gewissen Selbstverständlichkeit, die manche Leute auszeichnet.

Sofort forschte ich in seinem Gesicht nach einer Botschaft und fand keine.

Und als ich die Combo sah, die ihm folgte, tobte ich innerlich und mußte um Beherrschung kämpfen.

***

Okay, wenn die ihre Klatsche abholen wollen, sagte ich mir nach einigen Augenblicken.

Paul Kratzenstein, Ludwig Borsig und der Glatzkopf folgten auf ihren kleinen Frettchenpfoten Harry Ostbaum. Sie waren sportlich gekleidet, trugen helle Hosen und Hemden mit offenem Kragen.

Mein Gott! stöhnte ich, faßte mich aber wieder und verbarg so, wie ich überrascht und enttäuscht war. Ich konnte an ihren Blicken sehen, wie entschlossen sie waren, ekelhaft zu sein. Ich verzog leicht den Mund und hoffte, daß es sich dabei um den Versuch eines Lächelns handelte.

Kaum hatte ich die Mitglieder des Dreamteams eingehend gemustert, wurde die Luft im Café dicker und schwerer.

Ostbaum und seine Herdentiere kamen die Treppe hoch, sahen sich kurz um und gingen sofort zu mir. Harry Ostbaum durchmaß die verschlafene Stube mit großen Schritten. Seine Mannen dackelten hinterher.

Der Glatzkopf nickte mir zu. Aber es war nicht meine Art, jemandem entgegenzugehen. Jemand wie ich hatte es auch nicht nötig, zur Begrüßung strammzustehen.

Mit einer knappen Kopfbewegung schien Harry Ostbaum den anderen zu befehlen, an meinem Tisch Platz zu nehmen. Da nicht genug Stühle vorhanden waren, holte man einen zusätzlichen vom Nachbartisch. Ostbaum setzte sich und schlug sofort die Beine übereinander, auf diese Art, die zeigen soll, daß er sich hinsetzt und sofort die Beine übereinander schlägt.

Das Trio setzte sich ebenfalls, dabei gruppierte es sich in einem Halbkreis um mich.

Harry Ostbaum brummelte etwas, das wohl ein Gruß sein sollte. Er machte ein Gesicht wie jemand, der in die Küche rennt, weil

227

er riecht, daß das Essen angebrannt ist. Borsig, der Altgeselle der Zombie-Zunft, klopfte sich an die Schläfe und nickte mir ebenfalls zu. Ich sah ihn fragend an, wußte nichts zu sagen. Paul Kratzenstein ließ ein Grunzen hören, nur der Glatzkopf sagte jetzt: "Guten Tag".

"Tach", antwortete ich und versuchte, keine Miene zu verziehen, obwohl ich spürte, wie mir der Schweiß aus den Poren trat. Ich saß auf dem äußersten Rand meines Stuhls, und meine Schienbeine stießen gegen den Tisch. Hoffentlich bringt Harry Ostbaum die Unterhaltung in Gang ... Doch der machte keine Anstalten, sein Gesicht zeigte einen etwas zerstreuten Ausdruck. Er spitzte die Lippen, sagte aber nichts. Der Bulle schien über etwas nachzudenken. Wenn ich ihn mir genau anschaute, war er doch ein paar Jahre älter als ich, aber trotzdem fühlte ich mich neben ihm wie ein abgeschlaffter Hänger, der sich die Zeit mit der "HörZu" vertrieb.

"Wo sind Sie eigentlich letztens hingefahren?" fragte der Träger von "Schiesser-Feinripphosen mit Beinansatz" und schien regelrecht auf die Wirkung seiner Frage zu lauern.

Mit einer mir ganz fremden Sprache hörte ich mich sagen: "Wie meinen Sie das, Herr Borsig?" Während ich redete, kniff Harry Ostbaum ein Auge zusammen, als nehme er mit einem unsichtbaren Gewehr mich ins Visier.

"Wie wir das meinen? Das wissen Sie genau", antwortete Paul Kratzenstein und erntete dafür einen mißbilligenden Blick von mir.

Die Giftspritze mit Namen Borsig kniff die Augen hinter den Brillengläsern zusammen und klopfte dabei auf die Tischplatte: "Wie erklären Sie sich die Tatsache, daß unsere Aachener Kollegen Sie nicht angetroffen haben?"

Ich zögerte und hatte kein so gutes Gefühl bei der Antwort: "Ich habe kurzfristig umgebucht. Ich war in Bremen, Hamburg und Lübeck."

Harry Ostbaum drehte abrupt seinen Kopf und löste seinen Blick von der Kellnerin: "Genug mit der Scheiße!" befahl er und sein Schnurrbart tanzte in seinem Gesicht. " Wir haben nicht viel Zeit für eine Show. Also reden Sie!"

Könnte es sein, daß niemand am Tisch einen Sinn für Humor hat? fragte ich mich und sagte sicherheitshalber: "Ich war in Göttingen."

"In Göttingen", echote Entenarsch-Borsig, strich sich mit zwei Finger der rechten Hand über die Stirn und setzte die Folterzeit auf Gorrilla-Niveau fort. "Und was haben Sie dort gemacht?"

Du Arsch! Von Dir werde ich mir nicht die Suppe versalzen lassen. "Äh ... Einen Freund besucht, dem es nicht gut ging."

"Ihre Art ist wirklich beeindruckend", stellte der Glatzkopf fest.

Ich schaute ihm prüfend ins Gesicht, um herauszufinden, ob er sich über mich lustig machte, oder ob er tatsächlich beeindruckt war. Wahrscheinlich von beidem etwas.

Für einen kurzen Moment schwiegen alle.

Plötzlich wurde der Mund von Borsig schmal und ernst. "Wenn Sie glauben, Sie könnten mit uns den Molly machen", fauchte er, "dann müssen Sie viel früher aufstehen. Sie sollten sich keine Illusionen machen - wir sind keine Vollidioten."

Firlefanz!

"Jetzt, wo Sie wieder einmal den Job verloren haben", ergriff Paul Kratzenstein das Wort, "wie kommen Sie über die Runden?"

"Nun ja ... , äh ... Es geht", antwortete ich und spürte, daß ich den Boden unter den Füßen verlor. "Aber es könnte besser sein."

"Welcher Narr hat Sie eigentlich freigelassen?" fragte Harry Ostbaum plötzlich und machte mit seinem Blick klar, daß er der uneingeschränkte Alleswisser der ganzen Welt und darüber hinaus ist. Ohne eine Antwort abzuwarten, sagte er ruhig: "Ich habe ja schon viel von gefährlichen Menschen gehört, aber jemand, der gleich zwei Fehler macht, ist einsame Spitze."

"Wieso zwei?" entgegnete ich mit unterdrückter Wut und vermied es, ihm in die Augen zu schauen.

Harry Ostbaum lächelte ein ziemlich aufgesetztes Lächeln: "Fehler eins, daß Sie uns für dumm verkaufen wollen, Fehler zwei, daß Sie es noch immer auf eigene Faust versuchen wollen." Harte Augen bohrten sich in meine.

Diesmal versuchte ich, seinem Blick standzuhalten. Und verlor nach fünf Sekunden.

Noch bevor ich dazu etwas sagen konnte, fragte der Glatzkopf unvermittelt: "Wie geht es Ihnen überhaupt?"

Ich starrte ihn an, als sähe ich ihn zum ersten Mal. "Nicht schlecht", log ich, der sich hundeelend fühlte.

Ganz langsam stopfte Borsig Tabak in seine Pfeife und hüllte das "Hagedorn" in Rauch.

Gerade als ich mir den Kopf darüber zerbrechen wollte, was im Gehirn des anderen wohl vorgehen mochte, drang die Stimme der Kellnerin an mein Ohr:

"Ihr Kaffee", sagte sie und stellte die Tasse auf den Tisch. Dann kreuzte sie die Arme vor ihrem tollen Busen, als müßte sie sich vor einem Angriff schützen: "Wollen die Herren auch Kaffee haben?"

"Ja", knurrte Harry Ostbaum, wobei er recht unbehaglich blickte. "Einen Tee und dreimal Kaffee."

"Nun gut, meine Herren", sagte sie und bedachte alle mit einem engelsgleichen Lächeln. Als sie mich anblickte, war ihre Miene streng und ernst. Ich muß sie aber so verblüfft angestarrt haben, daß wir beide lächeln mußten.

Einige Herzschläge lang erwiderte ich ihren Blick. Dann sah ich weg, schlug die Knie übereinander und lächelte freudlos.

Nachdem die Frau sich geräuschvoll entfernt hatte, richtete der Glatzkopf seine Augen auf mich. "Ich bin übrigens Franz Keitel, der Polizeipsychologe", sagte er mit einer unendlich geduldigen Stimme. "Sie haben doch nichts dagegen, daß wir mitgekommen sind?"

Ich zuckte wortlos die Achseln und mied seinen Blick. Ich wußte, es gab eine Seele im Menschen, aber damit hatte es sich so ungefähr. Dann trank ich einen Schluck Kaffee und versetzte düster: "Und wenn schon? Ich könnte es nicht verhindern."

"Stimmt." Borsig zog einen Mund der Selbstzufriedenheit.

Ich knirschte mit den Zähnen. Auf diesen Kommentar konnte ich gut verzichten.

Der Psychofritze hob die Augenbrauen. Zum ersten Mal sah ich den Fächer von feinen Fältchen um seine Augen, sie waren wie zarte Narben von Lachen und Weinen. "Und Sie hatten in der Zwischenzeit keinen Kontakt zu irgendwelchen Presseleuten?" Franz Keitel sprach schnell. Ob er auch nervös war? Ich hätte es nicht sagen können.

Ich schüttelte den Kopf und mußte mir alle Mühe geben, weiter so zu tun, als wäre alles in bester Ordnung. Mit erzwungener Ruhe sagte ich: "Nein." Dabei stellte ich die Tasse heftiger auf den Tisch zurück, als ich es gewollt hatte, der Kaffee schnappte über den Rand. Wie meistens wartete ich ein wenig, bis ich lächelte. Als das Lächeln schon etwas auf meinen Lippen lag, wurde mir klar, daß es nicht zu dem paßte, was ich gerade gesagt hatte, aber ich konnte es nicht mehr stoppen.

Leere, verständnislose Blicke.

"Erstaunlich", sagte schließlich Harry Ostbaum, ohne eine Spur von Ausdruck im Gesicht. Er hatte die Hand am Kinn und klopfte mit einem Finger nachdenklich auf seine Unterlippe. "Erstaunlich", wiederholte er und blickte von Kratzenstein zu Borsig, "obwohl Sie groß in den Zeitungen standen?" Dann kritzelte er etwas auf die Titelseite der "Bunten", die direkt vor ihm lag.

Paul Kratzensteins in Falten eingebettete Augen waren weit geöffnet.

"Nein!" antwortete ich und zeigte unmißverständlich meine Verärgerung. "Das sagte ich doch schon", ergänzte ich schroff, dabei ließ ich die Knöchel meiner Finger knacken.

Das schien Harry Ostbaum zu beeindrucken. Ich sah tatsächlich seine Augenbraue hochgehen.

Borsig machte sich auch eine Notiz, dann nahm er seine Pfeife aus dem Mund und richtete sie auf mich: "Ganz recht, Sie sagten es schon." In seiner Stimme schien etwas Mitleid mitzuschwingen.

Ich schaute auf die Armbanduhr des Glatzkopfs, mehr, um dem Blick von Paul Kratzenstein auszuweichen, als um die Uhrzeit festzustellen.

Unterm Tisch ballte ich die Fäuste, als wollte ich auf sie alle losschlagen.

Die Kellnerin brachte die Getränke und warf Franz Keitel einen langen Blick zu, den er aber nicht erwiderte. Er blickte zu Harry Ostbaum, der seinen Kopf zur Seite neigte wie ein gelangweilter kleiner Junge, der seine Zeit im Kommunionunterricht verplempert.

"Warum wollte Oliver kündigen?" fragte ich und wurde etwas abgelenkt. Am Nachbartisch wurde wieder kein Gemeinplatz ausgelassen: "Sie hat wenigstens nicht gelitten." ... "Von ihrer Rente hat sie aber nichts gehabt." ... "Aber schwer ist es für die, die zurückbleiben." ... "Hoffentlich hat sie es jetzt besser, wo sie ist." ...

Plötzlich rückte Borsig näher zu mir, als wolle er ein großes Geheimnis mit mir teilen. Aber ich sah auch den Muskel in seinem Gesicht zucken. "Sie bringen da etwas total durcheinander. Von uns erhalten Sie KEINE Informationen."

Sein Ton war schneidend und seine Augen loderten. "SIE sagen uns aber, was Sie wissen, klar?"

Ohne zu lächeln bleckte Harry Ostbaum die Zähne von einem Ohr zum anderen.

Mein Blick ging weiter zu Paul Kratzenstein, der mich finster ansah: "Wer hat Ihnen überhaupt diesen Blödsinn erzählt?"

"W-wer?" stotterte ich und blickte zu der einsamen Azalee auf der Fensterbank. Im Augenwinkel sah ich, daß die Kellnerin vorbei wehte wie ein Luftzug. "Das habe ich irgendwo gelesen."

"Verdammt noch mal", begann er und schien nach den richtigen Worten zu suchen, "das ist absoluter Mist ... .Absoluter Bockmist. Sie haben mir noch nie sonderlich gefallen." Offenbar war ich bei der Kölner Polizei nicht eben hoch angesehen. "Aber Ihre Lügen setzen dem Ganzen die Krone auf." Kratzenstein schaute mich direkt an. Seine Augen waren kalt wie die eines Roboters.

Ich saß stocksteif da.

Borsig nahm seine Brille ab und begann mit ihr herumzuspielen: "Sie verwechseln offenbar die Realität mit den Krimis, die Sie sich aus der Leihbücherei holen."

Dieser beschränkte Polizistenarsch dachte wohl, er könnte sich alles erlauben. Aber ich beherrschte mich und warf Borsig einen langen Blick zu, ehe ich antwortete: "Wahrscheinlich haben Sie recht."

"Es gefällt uns nicht, wenn Sie einen Menschen betrauern und gleichzeitig versuchen, Polizeiarbeit zu machen, Herr Berghagen", antwortete Franz Keitel und kratzte sich durch sein Hemd die Brust.

Ich verdrehte meine Augen zum Himmel. Geschenkt!

Ludwig Borsig stopfte jetzt nervös in seiner Pfeife herum und betrachtete mich mit einem sekundenlangen Blick, er war eine Mischung aus Mitleid und Verachtung. "So, dann wollen wir mal."

Sein Ton war leicht, aber ich hörte deutlich die ernste Schwingung, als meinte er, wir hätten jetzt genug Smalltalk gehalten.

Harry Ostbaum holte ebenfalls Tabak hervor und rollte sich eine Zigarette, steckte sie aber nicht an. Statt dessen nahm er einen kräftigen Schluck Kaffee in den Mund und hielt ihn kurz in seiner linken Backe, ehe er ihn genüßlich schluckte. Dann lehnte er sich auf seinem Stuhl zurück, legte ein Bein über das andere und lächelte - so muß es aussehen, wenn Olaf Thon dich angrinst, kurz bevor er den Elfer tritt. "Ja, was gibt's?" erkundigte er sich in einem gewohnt mürrischen Tonfall. Sein durchdringender Blick machte sofort klar, daß ich, nicht er, der Bittsteller war.

Ich räusperte mich und begann behutsam: "Es geht um den Anschlag." Plötzlich hatte ich ein ziemlich flaues Gefühl im Magen.

Irgend etwas lag in der Luft.

"Damit war zu rechnen", brummte das genetische Experiment namens Borsig. Sein Gesicht zeigte keine Gefühlsregung, doch seine unruhigen Finger verrieten seine Erregung. Harry Ostbaum leckte langsam über die Gummierung seiner Zigarette, musterte mich dabei scharf.

Ich holte tief Luft und alle drehten sich zu mir. "Sehen Sie es einmal so", begann ich und wandte mich Harry Ostbaum zu. Dann trug ich meine Plänen vor, wie ich für die Bullen die Kohlen aus dem Feuer holen wollte. Meinen Blick ließ ich jetzt von einem Gesicht zum anderen wandern. Die meisten Gesichter verzogen sich, während ich weiterredete ... Egal, wenn ich damit die Pläne der Bullen durchkreuzt hatte, sollte es wirklich nicht meine Sorge sein.

Als ich fertig war, herrscht erst einmal völliges Schweigen.

Ich starrte kurz in vier Gesichter, die mich anglotzten, als wären sie der deutschen Sprache nicht mächtig.

Franz Keitel betrachtete mich nachdenklich: "Sie hängen wohl nicht besonders am Leben, was?"

In diesem Moment wußte ich, daß es einfach keinen Sinn hatte, nach neuen Argumenten zu suchen. Wozu sollte ich mich noch abbürsten lassen, wo doch die Vollstreckung schon feststand? ... Ich hüstelte und sehnte mich nach einer Auszeit. In meiner Brust spürte ich ein Gefühl der Enge: "Was ... Was meinen Sie damit?"

"Was sollen wir groß dazu sagen?" fragte plötzlich Harry Ostbaum, ganz und gar Eiswasser. "Offen gesagt, ich halte das Ganze für einen verdammt bescheuerten Witz. Und dafür machen Sie uns den Tag kaputt?" Dann lachte er, als wäre alles wahnsinnig komisch.

Mich überlief ein eisiger Schauer. Ich saß da und konnte mich überhaupt nicht rühren. Verfluchtes Miststück, dachte ich innerlich und weigerte mich, total auszurasten, weil das genau das war, was diese Arschlöcher wollten. Ganz ruhig antwortete ich: "Ich mache keine Witze."

"Nun ja. Dann glauben Sie wohl, daß die Stunde der Amateure angesagt ist, was? Aber das ist eine Sache für Profis!" Ich konnte deutlich heraushören, was Harry Ostbaum damit meinte, er meinte vor allem sich, und nur sich selbst.

"Teufel noch mal", schimpfte Paul Kratzenstein, und er hatte Mühe, ein Zittern in den Mundwinkeln halbwegs zu beherrschen. "Wir haben in unserem Beruf mit allen möglichen Irren zu tun. Und jetzt habe ich das Gefühl, daß sie womöglich einer dieser Irren sind ... "

" ... So kann man es auch sagen", unterbrach ihn Harry Ostbaum. Seine Stimme war ruhiger als die seines Kollegen, aber nicht weniger zornig. "Wenn Sie das vergessen sollten, stimmt etwas nicht mit dem Verfalldatum auf Ihrer Packung Voltax." Dann zeigte er ein überlegenes Lächeln, ich blickte starr geradeaus, knurrte "Arschloch" und rieb die Zähne aufeinander.

"Es handelt sich hier - wie die Zeitungen spekulieren - um einen Anschlag von Terroristen", fuhr Paul Kratzenstein anschließend fort, "und Sie werden sich da raushalten. Ist das klar?"

Seinen Worten folgte ein Moment atemloser Stille.

Am liebsten hätte ich alle zur Schnecke gemacht. Aber ich biß mir wieder auf die Unterlippe: "Nun ... "

" ... Halten Sie besser die Klappe", schäumte Paul Kratzenstein und legte eine Pause ein, von der ich nicht wußte, ob sie um der Wirkung willen oder aus ehrlicher Wut eingelegt wurde.

Dann sah ich, wie Franz Keitel vor Konzentration die Augen zusammenkniff und die Ellbogen auf den Tisch stützte. Er ergriff das Wort und sprach mit mir im Plauderton, als verfügten wir beide über die gleichen Informationen. "Wissen Sie, als Junge bin ich mal mit meinem kleinen Bruder Dietrich in die Stadt gegangen", sagte er mit seiner fast hypnotischen Stimme. "Meine Mutter hatte mir aufgetragen, gut auf ihn aufzupassen. Doch als wir an einem Spielplatz vorbei kamen, waren da all meine Freunde und machten sich einen Spaß daraus, mit den Schaukeln Überschläge zu machen. Ich wollte auch mitmachen, aber Dietrich hing an mir wie eine Klette. Ich habe ihn dann auf eine Bank gesetzt. Zehn Minuten später ist ein betrunkener Autofahrer auf die Bank gerast, und hat Dietrich voll erwischt. Irgend jemand hat einen Krankenwagen alarmiert." Während er sprach, bewegte er den Kopf hin und her, offenbar um Verspannungen zu lösen. "Als ich später ins Krankenhaus kam", fuhr er fort, "waren meine Mutter und meine Schwester Heidi schon da. Dietrich war schwer verletzt worden und stand unter Schock. Niemand hat mir Vorwürfe gemacht. Auch wenn ich mit Argusaugen auf ihn aufgepaßt hätte, wäre es passiert. Aber ich hatte nun mal geschaukelt und habe mir deshalb jahrelang Vorwürfe gemacht. Jedesmal, wenn ich die Narben auf Dietrichs Stirn sah, hatte ich schreckliche Schuldgefühle."

Ich räusperte mich und rutschte unbehaglich auf meinem Sitz hin und her, der Schmerz über meinem Auge wurde so stark, daß ich befürchtete, in Ohnmacht zu fallen.

Franz Keitel nahm seine Tasse in die Hand und schien sich zu überlegen, ob er trinken sollte oder nicht. Nach kurzem Zögern stellte er sie auf den Tisch zurück und fuhr fort: "Man kommt darüber hinweg, man ist einfach nicht für alles verantwortlich, was auf dieser Welt passiert, Herr Berghagen."

Ich wollte alles an meinen Ohren vorbeirauschen lassen, mußte mir aber auf die Innenseite der Wange beißen, um ein Schmunzeln zu unterdrücken, dabei nickte ich ernst. Urkomisch! dachte ich dabei. Den ganzen Tag nur Bescheuerte um sich, dachte ich, das färbt ab. Langsam wurde ich sauer. "Ja, ... Wie wollen Sie denn sonst an die Mörder herankommen?"

"Wie wir es für richtig halten, Herr Berghagen", antwortete Borsig. Je länger das Treffen dauerte, dessen feindseliger wurden die Blicke, die er mir zuwarf.

Harry Ostbaum warf einen Blick auf seine halbvolle Tasse. Dann schaute er mich an. Die Stimme und der Blick drückten Gefährlichkeit aus: "Wir glauben, daß Sie in irgendeiner Weise in die Sache verwickelt sind."

Es kam mir vor, als hätte mir jemand einen Tritt in den Bauch verpaßt. Ich kriegte zunächst kein Wort heraus und schnappte nach Luft. Dann stammelte ich: "Wie ... Wie darf ich das verstehen?"

"Genau wie ich es sage."

Bla bla bla.

Borsig drehte sich halb zu Paul Kratzenstein, behielt mich aber im Auge: "Im Klartext: Wir nehmen an. daß Sie etwas damit zu tun haben", sagte er leise und kratzte sich am Kopf. "Vielleicht stimmt das aber gar nicht. Vielleicht sind Sie aber noch dümmer, als wir glauben. Aber wenn sich herausstellen sollte, daß Sie irgendwie in diese Sache verwickelt sind, dann ... " Er brach ab, denn es war ein Satz, den man nicht beenden mußte.

Paul Kratzenstein nahm das Wort: "Entweder sind Sie zufällig in diese Geschichte hereingeraten, oder Sie haben Kontakte zu den Bombenlegern. Aber ich muß Ihnen sagen, mein Glaube an Zufälle hält sich in Grenzen."

Mein Herz schlug heftig, und mein Atem beschleunigte sich. "Ich???" schrie ich, als ich wieder sprechen konnte.

Schlagartig war es in unserer Umgebung mucksmäuschenstill geworden. Kein Zeitungsrascheln störte uns, und nirgendwo klapperten mehr Teller. Ich musterte mit einem schnellen Blick die Zuschauer. Die Alten starrten uns mit offenen Mündern an.

Meine Betroffenheit und die allgemeine Aufmerksamkeit schienen Paul Kratzenstein schnurzpiepegal zu sein. "Wissen Sie", begann er allen Ernstes, und der Zorn umwölkte seine Augen, "wir können bei unserer Arbeit keine Möglichkeiten ausschließen."

"Es besteht ein Verdacht, wie mein Kollege schon sagte, daß Sie in irgendeiner Weise etwas damit zu tun gehabt haben könnten. Aber ich glaube nicht daran." Franz Keitel wählte seine Worte mit Bedacht: "Könnte ... Wäre es denkbar ... daß Sie den Terroristen einen Tip gegeben haben." Er sah aus, als müßte er gleich zum Zahnarzt. "Vielleicht ganz unbeabsichtigt?"

Keitels sanfter Tonfall veranlaßte mich, ihn aus einer etwas anderen Perspektive zu sehen. Sollte er etwas anders sein, als ich ihn zunächst eingeschätzt hatte? "Nein!"

Harry Ostbaum warf mir einen Blick zu, aus dem das Bedauern sprach, daß ihn die Gnade der späten Geburt daran gehindert hat, nicht Aufseher auf einer Galeere mit mir als Sklave zu sein. "Der springende Punkt ist nur, Herr Berghagen, daß es ein Problem zwischen Ihnen und uns gibt."

Ich sah, wie sich sein Adamsapfel hob und senkte. "Und das wäre?" fragte ich mit einer Stimme, die vor Aufregung zitterte.

Das Schwindelgefühl in meinem Kopf kam wieder zum Vorschein.

Harry Ostbaum klopfte mit seinem Löffel auf den Tisch und beobachtete mich genau. "Daß Sie sich im Club der internationalen Selbstmörder einen goldenen Stern verdienen möchten", stellte er fest und heftete seinen Blick wieder an die langen Beine der Kellnerin.

Ich war zu aufgeregt, um zu merken, worauf der andere hinauswollte.

Franz Keitel legte die Stirn in tiefe Sorgenfalten: "Auch wenn ich mich wiederhole: Wir haben es hier mit eiskalten Mördern zu tun. Begreifen Sie das endlich!"

"Schluß! Das reicht wohl fürs erste", brüllte plötzlich Harry Ostbaum und reihte einen verbalen Sprengsatz an den nächsten. "Das in Marienburg war Bundesliga. Und Sie sind dritte Kreisklasse!" Er haute mit der Faust auf den Tisch.

Schöner Schlamassel!

Paul Kratzenstein blies scheinbar erleichtert die Luft durch die Nase, zückte sein schäbiges Portemonnaie und legte einen 20-Mark-Schein neben seine Tasse.

"Ich habe auch noch eine Menge zu tun", sagte Borsig frostig. Er hob langsam den linken Arm, hielt das Handgelenk so weit wie möglich von sich und starrte mit zusammengekniffenen Augen auf seine Armbanduhr.

Ich nickte, und konnte es nicht recht fassen, daß ich nickte.

Harry Ostbaum hatte sich erst halb erhoben, da standen die anderen schon erwartungsvoll auf den Füßen und signalisierten so, daß auch ihr Vorrat an Worten erschöpft war.

Kein Blick links, kein Blick rechts, und schon gar kein Blick zurück, immer geradeaus stolzierte Harry Ostbaum durch das Lokal, als gehöre es ihm.

Ich versuchte, an ihm vorbeizusehen, um mich zu vergewissern, daß es jenseits von Dirty Harry noch eine andere Welt gab.

***

Einige Minuten blieb ich sitzen, bis mein Puls sich wieder beruhigt hatte. Auf keinem Fall wollte ich mir anmerken lassen, noch nicht einmal mir eingestehen, aber ich war tief gekränkt ... Und was mache ich jetzt? fragte ich mich. Ich hatte mir alles so genau überlegt. Zuhause hatte ich das Gespräch mit Harry Ostbaum bis auf das letzte Wort ausgefeilt und geprobt. Ich hatte mich auf jede eventuelle Entgegnung von ihm vorbereitet, genau gewußt, wie ich auf jeden Einwand von ihm reagieren würde. Doch am meisten ärgerte ich mich darüber, daß niemand auf meiner Seite stand.

Mit einem energischen Ruck warf ich meinen Kopf zurück, um mich aus der Stimmung zu reißen, die mich seit einigen Minuten gefangen hielt. Durch die heftige Bewegung wurde mit von neuem schwindlig. Aber davon wollte ich mich nicht unterkriegen lassen. Ich griff in meine Tasche, legte fünf Mark heraus und schaffte es, wie eine Rakete vom Stuhl hochzuschnellen, als wäre ich soeben dem Rösten bei lebendigem Leib entkommen. Dann setzte ich meine Flagge und zwang meine nachgebenden Beine, mich schwankend zur Tür zu tragen. Am Ausgang fragte ich mich, ob das Schwanken auch die Alten bemerkt hatten? Sturzbetrunkener trifft sich mit harmlos aussehenden Männern. Man sollte vorsichtig sein! Ich konnte es den Leuten nicht einmal verübeln.

Ich hätte genauso gedacht.

***

Die Sonne stand ziemlich hoch am Himmel und strahlte unbarmherzig zwischen den Häusern hindurch, als ich nach draußen kam. Mir floß der Schweiß in Strömen herunter. Ich hatte das Gefühl, direkt an einem Hochofen zu stehen ... Es mußte einen Weg geben, und ich würde ihn finden, verdammt noch mal! Irgendwie mußte ich es schaffen, Licht in die Sache zu bringen ... Vielleicht haben die recht, dachte ich einen Moment. Mir kam in den Sinn, daß ich mit meinen Plänen möglicherweise etwas Verheerendes tue ... Schließlich verwarf ich die Gedanken und schloß die Augen. Obwohl sie fest geschlossen waren, spürte ich, wie sich alles um mich drehte ... Nein, ich darf nicht aufgeben! beschloß ich. Sofort wurde mir klar, was Millionen von Menschen schon lange wußten, aber nur zu selten zugaben: Eine Aufgabe ist die beste Möglichkeit, seine Sorgen vergessen zu lassen.

Meine Zuversicht und mein Selbstvertrauen wuchsen.

Wußtest Du, daß Oliver regelmäßig in den Fernsehclub ging? ... Oliver war oftmals überarbeitet. Wenn's regnete, hat er geweint ... Zuletzt hatte er sich immer weniger leiden mögen, wenn er in den Spiegel geschaut hat ... Oliver sagte, das ist wie eine zweite Haut, die man sich überzieht ... Kannst Du was mit BfTS anfangen? ... News Of Teiresias ... Was hatte das alles zu bedeuten?

Ich kriege es raus!!!

Blitzschnell riß ich meine Augen wieder auf und ließ meine Sonnenbrille vor meine Augen rutschen. Erst viel später merkte ich, daß mir nicht mehr schwindlig war. Nach einigen Augenblicken steckte ich die Hände tief in die Taschen meiner Jeans und ließ mich im Strom der Passanten mitreißen.

Es schien so, als hätte ganz Köln beschlossen, sich am Hohenstaufenring einzufinden. Mit beiden Armen stieß ich die

Leute, die mir im Wege standen, zur Seite. Ich hörte einige Leute derbe fluchen, lachte hell auf rund rannte weiter. Jetzt gafften alle mich an und meine Stimmung kippte wieder um. Obwohl ich die beunruhigenden Blicke ignorieren wollte, trat ich nach einigen Metern erbost gegen einen Papierkorb. Ich meinte zu merken, warum ich so wütend war:

Ich war auf mich selbst genauso wütend wie auf die anderen.

21

Über der "Kingsgard-Reinigung" war eine Anzeigetafel in Form eines Laptops, die abwechselnd Zeit und Temperatur zeigte: 12.44, 31 Grad. Ich wunderte mich selbst, wie merkwürdig wenig überrascht ich war, als ich die Penner sah, die vor dem "Maredo" und der "Dresdner Bank" herumlungerten. Schon seit einiger Zeit sah man am Dom, am Hauptbahnhof und am Neumarkt, wie die Alkoholiker und Drogensüchtigen die Passanten anhauten: "Hasse mal ne Mark für mich?". Manche von ihnen verkauften auch die Odbachlosenzeitung "Von unge". Andere hockten an den U-Bahn-Ausgängen, hatten einen umgedrehten Hut vor sich und einen selbstgeschriebenen Zettel: "Habe keine Arbeit und fünf Kinder zu Hause ... "

"An schlechten Tagen schnorren sie 100 Mark am Tag, an guten 50 Mark in der Stunde", hatte vor einiger Zeit "Punkt"! geschrieben. "Manche stehen hier aber nur rum, um nicht die Einsamkeit zu spüren."

Die Bettler schreckten vor meinem Blick zurück wie vor einer Wand und machten die Mücke, so schnell es der Fusel zuließ. Ich lächelte in mich hinein wie ein geduldiger Pauker, dessen Mathematikgleichungen endlich begriffen wurden.

Nein! Diesmal würde ich mich nicht von meinen miesen Gefühlen unterkriegen lassen.

***

Am Rudolfplatz stieg ich in eine Straßenbahn ein, ohne zu wissen, wohin ich überhaupt wollte. Noch hatte ich nur eine Idee. Aber mittags in Köln gilt immer "Im Zweifel für den Angeklagten". Ich schmunzelte. Einen langen Moment fühlte ich mich regelrecht erleichtert bei dem Gedanken, endlich etwas tun zu können, vielleicht herauszufinden, was wirklich passiert ist. Dann wurde ich jäh aus meinen Überlegungen gerissen, als die "2" am

Neumarkt hielt und eine leblose Frauenstimme sagte: "Endstelle. Bitte aussteigen".

Meiner Erinnerung zufolge würde ich hier, inmitten des imposanten menschlichen Ameisenhaufens in der Innenstadt, allerlei junge Leute mit Sammelbüchsen finden. Die Wahrscheinlichkeit, unter ihnen auch Sympathisanten der Terrorszene zu finden, war nicht besonders groß. Aber ich mußte es versuchen.

Mitten in Köln, würde sich vielleicht gleich das Schicksal eines Menschen entscheiden -

und zwar das meine.

***

Um meine Nerven zu beruhigen, steckte ich mir eine Zigarette an und prüfte den Sitz meiner Sonnenbrille.

Die ersten, die ich an der Einmündung Schildergasse entdeckte, waren drei Kurden, die um finanzielle Unterstützung gegen die türkischen Machthaber baten. Das war nicht, was ich suchte. Die anderen schwitzenden Gestalten warben für "Amnesty". Wieder Fehlanzeige.

Ich war unsicher auf den Beinen und verspürte ein warnendes Kribbeln im Nacken, als ich die Zeppelinstraße zum "Olivandenhof" entlangschlurfte. Vor der Charme versprühenden Welt aus verspiegelten Rolltreppen und einem gläsernen Aufzug hoffte ich, endlich fündig zu werden.

Und so war es auch. Ein Pärchen mit verkniffenen Gesichtszügen hielt die Palästinenserflagge hoch.

Ich nahm einen tiefen Zug aus meiner "Gitanes", hielt einen Moment den Atem an und stieß eine dicke Wolke aus.

"Haben die Scheiß Zionisten Euch noch nicht vertrieben?" fragte ich, als ich durch meine blauen Brillengläser auf die Beiden blickte.

Der Frau stieß ein freudloses Lachen aus, scheinbar fand sie mich einfach lächerlich.

Ich wartete, bis ein Feuerwehrwagen mit Blaulicht und Sirengebrüll an mir vorbeigerauscht war. Viel zu schnell. Mir klopfte das Herz bis zum Hals, so daß mir das Sprechen nicht einfach fiel: "Tja", fing ich wieder an, "ich frage nur, weil ich selbst vor einigen Jahren mit so einer Sammelbüchse auf der Kö in Düsseldorf gestanden habe. Damals haben mich so jüdische Fratzen vertrieben."

Die Frau, die so dünn war, daß die Sehnen auf der Rückseite ihrer Knie herausstanden, lächelte nicht mehr. Sie verschränkte die Arme abwehrend vor ihrer Brust und ihr Mund preßte sich zu einer harten Linie zusammen. Ihr Begleiter nahm seine Mütze ab, die irgend jemand drei Jahrzehnte zuvor bei "McDonald´s" geklaut hatte und ergriff das Wort: "Hör zu, wenn Du meinen Rat haben willst, und auch, wenn Du ihn nicht hören willst: Wird wohl das beste sein, wenn Du ganz schnell verschwindest." Im Blick ihres Begleiters bemerkte ich ein Glänzen, das mich sofort zur Vorsicht mahnte. Für den Bruchteil einer Sekunde sah es fast aus, als wolle er auf mich einschlagen. Doch er hielt sich zurück und sagte: "Wir verstehen von Deiner Scheiße kein Wort."

Aber ich verstand mehr als genug: Ich nickte zurück, warf einen kurzen Blick zum Haupteingang von "Karstadt" und sagte: "Ist wohl wirklich das beste."

Es gab nichts mehr zu sagen, nichts mehr zu fragen.

Gedankenverloren griff ich in die Tasche, steckte einen Heiermann in die Sammelbüchse und machte mich vom Acker. Erst wagte ich nicht mich umzudrehen, um zu sehen, ob die beiden mir nachschauten. Nach einigen Metern drehte ich mich dann doch um und blickte auf die beiden wie ein Maler, der wütend sein mißlungenes Werk betrachtet.

Die Sonne, die noch vorhin auf mein Gesicht gebrannt hatte, verfärbte sich jäh.

***

Als ich wieder am Neumarkt war, atmete ich tief durch und ließ noch einmal mein Sekundengespräch mit dem Paar Revue passieren. Irgendwie war ich mir deplaziert vorgekommen, ich war nun mal nicht Günter Wallraff. Dann fragte ich mich, was es mir brachte, wenn ich morgen einen neuen Versuch starten würde. Wahrscheinlich nichts. Also konnte ich es gleich bleiben lassen.

Dann setzten sich meine Füße automatisch in Gang. Weg! Nur weg hier. In mir war wieder ein Elan, den ich noch für Stunden nicht für möglich gehalten hatte.

Ich ging ich zur U-Bahn und stieg in eine "3" ein, als wollte ich zu Enrico fahren. Erst als die Bahn am Appelhofplatz abfuhr, bemerkte ich meinen Irrtum. Am Friesenplatz stieg ich aus und wolle zu Fuß nach Hause gehen. Vor "Dr. Müllers Sexworld" blieb ich stehen. Ein Modenschau-Laufsteg-Mix drang plärrend aus versteckten Boxen. Nach einigen Sekunden ging ich hinein. Links und rechts waren Filmkabinen von der Größe eines Kleiderspinds. Das bis zum Anschlag hochgedrehte falsche Stöhnen von drittklassigen Miezen bekämpfte den Verkehrslärm auf dem Hohenzollernring. Ich ging an der Kasse vorbei, wo eine Frau gerade ihre Nägel lackierte, geradeaus zum eigentlichen Laden.

Der entpuppte sich als ein großräumiges Warenlager für Dildos, Pariser und Gleitmittel - kaum mehr. Es war knackenvoll, und außerdem war der Laden bis an die Schmerzgrenze beleuchtet.

Am Wühltisch mit den Videokassetten blieb ich stehen: "Rasputin - die russische Sexmaschine", "Junge Debütantinnen", "Heiße Feger", "Nasse Schenkel".

Nach einigen Minuten schwanden mir vor Frust fast die Sinne, und ich sah mich im Laden um. Ein Typ auf der falschen Seite der 50 hielt respektvoll eine Lederpeitsche in der Hand, ein anderer beäugte ein Paar Handschellen. Dann versuchte ich festzustellen, was der Mittelpunkt des Ladens ist - die Schmuddelecke. Dort beäugte ein Mann tapfer eine Klistier-Spritze.

Ich streunte zu dem Stand mit den Zeitschriften. Reichlich tief hingen zwei bierselige Nasen über "Maxi-Bojen" und "Dr. Müller Bizarr". Halbherzig blätterte ich die schweißzerfressenen Seiten von "Busen total" durch.

Plötzlich sah ich im Augenwinkel, daß eine Frau in das Geschäft kam. Sofort schnellte mein Blick hoch - doch sofort bemerkte ich, daß die Frau offenbar keine Kundin war. Vielmehr war sie eine Angestellte, die offenbar gerade aus dem Kino in der ersten Etage gekommen war.

Mein Blick streifte die anderen Hefte: "Mega Climax", "TV-Magazin".

TV-Magazin?

Ich nahm das abgegriffene Heft in die Hand, sofort schlug mein Herz schneller. Auf den Bildern waren Frauen zu sehen, die tolle Busen und herbe Gesichter hatten, untenherum aber sahen sie wie Männer aus.

Zwitterwesen ... Klar: Fernsehen ist TV ... TV steht für Transvestiten ... Natürlich: ein Fernsehclub ist ein Laden für Transvestiten.

Meine Knie wurden weich und ich hätte mir fast in die Hose gemacht ... Was hatte Oliver mit einem Laden für Transvestiten zu tun?

Neben mir setzte sich eine schwere Zunge in Bewegung: "Das giiibt es nicht."

Ich sah, wie ein fast kahler, übergewichtiger Mann auf meine Bilder glotzte und verdrossen seine roten Bäckchen aufpumpte.

Ich schreckte zurück und sah ihn an, als hätte er mir ins Gesicht geschlagen.

Der Mann murmelte ein paar unverständliche Worte

Ich räusperte mich zweimal, holte tief Atem und ging mit dem Heft zur Kasse: "Wissen Sie zufällig, wo es in Köln so einen Laden gibt?"

Die Frau zuckte die Achseln: "Keine Ahnung." Ihre Stimme klang, als hätte sie schon in der Wiege Kette geraucht. Plötzlich verengten sich ihre Augen zu schmalen Schlitzen: "Was ist? Wollen Sie das Heft haben?"

Ich nickte und grinste mir eins.

Meine Hand zitterte ein wenig, als ich das Wechselgeld einsteckte und ging. Im Augenwinkel sah ich, wie mich die Frau von Kopf bis Fuß mit zweifelnder Miene musterte,

ich paßte wohl nicht ganz in ihr Schema.

***

Vor der Bäckerei "Merzenich" blieb ich stehen und wischte mir die Stirn ab. Ich brauchte einige Momente für mich, um meine Eindrücke durchzugehen ... TV-Magazin ... Fernsehclub ... Transvestiten ...

Vom Rudolfplatz rief ich Carlheinz Roth an - und sofort wurden unangenehme Erinnerungen wach: Spesen, Spesen, Spesen.

Zuerst wußte der Kölner Chef von "Punkt!" nichts mit meinem Namen anzufangen und wirkte etwas schroff. Erst als ich das Foto erwähnte, mit dem eine politische Karriere beerdigt worden war, wurde er merklich freundlicher und ließ die Vergangenheit ruhen: "Was kann ich für Sie tun?"

"Kennen Sie in Köln einen Fernsehclub?"

248

"Ein Fernsehclub?" wiederholte der Journalist. "Was soll denn das sein?"

"Ein Lokal für ... Transvestiten."

"Ach, so einer sind Sie. Ist mir damals gar nicht aufgefallen", kam durch die Leitung.

"Bin ich auch nicht. Aber ich suche so einen Schuppen."

"Warum?" fragte er.

Ich überlegte fieberhaft, aber mir fiel keine ausweichende Antwort ein: "Kann ich noch nicht sagen. Aber wenn ich etwas herausbekomme, erfahren Sie es sofort."

"Das höre ich täglich ... Wie dem auch sei, es gab mal einen Laden für Transvestiten hier. Ja, Fernsehclub hieß der." Meine Handflächen wurden feucht. "Aber den gibt es seit einem Jahr nicht mehr. Heute treffen sich die Schwulen und die Fans des Verkleidens im ... Ritt."

22

Die Hälfte unserer Arbeit, hatte Oliver einmal zu mir gesagt, besteht darin, Kontakte zwischen uns bekannten Personen und uns unbekannten Orten herauszukriegen. Mit diesem Gedanken im Hintergrund ging ich am selben Abend ins "Hotel Ritt". Zu sagen, daß ich mich vor dem, was auf mich zukam, fürchtete, ist kein Ausdruck für das Rumpeln in meinen Gedärmen. Ich wußte wahrhaftig nicht, was mich erwartete: Einblicke in Olivers Geheimleben, Ekel, vielleicht sogar Verrat an mir selbst.

Ich mußte meine Augen zusammenkneifen, als ich die Expedition zum Stamm des Grauens antrat, wie irgendwann mal "Bild" geschrieben hatte. Der Qualm meiner "Gitanes", die ich im Mundwinkel hielt, stieg steil nach oben und brannte in den Augen. Dazu kam der zum Zerschneiden dichte Qualm von Zigaretten, die in den Mündern von Leuten steckten, die alle einen erwartungsvollen Gesichtsausdruck hatten. Für ein paar Sekunden blieb ich stehen und sah mich suchend um.

Die Luft war nicht die beste. Aber in dem Laden war der Teufel los. Alle Plätze waren besetzt.

Ich sah genauer hin. Späte "Spice Girls" zeigten sich im Kaufhauschic. Der Mißbrauch von Haarspray schien in dieser Nacht folgenlos zu bleiben. Einige Mitglieder der rosaroten Gemeinde standen in Gruppen herum, nippten an Sektgläsern und bewunderten sich gegenseitig. In den meisten Frauenkleidern schienen Männer zu stecken. Einige Fummeltanten zeigten Netzstrümpfe und Stapse, mit denen die behaarten Beine erst richtig zur Geltung kamen. Aber dieses Gewirr von Exoten brachte mich nicht durcheinander. Hätte man aber das seelische Übergewicht, das ich auf meinen Schultern trug, sehen können, hätte mich bestimmt eine Welle von Mitleid empfangen.

Ich setzte meine Sonnenbrille auf und tat, als ob ich mich brennend für die vergilbten Autogrammkarten von ausrangierten

Stars wie Ivan Rebroff und Costa Cordalis interessierte, die an einer Wand aus bleichsüchtigem Gelb hingen.

In Wirklichkeit beschäftigte mich die Frage, was Oliver hier gesucht hatte.

Und meine hinter den blauen Gläsern verborgenen Augen registrierten meine Umgebung. Das "Hotel Ritt" war altmodisch verkommen und hatte noch keine Generalinspektion über sich ergehen lassen müssen, was in Gastronomiekreisen kurz Renovierung hieß. Was mir noch mehr auffiel, war eine Frau, deren Brüste aus dem Ausschnitt ihres superkurzen Leopardenkleids hervorquollen. Sie stand am Zigarettenautomaten. Obwohl sie schwarze high-heels trug, störte mich etwas an ihr. Was war es nur? Ihre Langeweile? Vermutlich fochte sie hinter der Wursttheke bei "Stüssgen" ihren Kampf gegen die Widrigkeiten des Lebens aus. Eine andere Frau in einem hautengen Latex-Kleid gesellte sich dazu. Als ich in alter Gewohnheit einen kleinen Ausflug zu dem Schlitz machte, der von den roten Schuhen mit Plateausohlen über die schwarzen Netzstrümpfe bis zu ihren Oberschenkeln ging, fragte sie mit einer Baßstimme: "Ist was?" Erschrocken schaute ich hoch und bekam auch einen ungefähren Eindruck von ihren Zügen - eine zu breite Nase, schmale Lippen und graue Augen, es war ein kaltes Grau. Sie war eine verblühende Person in mittleren Jahren, und sie tat mir leid.

Verlegen biß ich mir auf die Lippen und senkte den Kopf: "Ist nichts". Nach einigen Sekunden hob ich ihn wieder und irgend etwas, ich wußte keinen Namen dafür, huschte über ihre Gesichtszüge.

Irritiert ging mein Blick weiter.

Ein Dutzend Tische in einem zerknitterten Braun zog sich rechts von vorne bis hinten durch den Laden. Alle waren besetzt. An der linken Seite war eine Reihe von Nischen mit champagnerfarbenen Vorhängen, und zwischen den Nischen standen einige Zweiertische, an denen ebenfalls kein Platz frei war. Einige Tunten machten ernste Gesichter. Andere schienen sich geradezu in einem verordneten Rauschzustand zu baden. Bestimmt hielt sich jeder von ihnen für etwas, das er nicht war, aber gleichzeitig wünschte er sich, ein anderer zu sein. Eine Frau mit wüstem Haararrangement, das eher an Eishörnchen denn als eine Frisur erinnerte, fuhr die langen Nägel über das flache Dekolleté.

In der Mitte des Schuppens befand sich eine kleine Tanzfläche, die offenbar auch als Bühne diente. Zwei Scheinwerfer tauchten sie in gleißendes Licht, das von einigen Spiegeln an den Wänden zurückgeworfen wurde. Das Donnern einer Kanone eröffnete gerade "Showtime im Hotel Ritt". Erwartungsvolle Spannung. Und von einer Sekunde zur anderen wurden mir eine Geißel der Vergangenheit vor Augen geführt:

Mireille Matthieu.

Huldvoll federte sie die linke Hand auf und nieder und hielt mit der rechten ein Mikrofon. Sie? Die Frau, die auf der Mini-Bühne stand und ihren Mund auf- und zumachte, war keine Frau, sondern ein Mann. Ich schätzte den Künstler auf Ende vierzig, und sein Aufzug ließ ihn nicht gerade jünger aussehen. Die Bewegungen wirkten wie ein billiger Abklatsch von Turnübungen eines Altersheims. Was soll's? Schließlich war niemand zur Bewunderung der Tanzkünste hier.

Ich war aber etwas benommen - und dies nicht nur der Scheinwerfer wegen.

Nicht daß mich dieser Anblick hier anekelte, sondern daß mich diese Umgebung sogar ein wenig gefiel, erstaunte mich. Eine merkwürdige prickelnde Mischung aus Distanz und Anmache beherrschte die Atmosphäre.

"Wie toll sie ist", seufzte hingerissen die Frau neben mir, die Mireille Matthieu heftig applaudierte. Ich hatte den Eindruck, daß sie das hauptsächlich machte, weil sie den weiteren Programmablauf hinauszögern wollte.

"Oh ja, und ob", gab ich überschwenglich zurück, wischte mir mit dem Handrücken den Schweiß von der Stirn und machte mich vom Acker, gerade als ein Schottenrock mit Leder gemixt mit einem "Huch" an mir vorbeihuschte. Ganz hinten in der Ecke war gegenüber einer Frau, die tief in Gedanken war, noch ein Platz frei. Eine Schönheit auf dem ersten Blick saß dort. Dreißig könnte sie sein, schätzte ich. Vielleicht auch ein paar Jahre älter. Ihre Augen waren von intensivem Kobaltblau. Sinnliche Lippen mit der Andeutung eines Schmollens. Die rötlichblonden Haare trug sie brav zu einer Pony-plus-Zopf-Frisur Das ovale Gesicht lag im Schatten der Bühnenbeleuchtung. Sie war gekonnt geschminkt. Nur ein bißchen Lidschatten und ein malvemfarbiger Lippenstift. Sie trug ein hautenges lindgrünes Kleid mit Goldknöpfen, das eine Schulter freiließ und ihre Brustwarzen abzeichnete.

Ich zog mir eine frische "Gitanes" aus der Schachtel, steckte sie an und ging auf sie zu: "Sag mal, ist der Platz hier noch frei?"

Die Frau straffte ihre Schultern: "Wenn's unbedingt sein muß." Es war eine kultivierte Stimme, die mindestens nach Mittlerer Reife klang.

Aber begeistert klang das nicht gerade.

Ich versteckte mich hinter meiner Sonnenbrille, kaum daß ich saß. Sofort versuchte ich mir zu überlegen, was ich als nächstes tun sollte. Wenn ich den direkten Weg nehme, sie anquatsche und zum Fernsehclub oder zu Wolfgang Kliegel befragte, könnte ich vielleicht auf taube Ohren stoßen. Ich betrachtete die Asche meiner Zigarette, wußte nicht, was ich tun sollte,

und so tat ich erst einmal nichts.

Genüßlich führte Mireille Matthieu auf der Bühne ihre Karikatur vor. Mit zitternden Lippen und weitgeöffneten Augen breitete sie die Arme aus: "Es geht mir gut, Cherie". Das mit letzter Entschlossenheit amüsierwillige Publikum kicherte. Die Künstlerin trug eine rote Rüschenbluse und eine schwarze Hose, aus diesem Stretchzeug, wie man´s beim Training trägt, so eng, daß ihr Po zwei Hälften bildete. Ihre Perücke verrutschte wie ein zu großer Hut auf einem zu kleinen Kopf. Die aufopfernde Hingabe für die Kunst wurde beim Refrain belohnt.

Ich wandte meinen Kopf ab: "Ich heiße übrigens Christian."

Die Frau gegenüber streifte mich mit einem gleichmütigen Blick und fragte desinteressiert; "Ja, und?"

Ich biß mir auf die Unterlippe und spürte, wie mir das Blut in den Kopf schoß: "Nur so."

Endlose Minuten verstrichen.

Mein Gott, dachte ich, was soll ich denn jetzt sagen?

Die Frau nahm mir die Entscheidung zu handeln unfreiwillig ab: Sie nickte zu der Packung Zigaretten hin, die ich auf den Tisch gelegt hatte, und fragte: "Okay?"

Ich nickte zurück und ihr angedeutetes Lächeln verwandelte sich in ein Grinsen.

Die Unterhaltung hatte begonnen, auch wenn es noch einige Minuten dauern sollte, bis sie fortgesetzt wurde.

Schließlich wandte die Frau sich mir zu: "Nenn mich einfach Chantal."

"Chantal." Ich sagte den Namen noch einmal vor mich hin. Er klang überhaupt nicht echt.

Chantal beugte sich ein wenig nach vorn in meine Richtung: "Ist Dir 'ne Pulle Jägermeister über die Leber gelaufen, oder warum guckst Du so mürrisch drein?"

"Das ganze Leben ist scheiße", murmelte ich meiner Zigarettenpackung zu. Ich hätte ihr am liebsten die ganze Wahrheit gesagt - ihr die ganze Geschichte erzählt, die mich aus der Bahn geworfen hatte. Ich wollte ihr von dem Brief erzählen, von meinem Rausschmiß, aber ich brachte es nicht über mich, ganz ehrlich zu sein. Irgendwie gefiel sie mir, aber ich war mir noch nicht sicher, ob ich ihr vertrauen konnte.

Dann blickte ich hoch. Ein Suchscheinwerfer blendete sie kurz - und ich konnte ihr Gesicht genau erkennen. Es war zu weiß, sie hatte ein entschlossenes Kinn und ausgeprägte Wangenknochen, und unter den Augen waren schwarze Ringe. Leicht sah man der Frau ein ungesundes Leben an. Offenbar hatte sie erst kürzlich Prügel bezogen, ihre Oberlippe war geschwollen. Sie hatte auch versucht, einen blauen Fleck auf ihrer Wange mit Make-up zu verdecken.

Ihr Blick hielt mich fest: "Willst Du darüber sprechen, ja?"

Ich schüttelte den Kopf. In diesem Moment ließ uns auch der Suchscheinwerfer in Ruhe.

"Dann eben nicht", sagte sie enttäuscht wie ein kleines Mädchen, das gerade erfahren mußte, daß der Weihnachtsmann überhaupt nicht existiert.

Ich reagierte zunächst nicht, sondern betrachtete statt dessen ihre Hände, die leicht zitterten. Chantal trug keinen Schmuck bis auf einen schlichten goldenen Ring an der linken.

Mit "Ist es hier immer so voll?" wollte ich das Thema wechseln.

Chantal überlegte einen Moment: "Am Wochenende kriegst Du keinen Fuß mehr auf die Erde", antwortete sie und schwieg längere Zeit ihre Fingernägel an, wobei ich sie nicht unterbrechen wollte. Aber nach einigen Minuten wurde ich unruhig und schaute mich um. "Was machen eigentlich die ganzen Koffer hier?"

"Weißt Du, manche Männer kommen mit dem Koffer an, ziehen hier ihre Frauenkleider an und amüsieren sich. Morgen früh packen sie alles wieder in den Koffer, fahren treu und brav nach Hause und legen sich zu Muttchen ins Bett: Da bin ich wieder, ich habe Michael in der Kneipe getroffen, und es ist ein bißchen später geworden. So läuft das ab."

Ich steckte mir die nächste "Gitanes" an, starrte wieder in den Spiegel und sah, wie einige Typen die Mädchen, die vielleicht gar keine waren, umgarnten: "Hmmm."

Chantal, oder wie die Frau in Wirklichkeit auch heißen mochte, hatte meinen Blick bemerkt: "Schönheit blendet."

"Was?" Meine Finger zitterten, als ich die Zigarette zu den Lippen führte.

Der Tisch war vielleicht fünfzig Zentimeter breit, wir beide beugten uns plötzlich darüber, und unsere Gesichter waren nicht weit von einander entfernt.

"Du siehst es doch mit eigenen Augen." Sie versuchte, meinen Blick zu erhaschen. Aber ich weigerte mich, ihr in die Augen zu sehen, als sie fortfuhr: "Die Schönheit einer Frau kann in Nullkommanichts gestandene Männer in einen Haufen balzender Trottel verwandeln." Chantal strahlte mich an, als habe ich ihr soeben den negativen Bescheid ihrer AIDS-Untersuchung mitgeteilt.

Ich sagte nichts dazu und brauchte es wohl auch nicht.

Das schien uns beide etwas näherzubringen.

"Du gefällst mir", sagte ich.

Chantal überlegte einige Sekunden. Wußte der Teufel, was in ihrem Kopf vorging.

"Ganz so übel", sagte sie großzügig und hob die Schultern, "bist Du wahrscheinlich auch nicht. Aber im Moment siehst Du aus wie jemand, dem der Schuh ganz gewaltig drückt. Kann ich was für Dich tun?"

Automatisch schüttelte ich den Kopf und schaute sie an: Sie sah vertrauenerweckend aus. Ich hätte einiges darum gegeben, mit jemandem über meine Lage zu sprechen. Für einen Moment war ich versucht, es auch zu tun. Dann ließ ich es bleiben. Aber eine Stimme sagte mir auch, daß ich auf ihre Hilfe womöglich angewiesen war. Aber ich hörte nicht zu. "Nein, ich habe nichts."

"Du lügst ja noch schlechter als ich", antwortete Chantal. Nach einer Pause fügte sie hinzu: "Du kannst Dich darauf verlassen, daß ich es mit dem Beichtgeheimnis genauer nehme als manche Pastöre oder Psychotherapeuten."

Eine ganze Weile sahen wir uns an und schwiegen.

Mir kam plötzlich ein Gedanke, den ich nie zuvor in Betracht gezogen hatte: "Vielleicht sollte ich mal zu einem Psychotherapeuten gehen."

"Ach ja?" erwiderte sie. "Erstens: Es gibt keine Vielleicht-sollte-ich-mal-Psychotherapien. Zweitens: Ein Psychotherapeut ist kein Zauberdoktor mit einer Blitzkur zum Austreiben von Depressionen. Drittens: Darüber solltest Du dir vollkommen im klaren sein. Eine Therapie ist immer ein verdammt langer Prozeß, ich weiß. wovon ich spreche. Immer heilt der Patient sich selbst. Der Psychotherapeut hört nur zu, hebt niemals den moralischen Zeigefinger und gibt Dir höchstens Denkanstöße. Mehr nicht, verstehst Du?"

"Hmm." Ich blickte sie an, ohne sie wirklich zu sehen.

"So habe ich das erlebt."

Ich dachte eine Weile darüber nach und wechselte wieder das Thema: "Du hast vorhin etwas von Männern in Frauenkleidern erzählt ... "

" ... Und?" unterbrach sie mich und hob ihre schmalen Augenbrauen, um auszudrücken, daß sie eine Frage gestellt hatte.

Ihr Blick ließ mich einen Moment schweigen. "Äh ... Bist Du auch so einer, Chantal?" Voller Widerwillen schüttelte ich den Kopf.

Sie musterte mich mit einem amüsierten Blick: "Was meinst Du wohl, warum ich eine Psychotherapie gemacht habe, Christian? Vielleicht ist es ein Trost für Dich, an mir ist alles echt."

Ich schwieg, drückte die Zigarette aus und steckte mir sofort eine neue an.

"Ich nehme an, Du weißt nicht nur wenig von Psychotherapien, sondern kennst Dich auch in dieser Szene nicht besonders gut aus?" Chantal nahm mir die Zigarette aus der Hand und drückte sie in den Aschenbecher.

Ohne ihr Lachen zu erwidern, trommelte ich mit meinen Fingern nervös auf dem Tisch herum. Das Stimmengewirr um mich herum fand ich entspannend. Wenn ich meine Ruhe wollte, könnte ich auch zu Hause bleiben.

"Die meisten hier sind Transvestiten", führte sie aus. "Männer, die zur Maskerade gehen und die Frauen parodieren. Dazu gehören riesige Titten, wallende Haare und dicke Schminke ... "

Sie wollte noch etwas sagen, doch ich bremste sie: "Und warum gehst Du als Frau hier hin?"

"Weil ich früher ein Transsexueller war", erklärte sie lächelnd.

"Hä?" fragte ich, als habe Chantal gerade von drei tollen Wochen Wintercamping am Rhein-Herne-Kanal gesprochen.

Sie blickte mich mit ihren von dichten dunklen Wimpern umgebenen Augen an: "Also, beginnen wir mit dem Aufklärungsunterricht. Transsexuelle sind Menschen, die sich der gesellschaftlichen Pflicht beugen, daß Körper und Geist zusammen passen müssen."

"Wunderbar erklärt", sagte ich ziemlich ironisch.

Chantal holte Luft und sagte gleichmütig: "Anders gesagt: Im Gegensatz zu Transvestiten sind Transsexuelle nicht mit ihrem Körper zufrieden, hassen ihn sogar ... Und so ein Mensch war ich."

"Du bist doch nicht etwa auch ein Mann?" sagte ich in einem Ton, den normalerweise die Pfleger in einem Landeskrankenhaus wählen, die einen wiederauferstandenen Konrad Adenauer befragen.

"Irgendwie klingst Du naiv", lachte sie und fuhr dann fort, "ja, ich war früher ein Mann." Schatten furchte die sonst glatte Stirn von Chantal. Und sie sah einsam aus. Wie Willy Brandt ausgesehen haben muß, als er seinen Rücktrittsbrief als Bundeskanzler verfaßte. "Mein Körper war ein einziges Mißverständnis, ein Irrtum der Natur, und mein Sexualleben fand nur im Kopf statt ... "

" ... Du hast keinen körperlichen Kontakt mit niemand gehabt?" unterbrach ich sie.

Chantal zögerte: "Ja ... Fünf Jahre nicht." Ich sah, wie sich ihre Züge verhärteten, als sie fortfuhr: "Ich habe meinen Bartwuchs gehaßt, ich habe meinen Schwanz gehaßt. Es war schizophren: Ich sah aus wie ein Mann, habe mich aber als Frau gefühlt."

"Dein Körper hat Dir schwer zu schaffen gemacht?"

"Er hat mich nicht gerade in Begeisterung versetzt, wie Du richtig vermutest. Anders gesagt: Wenn es die Operation nicht gegeben hätte, hätte ich Selbstmord gemacht ... Aber darüber möchte ich nicht weiter reden, nicht einmal jetzt, wo ich etwas besoffen bin. Weshalb erzähle ich Dir das überhaupt?"

Ich versuchte sie wortlos zu trösten, und sie antwortete mit einem leisen, heftigen Ton, der halb Stöhnen, halb Seufzer war.

"Keine Ahnung", reagierte ich. Für mich war das eine seltsame Situation, die noch vor ein paar Minuten so barsch wirkende Chantal gab mir jetzt Einblicke in ihr Seelenleben - und zeigte ganz offen ihre Narben. Auch wenn ich mit Psychologie nicht viel am Hut hatte, konnte ich zwei und zwei zusammenzählen. Ich begriff, daß sie ganz schön in der Scheiße gesteckt haben mußte.

"Vielleicht," begann sie nach einer Pause, "weil jeder Mensch irgendwann einen Zuhörer braucht."

Mein Hals schmerzte. Ich rieb ihn, während ich zu Chantal sah und sie genau betrachtete. Im schwülstigen Licht vom "Ritt" leuchteten ihre Augen dunkelblau. Und die soll mal ein Mann gewesen sein? ... Unmöglich! "Du warst früher ... ein Mann?"

Chantal hustete und etwas Ähnliches wie ein Grinsen überzog ihr Gesicht. "So ist das Leben, Christian", sagte sie und leckte sich die dunkelroten Lippen.

Ich hätte sonst geschwiegen, aber etwas in mir zwang mich zum Reden. Ich wollte mich nicht mehr in die Welt des So-tun-als-ob flüchten und erzählte ihr ohne Abstriche die ganze Geschichte von Enrico, wie sie sich zugetragen hatte. Anschließend fühlte ich mich ziemlich erschöpft und sogar etwas betreten, aber um einiges wohler, ohne daß ich genau wußte, warum ... .Vielleicht gab es doch ein Wort dafür: Seelenbalsam.

Chantal hatte nur zugehört, ihr Gesicht hatte nichts als gespannte Aufmerksamkeit verraten. "Ich hoffe", begann sie, "es ist nicht mehr so schlimm, wie es noch aussieht."

"Ich auch."

***

"Wie ... bist Du zur Frau geworden?" griff ich ein Thema von vorhin auf.

Chantal zupfte ihre Unterlippe: "Das ist gar nicht so einfach. Ich will es so sagen, daß durch eine Hormonbehandlung zuerst mein Bartwuchs zurückgegangen ist. Gleichzeitig habe ich kleine Möpse bekommen." Jetzt lächelte sie. Ganz offensichtlich genoß sie diese Erinnerungen. Ihre Augen tanzten, als sie erzählte. "In Lugano ist dann der endgültige Seitenwechsel erfolgt."

"Seitenwechsel?"

"Ja, so nennt man das."

"Verstehe", sagte ich, obwohl mir ganz und gar nicht klar war, ob ich wirklich verstand. "Sag mal, hattest Du davor keine Angst?"

Chantal sah mich kurz nachdenklich an, als überlegte sie, ob es der richtige Ort wäre, über Ängste zu sprechen: "Ich habe mir fast in die Hose gemacht, als ich mit dem Zug in die Schweiz fuhr. In Basel kriegte ich richtigen Schiß. Ich fürchtete mich so sehr, daß ich ausstieg und mich in einer Kneipe vollaufen ließ. Und obwohl ich sturzbetrunken war, tat ich in meinem

Hotelzimmer kein Auge zu, weil ich genau wußte, daß ich weiterfahren mußte. Mir fiel ein altes Sprichwort ein: Ein Feigling stirbt tausend Tode, ein mutiger Mensch nur einen. Das mag abgedroschen klingen, aber es ist die Wahrheit. Sobald ich wieder im Zug saß, war meine Angst verflüchtigt. Im Krankenhaus war ich so euphorisch, daß sie mir Valium geben mußten."

Ich bemerkte, daß Chantals Hände aufgehört hatten zu zittern und jetzt ganz ruhig auf dem Tisch lagen. Ich wußte nicht, was ich sagen sollte, deshalb probierte ich es mit einem Lächeln, merkte aber sofort, daß jetzt Neugierde angesagt war: "Eine Frage noch: Können das nur diese Schweizer Bergbauern?"

Chantal lachte schrill auf, aber niemand an den anderen Tischen schien es zu stören. "Nein, das geht auch bei uns. Aber in Deutschland gibt es irrsinnig lange Wartezeiten. Allein in Kassel drei Jahre."

Mir war, als habe mich ein Stromstoß durchzuckt. Sogleich spürte ich Übelkeit in mir aufsteigen und wollte nicht glauben, was sich hinten in meinem Hirn zusammenbraute. Wie betäubt fragte ich: "Wo?"

"In Kassel."

Das saß! Lange Zeit brachte ich kein Wort heraus

Chantal blickte mich an: "Warum willst Du das alles wissen?"

Ich spürte eine Abwehr, mit der ich nichts anzufangen wußte. Es war fast so, als habe sie Angst. "Warum, was?"

"Warum willst Du soviel wissen?"

Meine Gedanken schlugen Purzelbäume. Alles, was ich von nun an sagte, könnte falsch sein. "Äh ... Ich bin neugierig."

Chantal spielte mechanisch mit der Zigarettenschachtel, während sie "Merkwürdige Neugierde" vor sich hinmurmelte.

Ich schaute mir wieder die anderen Tussies an. Die Chantal hatte mehr Format ... Irgendwie energisch und kampflustig. Aber das wäre ich an ihrer Stelle auch.

Blödsinn, das war ich, basta!

"Du bist wahrscheinlich heute hier die einzige Nur-Neugierig-Hete."

"Was ist eine Hete?" wollte ich wissen.

Chantal zog geräuschvoll Luft durch die gespitzten Lippen, als wolle sie meine Neugierde aufsaugen: "Eine Hete ist ein Heterosexueller, ein Normalo also."

"Ja", nickte ich und verfolgte mäßig das Geschehen auf der Bühne. Dort kam jetzt endlich der Knaller der Nacht: Daliah Lavi. Sie trug Mörderpumps und eine glitzernde Kreation, die aussah, als wolle sie irgendwann mal ein Abendkleid werden, wenn sie groß ist ... Beiläufig erkundigte ich mich: "Kennst Du eigentlich auch den Fernsehclub?"

Sie überlegte einen Moment, dann sagte sie: "Den Fernsehclub gibt's doch schon lange nicht mehr."

In einer plötzlichen Anwandlung sagte ich: "Ein Freund von mir ist oft dorthin gegangen."

Chantal legte den Kopf etwas in den Nacken und fragte: "Ein Freund? Vorhin habe ich noch angenommen, der einzige Mensch, an dem Dir was liegt, bist Du selbst. Und jetzt sprichst Du von einem Freund. Wie heißt denn Dein Freund?"

Es war kochend heiß in dem Laden, und unter meinem T-Shirt rann der Schweiß. "Oliver. "Er ist ... ", begann ich, verstummte und betrachtete kurz die Tischplatte zwischen meinen gespreizten Fingern. "Er ist ... tot."

Chantal zuckte zusammen und wurde fast so weiß wie der Scheinwerfer hinter ihr: "Tot?"

Nachdem ich einige Minuten nur dagesessen hatte, räusperte ich mich und fragte vorsichtig: " Du ... Kanntest Du ihn?"

"Ja", antwortete sie nach einigen Sekunden und drehte sich wieder zu mir. "Aber nicht besonders gut."

"Schade", bemerkte ich. "Vielleicht kannst Du mir trotzdem helfen: "Welchen Eindruck hat Oliver auf Dich gemacht?"

Chantal schaute mich an, als ob sie mich in diesem Moment zum ersten Mal wahrgenommen hätte. Dann fragte sie: "Wann?"

"Zuletzt."

Chantal, die gerade ihr Glas jetzt sicher an den Mund führte, hielt abrupt inne: "Schwer zu sagen." Dann stellte sie ihr Glas zurück und beugte sich über den Tisch, wie man es tut, wenn man vertraulich wird: "Er war depressiv, ja. Man hätte meinen können, er käme nicht mehr mit dem Leben klar."

Je mehr ich erfuhr, desto weniger verstand ich.

Chantal nahm sich eine Zigarette aus dem Päckchen, das auf dem Tisch lag, und steckte sie in den Mund: "Vielleicht solltest Du seinen Freund befragen, mit dem er hier oft war."

Mein Herz stolperte. "Den Kliegel?" fragte ich mit einer vor Aufregung lauter werdender Stimme.

Chantal hob die Schultern: "Kliegel? Ja, so heißt er wohl."

"Der ist auch tot", reagierte ich.

Diese Nachricht erstaunte Chantal nicht sonderlich. Sie nahm es zur Kenntnis, vielleicht war sie wirklich nicht besonders betroffen.

Chantal antwortete nicht sofort. "Scheiße!" sagte sie schließlich und ihre Augen blitzten bei diesem Gedanken.

Ich nickte nachdenklich: "Du hast von ihm nicht viel gehalten, nicht wahr?"

Chantal setzte sich steif auf und ihre Augen flatterten vor heftigen Emotionen. Die Antwort war ihrem Gesicht zu entnehmen, noch ehe sie ihren Mund aufmachte. "Schein ist für ihn wichtiger als sein gewesen. Karriere war das einzige, was für

Kliegel erstrebenswert war. Vielleicht kannst Du jetzt verstehen, daß der ganze Typ mir zum Halse raushing." Ihre Zunge fuhr über die Lippen. "Die Sache scheint Dich mächtig zu beschäftigen."

"Ich weiß nicht", erwiderte ich. Ich kann nicht einfach rumsitzen und auf den nächsten Tag warten - ergänzte ich lautlos.

"Was soll's?" Chantal nahm einen Schluck Sekt. "Nadine weiß bestimmt was."

"Warum?"

Chantal antwortete nicht sofort. Sie nahm einen langen Schluck, dann sagte sie: "Die war mal mit ihm befreundet."

"Und wo finde ich Nadine?

Einen Moment lang nahm ich fast an, sie würde nichts sagen, aber sie tat es doch: "Die tritt hier auch auf."

"Wann? Heute noch?" fragte ich. Auch wenn ich die Nähe von Chantal genoß, spürte ich in mir eine Unruhe.

Chantal schien sie zu spüren. Sie schob die Unterlippe vor und schüttelte den Kopf: "Nein, Du kannst ruhig gehen. In dieser Woche ist sie woanders."

"Und wo?"

Chantal massierte ihre Nasenwurzel mit zwei Fingern: "Nadine arbeitet am Hitzeler Weg." Dabei lächelte sie wieder und strahlte einen Optimismus aus, der mich verlegen machte. "Den kennst Du doch?"

In diesem Moment merkte ich, daß Chantal mich mochte. Sie sah mich mit dem gleichen Blick an, mit dem mich Nicole manchmal angeschaut hatte.

"Jaa", sagte ich gedehnt, "den kenne ich." Für einen Augenblick genoß ich den Auftritt von Milva. Dann stand ich auf, wollte Mireille Matthieu zwei Blaue geben und schnell das "Ritt" verlassen.

264

Auf dem Weg zur Tür wäre ich fast gestürzt, aber ich fand noch rechtzeitig mein Gleichgewicht wieder. Über dem Ausgang wehten jetzt die Regenbogenbanner, die bunten Fahnen der Tunten und Tanten. Als ich am Zigarettenautomaten vorbei kam, spürte ich eine heiße Welle vom Hals in den Kopf aufsteigen. Dort lag ein Magazin mit dem Titel: News Of Teiresias.

Aber das Blatt konnte mich nicht aufhalten.

23

Der Himmel über Köln war wolkenlos, die Sterne funkelten und die Mondstrahlen warfen einen silbernen Glanz auf die Bäume links und rechts des Militärrings, als ich am nächsten Abend nach links in den Hitzeler Weg abbog. Jetzt, wo's auf Mitternacht zuging, war es noch immer warm. Einige Male war ich früher schon dagewesen, kannte mich trotzdem aber nicht besonders gut aus. Endlich war ich wieder ein Handelnder, kein bloßer Zuschauer mehr. Mein Herz schlug wie eine Dampframme. Ich war wieder der kleine Junge, der nach dem Abendessen noch einmal hinausdarf.

Sofort durchforstete ich in Gedanken meine Brieftasche. Aber ich traute mich nicht, mich zu erinnern, wann ich das letzte Mal gefickt hatte, ohne dafür zu bezahlen. Außer meinem jugendlichen Charme hatte ich diesmal den Miezen nichts anzubieten

Das Bild, das sich mir bot, sprach zunächst für einen normalen Arbeitstag auf dem Straßenstrich. Mit einem Blick zählte ich die Wagen ab. Gut und gerne fünfzig standen links und rechts neben der Fahrbahn. Meine Scheinwerfer holten einige Männer aus der Dunkelheit, die aus ihren Autos ausgestiegen waren und an der Zufahrt zu einem Parkplatz eine richtige Menschentraube bildeten.

Das war heute so ziemlich der blödeste Straßenstrich, den ich je gesehen hatte! Es war, als rüste sich halb Köln zu einem Herrenausflug. Alle Frauen schienen gerade kollektiv ihren Pausenkakao einzunehmen. Total verrückt.

Ich fuhr rechts ran, schaltete den Motor aus und warf der kleinformatigen Giftspritze, auch "Express" genannt, auf dem Beifahrersitz einen flüchtigen Blick zu, die im Aufmacher den Düsseldorfer Innenminister in die Wüste schicken wollte, weil seine Jungs noch immer nicht den Anschlag in Marienburg aufgeklärt hatten. Zum Lesen war es zu dunkel, die letzte

Straßenlaterne war gut fünfzig Meter von mir entfernt. Ich ging einen Moment auf Tauchstation und betrachtete die im Dunkel geparkten Wagen vor dem schwarzblauen Himmel. "Golf", "Jetta", "Passat" ... Vielleicht bekommt man irgendeinen Mengenrabatt bei den VW-Händlern in Köln und Umgebung, wenn man sagt, daß man Stammgast am Hitzeler Weg ist ... Im nächsten Moment stellte ich mir vor, hier würden haufenweise Frauen in knappen Miniröcken und hochhackigen Stöckelschuhen auftauchen. Wie sollte ich Nadine ausmachen??? Vielleicht gab´s irgendwo in Köln eine besondere Schule, wo man das lernte, oder vielleicht war das eine Sache für Profis wie Harry Ostbaum? Ich überlegte, wie man ein Profi werden könnte.

Die Minuten krochen so dahin.

Und ich fand Zeit, um über meine Gefühle für Oliver nachzudenken. Er war für mich eine ganze Zeit lang ein Held gewesen, und jetzt empfand ich diese Wut, die einen jeden befällt, wenn er von einem Helden enttäuscht wird. Viele von uns haben irgendwann einmal eine derartige Wut auf ihre Väter entwickelt, aber diese Desillusionierung gehört einfach zum Leben. "Endlich werde ich erfahren, was wirklich mit Dir los war", sagte ich und zog meine Zigaretten aus der Jackentasche. Ich ließ Oliver viel Zeit für seine Antwort, aber er war, wie ich befürchtet hatte, so schweigsam wie ein Grab.

Nach einigen Sekunden fiel mir auf, daß ich wieder mal Selbstgespräche führte. Während ich mir die Zigarette ansteckte, rief ich mir die Geschehnisse des Tages vor Augen.

Morgens war ich zu "Karstadt" gegangen und hatte mir ein Manchmal-macht-es-doch-Spaß-Spiel gekauft. "Flight Unlimited 2". Danach hatte ich im Internet-Café "Moderne Zeiten" vier Kölsch getrunken, aber ich fühlte mich nüchterner als je zuvor. Zuhause mußte ich das Spiel sofort ausprobieren. Denn die erste Version hatte ich mir vor drei Jahren gekauft. Und das Geld für "Nummer 2" hatte sich wirklich gelohnt. Man flog nicht mehr über flache Landschaften, sondern konnte Berge und

Täler wie im richtigen Leben genießen. Mit meiner "Cessna" flog ich sogar unter der Golden Gate Bridge her, landete und war gleich wieder in der Wirklichkeit. Ich piepte Enzo per E-Mail die Nachricht auf seinen Schirm, daß ich ihn unbedingt sprechen müßte. Doch er meldete sich auch diesmal nicht. Darum war ich mit Bahn und Bus zu ihm in den Hahnwald gefahren. Gleich an der Tür berichtete ich ihm davon, daß mich sein Bruder gefeuert hatte. Enzo wirkte leicht amüsiert, als ob nichts von alledem ihm anging: "Schlaf Dich erst einmal aus. Du siehst weiß Gott aus, als hättest Du etwas Schlaf nötig." Ich starrte ihn an, dann sagte ich: "Enzo, warum willst Du nicht begreifen, was der Job bei Deinem Bruder mir bedeutet hat." "Ich weiß", antwortete er mit stahlharter Stimme, "und damit basta. Schluß. Aus." Daß man auch arbeitete, um vielleicht etwas zu sein, was man gar nicht war, würde ihm nie einleuchten. Aber etwas anderes: "Ist noch gar nicht so lange her, daß wir Deinen Arsch von der heißen Herdplatte geholt habe." Enzo fing an, tief in der Kehle zu glucksen. Dann starrten wir uns mit feindseligem Schweigen an. "Okay, okay", sagte er schließlich. "Ich werde tun, was ich kann." Nicht viel - ergänzte ich in Gedanken. Und Enzo gab mir recht. "Aber die Lage ist sehr schwierig." Warum? "Letzte Nacht hat es ein großes Unglück gegeben. Unser Lokal ist abgebrannt. Zum Glück sind wir versichert. Und wenn die Versicherung gezahlt hat, gehen wir vielleicht erst einmal für einige Zeit nach Italien zurück. Willst Du mitkommen?" Ich schenkte mir die Antwort und ließ ihn stehen.

Was mache ich auf dem Autostrich ohne Auto? Nichts, gab ich mir zur Antwort. Aber sämtliche Instinkte rieten mir, zum Hitzeler Weg zu fahren, und zwar noch heute. In der Straßenbahn ab Rodenkirchen fiel mir auch das Wie ein. Bei "VW-Fleischhauer" lieh ich mir einen Wagen für eine Probefahrt. Und weil es schon kurz vor 19 Uhr war, fragte ich: "Kann ich das Auto erst morgen früh zurückbringen?" "Kein Problem", antwortete ein übereifriger Verkäufer, ließ sich meinen Personalausweis geben und hob die Hand zum Gruß, als ich mit einem "Polo" vom Hof fuhr.

Ich bewunderte mich selbst ein wenig, als ich jetzt so dasaß und vor mich hinschmunzelte.

Ich wünschte ...

Ich wünschte mir eine Menge. Ich wünschte, daß mir noch oft so gute Ideen kommen würden. Ich wünschte, wieder beruflich erfolgreich zu sein. Ich wünschte, nicht mehr allein zu sein.

Ich war total in Gedanken versunken, als plötzlich jemand neben dem Wagen stand.

Es war eine Frau. Sie trug schwarze Designerjeans, ein weißes T-Shirt und eine schwarze Lederjacke.

Die Frau beugte sich herunter. Sie hatte sogar schwarzen Lippenstift aufgetragen, wenn auch nicht besonders sorgfältig, es sah eher aus wie bei einer Handelsschülerin aus Frechen, die einmal Vamp spielen wollte. "Na, was willst Du denn hier?"

Die Stimme ... Die Augen ... Die Figur ... Das ist doch ...

"Oh." Mehr brachte ich nicht heraus.

Sie sah mich einfach an, ihr offener, gerader Blick war unglaublich. Keine Spur von Scham oder Verlegenheit. Aber sie sagte kein Wort.

Möglicherweise konnte sie es nicht.

Möglicherweise wußte sie in dieser Sekunde auch nicht, was sie sonst noch sagen sollte.

**

Immer wieder beging ich neuerdings den Fehler, zu glauben, daß das Leben keine größeren Überraschungen mehr für mich bereithielt, und dann kam diese Frau um die Ecke.

Als ich wieder anfing zu atmen, suchte ich wortlos in ihren Augen eine Erklärung.

Doch sie gab mir keine.

Sie sprintete auf einen roten "Golf Cabrio TDI" los.

"Warte! Was hast Du?" brüllte ich.

Sie gab mir keine Antwort, sprang in den Wagen und startetete den Motor. Als sie mit quietschenden Reifen an mir vorbeischoß, wirbelten Staubwolken auf.

Ich spürte, wie sich meine Brust mit ängstlichen Gefühlen zusammenzog, als ich die Spur aufnahm. Ich startete, würgte den Motor ab, startete erneut, wendete und fuhr hinterher. Schotter knallte gegen das Bodenblech. Einige Freier guckten mir hinterher, wie ich mich dünnemachte.

Eine Wolke von Staub hinter mir, so preschte ich aus dem Wald und legte eine selbstmörderische Rechtskurve hin, als ich auf den Militärring abbog, der wie leergefegt war. Aber sofort zog sich mein Magen zusammen. Bestimmt zehn Wagenlängen fuhr das "Erdbeerkörbchen" vor mir her. Mein "Polo" hatte nicht die PS, um das Cabrio einzuholen.

Das Blut raste so schnell durch meinen Körper, daß ich förmlich die Reibungen an den Arterienwänden spüren konnte.

Ich tat mein Bestes, um voranzukommen, aber das war nicht genug. Mein Wagen beschleunigte so schnell wie in einem Alptraum, der "TDI" reagierte trotzig auf die Herausforderung und legte noch einen Zahn zu.

Am Straßenrand schossen Bäume silbern in meinem Scheinwerferlicht vorbei.

Ich umklammerte das Steuer, um das Zittern in meinen Händen zu beruhigen, trotzdem fühlte ich mich irgendwie phantastisch. Ich kam mir vor, als hätte ich alles Griff, wenn da nicht diese Scheiß Kiste wäre. Die Lenkung war zu weich, und die Reifen waren zu hart.

Aber ganz langsam stieg die Nadel des Tachos auf siebzig, fünfundsiebzig, achtzig.

Sofort richtete ich meine Augen wieder starr geradeaus zur Windschutzscheibe. Die Straße vor mir war frei. Nur der "TDI" war zu sehen.

Ich schaltete das Fernlicht an und sah die Umrisse ihres Kopfes auf dem Fahrersitz. Für eine Sekunde drehte sie sich um und starrte mich an. Ich sah, daß ihr Gesicht voller Entsetzen und Angst war.

Die Tachonadel im "Polo" zitterte bei fünfundneunzig.

Im Rückspiegel entdeckte ich, daß ein Blaulicht näher kam, doch ich kümmerte mich nicht darum.

Das einzige, was mich interessierte, war der Wagen vor mir.

Am Bonner Verteiler schalteten die Ampeln gerade auf Gelb. Der "TDI" röhrte vollstoff in die Bonner Straße.

Mein Herz raste. Ich ging kaum vom Gas und nahm den Kreisverkehr mit über hundert. Dann schaltete ich in den zweiten Gang und riß das Steuer ebenfalls scharf nach rechts. Der Motor kreischte, und ich hatte das Gefühl, die Kurve auf zwei Rädern zu nehmen. Ich hatte einen Riesenbammel, meine Karre würde seitlich umkippen, aber sie tat es nicht. Aber um ein Haar hätte ich einen Radfahrer auf die Intensivstation der Unikliniken gebracht.

Mit meinen Gedanken war ich bei dem Wagen vor mir und wünschte mir, ich könnte die Gedanken der Fahrerin lesen.

Erst auf der Bonner Straße schaute ich wieder in den Rückspiegel: Das Blaulicht war verschwunden. Ich holte auf und es gelang mir fast, sie einzuholen, ich blinkte mit dem Fernlicht und hupte. Sie ignorierte mich und fuhr wieder schneller.

Kurz hinter der Leyboldstraße schoß mir wieder ein Polizeiwagen mit Blaulicht in den Rückspiegel, daß ich mir vor Schreck fast in die Hose machte. Ich fuhr rechts ran, und die Bullen bretterten an mir vorbei, ohne sich im geringsten um mich zu kümmern.

Ich umklammerte das Steuer, bretterte los und blickte starr geradeaus. Allmählich holte ich den "TDI" ein.

Vor uns tauchte eine rote Ampel auf, doch der "TDI" fuhr weiter. Ich ebenfalls.

Rechts von mir kam ein "K 1" mit quietschenden Reifen zum Stehen.

Hinter dem Schild "Evangelische Kirche" trat die Fahrerin vor mir in die Eisen, und ihr "TDI" hielt abrupt an.

Ich mußte auf den Bürgersteig ausweichen, sonst wäre ich aufgefahren.

Bevor ich Gelegenheit hatte, aus dem Wagen zu steigen, war sie aus dem Cabrio gesprungen.

Direkt an meiner Tür, blieb sie stehen, stemmte die Arme in die Hüften und lächelte kalt.

Ich kurbelte die Scheibe herunter und starrte sie wortlos an.

"Warum verfolgst Du mich?" schrie sie gegen den Verkehrslärm an.

"Äh ... Weil Du abgehauen bist", erwiderte ich.

"Sehr witzig. Also, hier bin ich."

Als ich nichts sagte, holte sie aus: "Warum starrst Du mich so an? Glaubst Du vielleicht, ich bin irgendso'n Tier im Zoo?"

"Nein, Birke, aber ... " Ich brach ab, denn sie hörte mir nicht zu, sondern ging vorne um den Wagen herum.

Ein nervöses Kribbeln, das in meinen Fingerspitzen anfing, breite sich über die Arme bis in meine Brust an, als ich Birke einsteigen sah.

Ein paar Sekunden geschah nichts. Regungslos saß ich hinter dem Steuer. Nur "Un-Break My Heart" von Tony Braxton aus dem Radio durchbrach die Stille.

Mir schoß der Gedanke durch den Kopf, möglicherweise hat sie am Hitzeler Weg die berufliche Erfüllung ihres Lebens gefunden.

"Wahrscheinlich willst Du jetzt wissen, warum ich dort war", begann sie. "Ich werde es Dir gleich sagen. Aber würdest Du mir erst eine Frage beantworten, ganz ohne Machogehabe und ohne Sprücheklopferei, ja?"

Ich lächelte schwach - ich zog es vor, nicht an meine Vergangenheit erinnert zu werden: "Ich kann's ja mal versuchen."

"Wachst Du je nachts auf und zerbrichst Dir den Kopf darüber, daß Du mit einem Menschen befreundet gewesen bist, den Du gar nicht kanntest?" fragte sie, als ob wir uns schon immer über psychologische Probleme auseinandergesetzt hätten.

Ihr trauriger Blick rührte mich. "Ich habe Oliver auch nicht gekannt", sagte ich schnell.

Weiter sagte ich nichts, weil weiter nichts zu sagen war.

Nach einigen Sekunden entwich mir ein tiefer Seufzer.

"Oliver war zuletzt nicht mehr Oliver. Er spielte nur sich selbst." Birke sprach ganz mechanisch, sie schien selbst kaum mitzukriegen, was sie sagte.

Auch ich war unkonzentriert. Meine Gedanken flatterten aufgeregt umher: *Oliver war zuletzt oftmals überarbeitet. Wenn's regnete, hat er geweint ... Das ist wie eine zweite Haut, die man sich überzieht ... Zuletzt hat er sich immer weniger leiden mögen, wenn er in den Spiegel geschaut hat ...* Alles, was ich gehört hatte, ergab einen Sinn - eins führte zum anderen, aber es schien in einer anderen Welt zu spielen - nicht in der Welt, in der ich Zuhause war. Nachdenklich blickte ich zu dem Schild "Evangelische Kirche" und sah Oliver unwillkürlich vor meinem inneren Auge.

"Ist das nicht verrückt?" fragte sie unerwartet. "Wir sind an dem Ort, wo er gestorben ist. Aber zum Trauern kommen wir nicht, weil zu viele Fragen durch unsere Köpfe schwirren." Birke umklammerte ihr Knie mit den Händen.

Es war dieselbe Geste, wie Oliver sie gemacht hatte.

Ich sah Birke an, daß sie etwas von mir wissen wollte.

"Ach, fast hätte ich es vergessen", sagte sie plötzlich, "was hast Du eigentlich hier gemacht?"

Als ich erklärt hatte, was geschehen war, sagte sie nur: "Hmm, verstehe."

"Und Du?", sagte ich, als sei ich erst gerade auf die Idee gekommen.

"Ich bin vor zwei Tagen ebenfalls im "Ritt" gewesen und habe das gleiche erfahren", antwortete sie. "Darum war ich gestern und heute draußen am Hitzeler Weg. Aber diese Nadine war nicht dort."

"Wie bist Du überhaupt auf das "Ritt" gekommen?" fragte ich.

"Nun ja. Mir ist eingefallen, daß Oliver öfter von dem Laden sprach. Und sein ganzes Verhalten in der Vergangenheit deutete an, daß er sich in diesen Kreisen bewegt." Plötzlich zog Birke eine Disketten hervor: "Ich habe einen Teil der Festplatte von Olivers Computer kopiert. Wenn Du das liest, wirst Du merken, daß Oliver viel Geheimnisse hatte. Und ich bekomme immer mehr das Gefühl, irgend jemand hat Angst vor seinen Aufzeichnungen."

"Ja", sagte ich. Sie hatte recht.

Der Jemand war ich.

24

Es war Viertel nach eins, als wir zu mir fuhren. Was würde Birke zu dem Chaos in meiner Wohnung sagen? Vielleicht hielt sie es für das Werk eines Einbrechers..

Auf dem Weg zum Barbarossaplatz machten wir einen kurzen Boxenstopp bei "Aral".

Mit beginnenden Kopfschmerzen und einem flauen Gefühl im Magen kamen wir bei mir an, wo ich sofort meinen "Siemens" einschaltete und die Disketten in das digitale Nirvana steckte.

Ich war gespannt wie ein Flitzebogen.

Aber Birke ließ ihren Blick schweifen und rümpfte die Nase: . "Wie kann man nur in so einem Saustall leben?" fragte sie, und ihr Blick suchte den meinen.

Ich grübelte eine Weile und sagte dann: "Da meiste davon haben Leute weggeworfen."

"Was Du nicht sagst", bemerkte sie spöttisch.

Darauf wußte ich keine Antwort und hißte die weiße Fahne: "Das wird sich ändern."

"Wann?" fragte Birke zurück. "Eines Tages finde ich Dich sonst noch lebendig begraben unter einer Papierlawine."

"Nachher fange ich an."

Voll Erleichterung drang sie zunächst nicht weiter in mir.

"Du hast doch jetzt viel Zeit", setzte Birke nach einigen Sekunden wieder an.

"Ich und viel Zeit?" entgegnete ich. "Ich habe genügend Dinge, mit denen ich mich beschäftigen muß."

Birke legte die Hand auf mein Knie: "Womit zum Beispiel? Mit Foto-Aufnahmen im Kaufhof?"

"Wie kommst Du denn darauf?" wollte ich wissen und spürte die Wärme in meinem Gesicht.

Birke lachte: "Ich bin nicht von gestern, junger Mann."

Einige Minuten schwiegen wird, dann erklärte ich: "Du, ich arbeite viel an meinem Computer."

Birke zog eine Grimasse, und ich wußte nicht, was ich davon halten sollte.

"Da wir gerade bei dem Thema sind, können wir nicht anfangen?"

Mir knurrte der Magen. "Ich dachte, wir essen erst einmal zusammen?"

"Gute Idee", antwortete sie. "Und was willst Du mir servieren?"

"Ich dachte, Fischfilet Broccoli wäre nicht schlecht."

Birke überlegte einen Moment: "So groß ist mein Hunger nun auch wieder nicht. Fangen wir lieber an."

Die folgenden neunzig Minuten verbrachten Birke und ich vor dem Monitor, wir aßen Plätzchen, die ich beim Tanken geholt hatte, und tranken starken Kaffee, den sie machte.

Zunächst öffnete ich ein Bildschirmfenster, und vor mir erschien ein Inhaltsverzeichnis:

Mein Weg.doc

Penisoperation.doc

Sexualität.doc

Hormonbehandlung.doc

Mein Herz fing heftig an zu pochen und ich wischte mir den feinen Schweißfilm vom Gesicht, als ich weiterlas:

Gesetzliche Grundlage.doc.

Verkleidungstrieb.doc

Gummikleidung.doc

Penisoperation ... Gummikleidung ... Ich brauchte einige Sekunden, um das zu schlucken, während mein Computer zufrieden schnurrte.

Selbsthilfegruppen.doc

BfTS.doc

Nach der Operation.doc

Ich rieb mir ungeduldig das Kinn, als ich die Datei *Mein Weg.doc* öffnete.

14. März

Ob R. etwas mitbekommen hat? Bestimmt nicht. Sonst hätte er nicht vorgeschlagen, den Abend im Puff ausklingen zu lassen. Aber er gehört zu den Leuten, die nie etwas wahrhaben, was sie grundsätzlich nicht wahrhaben wollern. Schade.

R ... Ronny: Mein Gott, das bin ja ich - durchfuhr es mich.

Dabei habe ich ihm deutlich gesagt, daß ich als Kind oft Mädchenrollen gespielt habe. Aber das schien ihn nicht weiter zu interessieren. Trotzdem bin ich froh, ihn kennengelernt zu haben. Denn er scheint gute Kontakte zur Presse zu unterhalten. Und auf die bin ich vielleicht mal angewiesen.

"Ich kann das einfach nicht glauben", sagte ich.

"Natürlich nicht", erwiderte sie und betrachtete gedankenvoll ihre Fingernägel. "Kein vernünftiger Mensch kann glauben, daß jemand mit diesen Problemen keinen Beichtvater braucht."

Eine volle Minute verging, in der ich darüber nachdachte, was sie wohl gemeint haben könnte. Dann drehte ich wieder zum Monitor, und es kam mir vor, als würde ich eine Schlammlawine lostreten.

4. April

Heute bin ich in Kassel zu einer Voruntersuchung gewesen. Ich freue mich schon riesig auf die OP. Ich werde keinen Rückzieher machen! B. hat noch nichts von der Hormonbehandlung mitbekommen. Das kann ich überhaupt nicht verstehen. Nach jeder Spritze kriege ich zwei Wochen lang keinen mehr hoch. Dann erwachen aber meine sexuellen Wünsche - meine Depressionen verschwinden und ich fahre zu W.

B. - und natürlich R. - werde ich nicht davon erzählen können. Nur W. weiß es.

Ich spürte, wie es in meinen Füßen kribbelte und immer höher kroch. Meine Vorahnung hatte mich nicht getrogen. "Welchen W. meinte er?" fragte ich und drehte wieder mich um und erschrak: Die Luft schien aus Birkes Körper entwichen zu sein, auf mich wirkte sie wie eine Surferin, die von einer Welle überspült worden war.

"Wolfgang Kliegel", sagte sie. "Vielleicht weißt Du jetzt, warum ich Kontakt zu ihm suchte. Oliver hat einige Male von ihm gesprochen, dann habe ich sein Tagebuch gelesen und bin immer wieder auf W. gestoßen. Da habe ich ihn ausfindig gemacht."

"Wolfgang Kliegel", wiederholte ich - drehte mich wieder zum Monitor und las weiter:

6. Mai

Heute war ich zur Untersuchung, die für Kassel unbedingt notwendig ist. Vor dem Ergebnis habe ich keine Angst! Oder doch? Es wäre ganz schrecklich, wenn es nicht zur Operation käme, wenn ich nicht endlich in mir zu Hause wäre.

Ich verlagerte mein Gewicht von der rechten auf die linke Hinterbacke.

7. Mai

W. hat mir heute von neuen Drohungen gegen ihn erzählt. Wenn ihm wirklich etwas passieren würde, sollte ich mich um T. kümmern.

Ich begann meine Unruhe mit einem Keks zu ersticken. Dabei sah ich, wie Birke ihr Gesicht in den Händen verbarg und kaum hörbar schluchzte. Sofort beschäftigte ich mich wieder mit meinem Computer.

13. Mai

Die Knie werden mir noch immer schwach und ich muß mich hinsetzen, wenn ich an meinen Besuch im Gesundheitsamt denke. Anschließend habe ich mit Kassel telefoniert, und es gab niemanden, der mutig gewesen wäre, jetzt die Verantwortung für eine Operation zu übernehmen. Meine Hormonbehandlung würde noch über ein Jahr dauern, aber dann könnte meine Krankheit schon so weit fortgeschritten sein, daß das Risiko zu groß wäre. Auch wenn ich die männliche Hülle weiter tragen muß, im Herzen werde ich eine Frau sein.

Die Worte schmerzten wie eine wunde Stelle an meinen Körper. "Ich habe vollkommen versagt", sagte ich leise.

Auf dem Weg zu S. hätte ich mir fast das Leben genommen. Aber im letzten Moment habe ich doch auf die Bremse getreten. Nie hätte ich gedacht, daß ich durch diesen Scheiß Virus dermaßen am Leben hängen werde. Aber ich weiß auch: Beim nächsten Mal werde ich nicht auf die Bremse treten. Das habe ich auch T. gesagt.

Unfall ... Bremsen ... T ... Ich brach mitten in der Datei ab, weil mir plötzlich das sprichwörtliche Licht aufgegangen war ... *Tessa Kliegel ...* Ja, das war es ...

"Was hat Du?" fragte Birke.

Ich antwortete nicht - mit klopfendem Herzen wählte ich die Nummer, die ich mir von meiner "D-Info" herausgesucht und auf einem Zettel aufgeschrieben hatte. Es klingelte einmal, zweimal. Nach dem dritten Klingeln hob endlich jemand ab. "Jaaa?" fragte eine verschlafene Frauenstimme.

"Ronny Berghagen hier", antwortete ich. "Frau Kliegel, hat Oliver Ihnen von dem Ergebnis seiner AIDS-Untersuchung erzählt?"

"Spinnen Sie?" donnerte sie. "Oder soll Ihnen mein Freund noch mal einheizen?" Sie wartete keine Antwort ab - und legte auf.

Ich knirschte vor Aufregung mit den Zähnen und las wieder:

30. Juni

Für mich ist es immer noch ein Schock, daß die Ärzte in Kassel das dicke, fette Nein gesagt haben.

Plötzlich kam mir ein Gedanke: "Wer hat denn nun Schluß gemacht, Du oder Oliver?"

"Spätestens jetzt solltest Du es wissen", entgegnete sie.

Ich wußte es - und sagte nichts.

Gerade wollte ich weiterlesen, als es bei mir an der Tür klingelte.

"Erwartest Du jemanden?" fragte Birke mit kreidebleichem Gesicht.

Ich war wie versteinert. "Nein", antwortete ich und ließ die Dateien vom Bildschirm verschwinden. Die Disketten nahm ich heraus und schaltete den Computer aus. Als ich zur Tür ging, wankten mir die Knie.

Ich schwankte zwischen Wut und Angst.

An der Tür schaute durch den Spion: Im Flur standen Paul Kratzenstein, Ludwig Borsig und zwei Bullen in Uniform. Einige Sekunden lang stand ich nur da. Dann griff ich nach der Klinke und wollte sie herunterdrücken - aber ich konnte nicht.

Die eisige Kälte kroch langsam von unten an mir hoch. Im Bruchteil einer Sekunde versuchte ich meine Gedanken zu ordnen. Nie hatte ich damit gerechnet, daß etwas passieren könnte, aber jetzt befürchtete ich ernsthaft, daß alles aufflog. Und ich sah die Leute vor meinem inneren Auge, die mir immer prophezeit hatten, aus mir würde nichts mehr werden. Während ich dann doch auf die Klinke drückte, dachte ich an Oliver und sein Leben, besser gesagt, sein Doppelleben. Sofort sah ich sein Gesicht vor mir - nicht das Gesicht eines total verzweifelten Menschens, sondern das Produkt meiner Phantasie.

Die harte Wirklichkeit war einfach nicht mein Ding.

25

"Hey, Bär", sagte die Besucherin, die von oben bis unten in glänzendem schwarzen Leder gehüllt war wie eine Erscheinung aus einem schönen Traum, "tut mir leid, daß alle Leute jetzt wissen, wo Du bist."

"Alle?" staunte ich, während mein Magen wieder rumorte. Der fühlte sich an, als würde etwas Pelziges alle paar Sekunden an der Magenwand reiben.

Es war drei Uhr nachmittags, und ich saß an dem Tisch auf der einen, meine Besucherin auf der anderen Seite. Der Raum, in dem wir uns befanden, war ungefähr zwanzig Meter lang und fünf Meter breit, mit einem Betonfußboden und weißen Leuchtstoffröhren an der Decke. Bestimmt 30 Männer hockten an den anderen Tischen. Sie waren einander auffallend ähnlich. Sie hatten entweder geöltes, kurzes Haar, oder gewelltes, langes Haar, trugen Jeans und bunte T-Shirts. Alle versuchten einen desinteressierten Eindruck zu machen, jeder einzelne von ihnen bemühte sich erfolglos, den Glauben zu erwecken, als hätte er eigentlich wichtigere Dinge im Kopf, als hier zu sein. Trotzdem entstand der Eindruck, daß Orte wie dieser für die Anwesenden kein Neuland waren

"Na ja", begann sie und lächelte mir leutselig zu. "Es stand in der Zeitung. Zumindest Deine alten Kollegen wissen jetzt Bescheid, wo die doch die eifrigsten Leser sind."

"Vielleicht", schmunzelte ich. "Und was stand sonst noch drin?"

"Wo? In Punkt? Du sollst früher ein gar nicht so schlechter Reporter gewesen sein, eine richtige Spürnase sogar, aber inzwischen seist Du völlig ausgebrannt."

Ich drosch mit beiden Fäusten auf den Tisch ein und stöhnte "Gott verdammt noch mal." Ein Mann in grauer Hose und grünem Hemd blickte auf, schob seine goldgeränderte Brille in die Höhe, lächelte mir zu und senkte wieder seinen Blick. Sonst beachtete niemand meinen Wutausbruch. "Ist schon okay", besann ich mich und brummte, "ausgebrannt ist das richtige Wort."

Eine Klimaanlage brummte wütend und leistete weniger, als sie sollte. Dementsprechend war es sehr heiß, und ich begann heftig zu schwitzen unter meinem T-Shirt. Schon auf dem Weg hierhin, war mir der Schweiß aus allen Poren getreten. Ich war mir nicht sicher, wie es sein würde, sie wiederzusehen und ihre Stimme zu hören.;

"Dann haben Dir die Bullen sogar einen Gefallen getan." Sie kratzte sich jetzt seitlich an der Nase, nickte, als dächte sie darüber nach: "Scheiße! Das wollten Sie bestimmt nicht."

Wir beide mußten lachen - das war die Art, die wir beide liebten.

Plötzlich seufzte sie und verdrehte die Augen: "Ich habe schon lange vermutet, daß Du irgendwann wieder in Deine bescheuerte Trickkiste greifen würdest."

"Solche Sachen passieren eben", reagierte ich. Ich glaubte sie "Rede nicht so eine Scheiße" flüstern zu hören, aber ihre Stimme wurde von dem Husten eines Mannes übertönt, der neben mir saß und ein bißchen aussah wie David Bowie - dank seiner verschiedenen Augenfarben.

Ihre Augen schossen Laserstrahlen über den Tisch und trafen mich voll in der Brust.

Während ich die Schützin musterte, hatte ich den Eindruck, schon lange nicht mehr so scharf gesehen zu haben, als hätte mir jemand einen Schleier von den Augen genommen. "Hast Du noch so ein paar Bomben parat?"

"Bomben?" fragte sie zurück. "Was meinst Du damit?"

"Na, Zeitungsscheiße eben."

Neben mir biß Mister Bowie die Spitze von einer Zigarre ab und spuckte sie auf den Boden. Damit war er so beschäftigt, daß ihn mein Blick überhaupt nicht störte.

"Ich habe Dir doch schon alles gesagt", erwiderte sie und machte eine Pause. Nach einigen Sekunden schien ihr einzufallen: "Da war noch etwas. In Bild stand, daß Du dein Studium abgebrochen hast, mal Polizeireporter warst und daß Du deinen Job wegen irgendwelcher Betrügereien mit Spesen verloren hast." Unruhig wanderten ihre Augen zwischen einem Mann in einer grünen Hose und mir hin und her. "Äh ... und daß sie Dich schon seit einiger Zeit beobachtet haben."

"Und warum?" fragte ich und ließ den Blick bedächtig durch den klassenzimmergroßen Raum schweifen. Der Mann in der Ecke nickte ausgiebig, während er in einer "Praline" blätterte. Direkt vor ihm hockte ein sommersprossiger Vierziger einer hochmütigen Blondine gegenüber..

"Hey, ich bin auch noch da ... Nun, die Sache war die - die Polizei wollte so auf die Spur von Birke kommen." Sie sprach jetzt in verändertem Ton, sehr ernst und tief besorgt.

"Das ist Ihnen ja auch gelungen", antwortete ich und war entsetzt über meine Stimme, die wie eine zerbrochene Flöte klang. Ich sah sie an, in der Erwartung, in ihrem Gesicht etwas von der Langeweile des Gesunden zu lesen, der einen Nachbarn im Krankenhaus besucht und fragt: "Und wie ist das Essen so?" - aber ich sah nur viel Neugierde und die verunsicherte mich etwas: "Und was ist mit ihr?"

Sie pfiff leise durch die Zähne und sah sich um. Eine ganze Weile sagte sie kein Wort, schließlich aber doch: "Sie ... wurde nach ein paar Stunden wieder freigelassen."

Ich schüttelte den Kopf. Das war zuviel für mich. "Was???"

Meinem zornsprühenden Blick wich sie nicht aus, sondern fuhr ruhig aus: "Die Sache ist die: Schon seit einiger Zeit stand für die Polizei fest, daß Birke keine Terroristin ist. Jetzt konnte sie die Polizei endgültig davon überzeugen, daß sie nichts mit dem Anschlag zu tun hat."

Ich verschränkte die Hände hinter dem Kopf und musterte sie mit einem Blick, den sie sofort erwiderte: "Woher weiß Du das alles?"

"Das stand im Express." Sie betrachtete mich, öffnete den Mund, schloß ihn aber wieder, als hätte sie sich eines anderen besonnen.

Ich fühlte einen dicken Eisklumpen in mir und blickte zu Boden.

Nach einer Weile, die unendlich lange schien, obwohl sie in Wirklichkeit nur eine halbe Minute dauerte, fragte sie: "Alles in Ordnung?"

Ich blickte auf. Ich hatte ihre Gegenwart gänzlich vergessen "Ja", sagte ich fast flüsternd.

"Der Express hat auch die Ansage von Olivers Anrufbeantworter veröffentlicht."

Auf meiner Haut stellten sich die Körperhaare auf: "Was ... Was war darauf zu hören?"

Sie holte ganz tief Luft wie eine überhitzte Maschine, die kalte Luft einsaugt. Dann sagte sie: "Bei ihm hatten sich die Leute gemeldet, die wohl für den Anschlag in Marienburg verantwortlich waren."

Mir schien es, als wäre soeben ein riesiger Eisenträger durch die Decke gebrochen und mit einem Donnerschlag direkt neben mir gelandet. "Was???"

"Ja. Ich weiß nur, was in der Zeitung stand. Ein paar Stunden vor dem Anschlag haben sie Oliver angerufen und ihn davor gewarnt, nach Marienburg zu fahren. Jetzt rätselt die Polizei, warum ... "

" ... Die haben Oliver gewarnt?" unterbrach ich sie.

"Wie es scheint, Ronny", fuhr sie fort, "hat Oliver gewußt, was ihn erwartete."

Eine ganze Weile sagten wir nichts.

Ich sah mich wie ein Tier, das gerade aus dem Winterschlaf erwachte und in Zeitlupe reagieren konnte. "Aber wie sind die auf Oliver gekommen? Haben die ihn erpreßt?" fragte ich leise in das Schweigen.

"Wahrscheinlich nicht. Die haben ganz einfach Kliegel beobachtet und sind so auf seinen Freund gestoßen."

"Scheiße", erwiderte ich sehr laut. Sofort schneuzte ich mich und blickte um mich.

Die anderen Leute redeten weiter, als würde ich Kaukasisch sprechen.

Ich merkte, wie nervös ich war: Ich war nicht imstande, tief zu atmen. Der Gedanke, daß alles zusammenpaßte, war schrecklich, ganz schrecklich. Im nächsten Moment begann ich alles, was sie gesagt hatte, noch einmal im Geist zu wiederholen: Ein paar Stunden vor dem Anschlag haben sie Oliver angerufen und ihn gewarnt, nach Marienburg zu fahren ... Jetzt rätselt die Polizei, warum ... Darum wollte er mich nicht dabeihaben ... "Und?" fragte ich leise.

"Die Polizei versteht nicht, daß Oliver hingefahren ist, bevor die Sprengstoffspezialisten dort waren. Deine alten Kollegen mutmaßen jetzt, daß es nach Selbstmord aussieht. Aber sie finden kein Motiv." Sie redete, als wäre alles zusammengekommen: Meteoriteneinschlag in der Eifel, Sturmflut an der Ostsee und Ozonloch über Sachsen-Anhalt.

Meine Gedanken überschlugen sich: Aids ... Transsexualität ... keine Operation ... "Ich glaube, daß ich das Motiv kenne." Und dann erzählte ich ihr von der Diskette.

Sie schwieg.

Ich war der Meinung, sie hatte mich verstanden, und schwieg ebenfalls.

"Das könnte es sein", sagte sie plötzlich

Ich stöhnte, weil das Messer, das seit einiger Zeit in meinem Rücken steckte, soeben brutal gedreht worden war. Der Schmerz stieg langsam an die Oberfläche und verdrängte die Freude über das Treffen.

"Äh ... Willst Du gar nicht wissen, was ich jetzt so mache?" wechselte sie plötzlich das Thema.

Im ersten Augenblick begriff ich gar nicht, was sie damit meinte. Diese Frage war mir überhaupt noch nicht in den Sinn gekommen, aber jetzt interessierte sie mich schon: "Also gut, was machst Du so?"

Draußen goß es plötzlich in Strömen, und es war so dunkel wie bei Einbruch der Dämmerung. Ferne Hupgeräusche drangen an mein Ohr, und eine Sehnsucht packte mich.

"Ich habe mit jemandem eine Firma ... " Sie hielt inne und blickte kurz zu der Milchglasscheibe, gegen die die Regentropfen klatschten und an meinen Nerven zerrten.

Einen schrecklichen Augenblick war ich überzeugt, daß sie gleich sagen würde, daß der Typ ihr Freund sei oder ihr

Verlobter. Oder irgend etwas in der Art. Bei dem Gedanken drehte sich mir der Magen um: "Mit wem?"

Sie drückte ihre Zigarette aus: "Ist das wichtig?"

"Eigentlich ja", begann ich, "sehr sogar."

"Okay. Es ist eine Firma für PR, und er ist mein Onkel", reagierte sie in verschwörerischem Flüsterton und verzog das Gesicht zu einem Ausdruck, der zu sagen schien: Eigentlich geht es Dich ja nichts an."

Sofort analysierte ich meine Gefühle. War ich eifersüchtig? Ein ganz klein wenig bestimmt. Aber damit konnte ich leben - mußte ich leben. Dazu kam, daß ich nicht mit mir einig darüber war, ob mir ihre neue Karriere gefiel oder nicht. "Was hast Du eben gesagt?" fragte ich.

Sie sah mich erstaunt an: "Hörst Du mir eigentlich zu?"

"Natürlich. Aber sag's noch einmal, bitte."

Ein listiges Lächeln huschte über ihr Gesicht - sie tat es und fragte dann: "Worauf willst Du eigentlich hinaus?" So laut, daß der Mann in der Ecke wieder hochsah und fragte, ob auch alles in Ordnung sei.

Wir nickten gleichzeitig.

Dann holte sie Luft: "Und was wird bei Dir künftig passieren?".

Ja, was wird nach dem hier passieren? Darauf wußte ich allerdings selbst keine Antwort und schüttelte den Kopf. Ich wußte nur, daß ich hierhin nicht zurückwollte.

Aber das hatte ich mir schon einmal vorgenommen.

Ihr Mund wurde schmal, und sie verzog mißbilligend das Gesicht. "Großartig", antwortete sie lahm. "Du weißt es nicht."

Als ich den Kopf schüttelte, machte ich mir selbst Mut: "Mir wird schon was einfallen, wahrscheinlich ... "

" ... Wahrscheinlich in der Mitte des nächsten Jahrhunderts", ging sie dazwischen. "Langsam solltest Du aber wissen, daß man sich Problemen stellen muß. Nichts geht vorbei, nur weil man die Augen zumacht und so tut, als wäre nichts passiert."

"Ich liebe es, wenn man mich fertigmacht", knurrte ich. Vielleicht hatte sie recht, ich nickte mit grimmiger Miene. Schließlich sagte ich: "Ich nehme an, Du hast recht." Das sagte ich mehr aus dem Wunsch heraus, daß es nicht wahr wäre, als aus Überzeugung.

Ohne eine Miene zu verziehen, seufzte sie "So, so." Dann sah sie mich traurig an, als glaube sie nicht daran, daß es jemals vorbei sein könnte. Schließlich hob sie gedankenverloren die rechte Hand in Richtung Kopf - und ließ sie auf halbem Wege wieder sinken. Dann spielte sie mit einer Schachtel "Camel" und einem Sturmfeuerzeug, als kämpfe sie gegen die Versuchung: "Was war das noch, weshalb sie Dich festhalten? ... Nee, sag's nicht. Ich will es gar nicht wissen, wirklich nicht."

"Aber ich will darüber reden. Ich habe den Computer einer Versicherung angezapft. Sehr schwierig war es nicht. Aber in diesem Moment habe ich einen gewissen Kitzel verspürt."

"Soso", sagte sie und kein Wort mehr.

"Und dann", fuhr ich fort, "dann habe ich mir die Gehälter von fünf Aushilfskräften mit 630-Mark-Jobs überwiesen." Ich überlegte, es gab auch eine Alternative: Ich könnte mich räuspern und ihr in sachlicher Art erklären, daß ich alles nur für eine Reportage gemacht hätte. Ich könnte ihr dann erklären, daß ich mich deshalb für meine alten Pseudonyme Björn Nielsson und Richard J. Tauber sowie Hajo Frommholz, Kai Wolffram und Peter Sehringhaus entschieden hätte. Ich bräuchte dann nur zu lächeln und ihr zuzuzwinkern: Alles halb so wild. Aber so war es nicht.

"Spinnst Du?" fragte sie, als wenn für Computerkriminalität die Todesstrafe wiedereingeführt würde. "Bildest Du dir wirklich ein, die Versicherungen sind nicht ständig auf der Suche nach

Hackern. Seine Mitmenschen zu unterschätzen kann teuer werden."

Natürlich wußte ich, daß meine Chancen, auf Dauer nicht entdeckt zu werden, etwa so groß waren wie die, beim Parken in der Kölner Innenstadt kein Knöllchen zu bekommen. Trotzdem suchte ich nach einer Rechtfertigung: "Irgendwo auf der Welt wird alle drei Minuten ein Computer angezapft."

Sie maß dem kein Gewicht bei: "Betrug ist Betrug."

"So kann man es aber nicht sehen."

"Wie denn?" entgegnete sie und ließ keine Antwort zu. "Ich kenne schon Deine Rechtfertigungen. Du hast nur ein bißchen mit Deinem Computer gespielt. Prima. Dein Computer kann nicht zwischen Recht und Unrecht unterscheiden. Du aber doch. Du weißt bestimmt: Das menschliche Hirn besteht aus ungefähr sechs Milliarden Zellen, und unser Denken funktioniert wie eine chemische Kette, die einmal bewertete und gespeicherte Daten aufruft und blitzschnell verknüpft ... "

" ... Aber das Gehirn arbeitet nicht logisch. Computer hingegen handeln ausschließlich logisch." Ich brach ab, als ich feststellte, daß sie ein Gähnen unterdrückte.

"Entschuldige bitte, dabei interessiere ich mich für das, was Du sagst." Dabei konnte sie ein Lächeln nicht unterdrücken - und löste so die Spannungen zwischen uns.

"Aber ein richtiger Computerfreak bist Du nicht gerade", stellte ich anschließend fest.

"Ich fürchte, nein." Nach einer kleinen Pause fügte sie lachend hinzu: "Ich sehe es so: Computer haben etwas von einem babylonischen Götzenbild und Computerfreaks sind Hohepriester, die den heiligen Appetit der Götter mit Disketten und hohlen Sprüchen befriedigen."

"Du bist wirklich noch mein Tod."

"Das möchte ich bezweifeln", murmelte sie. Plötzlich wurde ihre Stimme lauter: "Du wirst es vielleicht nicht glauben, aber ich bekomme meinen Apple im Büro zum Laufen, obwohl ich nie wissen werde, wie er genau funktioniert. Ich lese das Handbuch, lerne genug, um zurechtzukommen, und es funktioniert."

"Wenn Du so schlau bist, warum ... "

" ... Was sollte ich denn Deiner Meinung nach tun?" unterbrach sie mich. "Informatik studieren? Mit Akzent reden? Schachtelsätze benutzen? Schlau sein ist nicht dasselbe wie schlau klingen. Oder hast Du deine Schulaufgaben immer noch nicht gemacht?"

"Doch." Jetzt wich ich vor ihrem spöttischen Blick zurück und gestand: "Ich muß bescheuert gewesen sein, für alle angeblichen Mitarbeiter die gleiche Adresse angegeben zu haben. Das fiel dem Computer auf. Und irgend ein Computer kam auf die Idee, wir sollten doch eine Fahrgemeinschaft bilden. Ich möchte wirklich wissen, wer den programmiert hat."

"Sprichst Du wieder von Deinem Betrug?"

Ich nickte.

Zunächst sagte sie nichts darauf. Ich deutete ihr Schweigen als Zustimmung. Dann fragte sie: "Warum?"

"Warum? Warum?" entgegnete ich. "Du mußt wissen, alle kassierten Kilometergeld. Logisch. Dann bekamen die Leute vom Computer einen Brief und sollten sich melden. Als sie das aber nicht taten, wurde ein Sachbearbeiter hellhörig und fing an zu recherchieren. Ergebnis: Alle sechs Leute kassierten Gehälter, doch niemand im ganzen Haus hatte sie eingestellt oder kannte sie. Wie genau, weiß ich nicht. Aber irgendwie haben sie rausgekriegt, daß auch alle Gehälter auf ein Konto gingen. Und das gehörte mir. So kam die Polizei ins Spiel." Zum ersten Mal fiel mir auf, wie ruhig ich war.

"Bescheuert ist das richtige Wort", erwiderte sie und hatte Sterne in den Augen. "Weshalb hält man Dich überhaupt fest?"

"Fluchtgefahr."

"Ah, ja." Sie stieß die Luft durch die Nase und legte die Hände zusammengefaltet auf den Tisch. Wenigstens ließ sie keine Schadenfreude erkennen.

Ich lachte in mich hinein: "Und unter Verfolgungswahn leide ich seit Hannover obendrein."

"Aber das war doch ein Unfall." Sie seufzte tief und putzte sich die Nase, ehe sie von neuem mit der Zigarettenschachtel zu spielen begann.

"Was ich Dir noch sagen wollte", setzte ich an und hustete stark. "Ich torkele nicht mehr. Irgend etwas ist mit mir geschehen, so als ob man einen Schalter umgelegt hat."

"Schön. Aber wegen des Hustens würde ich mal zum Arzt gehen."

Es klang besorgt.

"Vielleicht brauche ich andere Hilfe noch viel dringender."

Als sie aufstand, sagte ich hastig: "Warte bitte noch einen Augenblick."

"Nein, ich muß gehen", sagte sie und stand auf. "Ich brauche Zeit zum Nachdenken, Ronny." Sie betonte meinen Namen noch immer auf der zweiten Silbe, und als ich es jetzt wieder hörte, zuckte ich zusammen. "Wo hast Du überhaupt Deine Sonnenbrille?"

Ich wich dem Blick der anderen nicht aus: "Weggeworfen. Ich brauche sie sowieso nicht mehr. Die Sonne macht mir nichts mehr aus." Ich hätte sie gerne gebeten, mich zum Abschied in den Arm zu nehmen, aber sie war eine Frau, die eine solche Bitte womöglich ablehnte.

"War das nicht schon Dein Lieblingsstück, als Du noch der junge, dynamische Schreiberling warst, der mit seinen Geschichten die Kölner aufrütteln wollte?"

"Allerdings." Die alte Zeit, dachte ich, brrr.

Wir sahen einander an, und unsere Blicke verfingen sich kurz.

"Jetzt begreife ich, was alle meinen, daß Du dich verändert hast", sagte sie, während sie aufstand und auf mich zukam. Aber dann machte sie auf dem Absatz kehrt und ging zur Tür: "Ich werde versuchen, Dir statt Zigaretten künftig irgend etwas Aufregendes mitzubringen, Bär." Offenbar wollte sie noch etwas sagen, brachte aber kein Wort über die Lippen.

"Bring Dich selbst wieder mit, Nicole."

Ich befürchtete, als Antwort ein Nein zu bekommen. Ungewißheit war doch besser als Klarheit.

Aber dann lächelte sie listig und sagte: "Keine schlechte Idee." Ihr Blick war sehr sanft und sehr warm, und sie schenkte mir ein kleines verschwörerisches Lächeln.

Dann verließen wir den Raum, jeder in seine eigenen Gedanken vertieft. Ich senkte den Kopf unter der Last der freundlichen Worte und dachte:

Manchmal mache ich es sogar richtig.

Epilog

Lieber Alf Rolla,

beim Lesen meiner Aufzeichnungen werden Sie bestimmt festgestellt haben: Ein stiller Ausputzer bin ich nie gewesen. Nur zu gerne habe ich früher Pulver verschossen und noch mehr Pulverdampf verbreitet.

Ich war mit Bescheidenheit nicht gerade bekränzt und habe äußerlich stets wie ein Fels wirken wollen, im Innern hat aber verdammt oft eine wütende Brandung getobt. Das ging so lange gut, wie ich mir einbildete, ein durch und durch abgeklärter Mensch zu sein, der allen Gemeinheiten dieser Welt ins Gesicht blicken kann, ohne mit der Wimper zu zucken. Niemand sollte den kleinsten Hauch der Verwundbarkeit bei mir ahnen.

Aber irgendwann bekam meine Anmaßung einen Dämpfer und es begann ein psychologisches Trauerspiel in mehreren Akten. Ich habe schließlich eine Metamorphose erlebt, die an Heftigkeit einem Überlebenstraining in nichts nachstand. Manche Tage und Nächte ließen sich nur noch mit Fluchtphantasien bewältigen. Schließlich blieb mir nichts anderes übrig, als viele Illusionen aufzugeben.

Darum habe ich beschlossen, mit Ihrer Hilfe endlich die Scheunentore aufzumachen. Mit allem, was in diesen Tagen geschehen ist, will ich nicht hinterm Berg halten; auch nicht mit der Achterbahn der Gefühle - und meinem ganz persönlichen Dilemma! Denn das Tor zum Ort für den heißersehnten Ritterschlag hat sich als Drehtür entpuppt. Ich steckte in der Patsche und mußte die Rathaustreppe fegen. Heute bin ich immer öfter mit mir und der Welt im reinen. Nur hin und wieder blitzen in meinem Hirn noch Selbstzweifel auf. Aber die hängen nicht mehr wie ein Mühlstein am Hals. Dafür sorgt schon Nicole.

Hoffentlich können Sie mit meinen Aufzeichnungen etwas anfangen.

Ihr Ronny Berghagen